Trans+

Trans+

Trans+

Strange & Mesmerizing

SM
36

我等待著你：韓國科幻先驅金寶英中篇小說選
I'm waiting for you

作者：金寶英（김보영）
譯者：馮燕珠
責任編輯：林立文
封面設計：張巖
電腦排版：張靜怡
法律顧問：董安丹律師、顧慕堯律師
出版：小異出版
台北市 105022 南京東路四段 25 號 11 樓
TEL：(02) 87123898　FAX：(02) 87123897
www.locuspublishing.com
發行：大塊文化出版股份有限公司
台北市 105022 南京東路四段 25 號 11 樓
讀者服務專線：0800-006689
TEL：(02) 87123898　FAX：(02) 87123897
郵撥帳號：18955675　戶名：大塊文化出版股份有限公司

This book is published with the support of Publication Industry Promotion Agency of Korea (KPIPA).

總經銷：大和書報圖書股份有限公司
地址：新北市新莊區五工五路 2 號
TEL：(02) 89902588　FAX：(02) 22901658
初版一刷：2023 年 7 月
定價：新台幣 450 元

我等待著你

韓國科幻先驅金寶英中篇小說選

金寶英——著
馮燕珠 譯

당신을
기다리고 있어

目次 Contents

我等待著你

我朝你走去

我等待著你

第一封信

航行第一天
地球時間一日

在婚禮前，我先與朋友暫別，因為將有一段時間無法見面。確切地說，應該是四年六個月。朋友都答應到時一定會來參加婚禮。我們一起拍了照，我還送給大家可以放照片的項鍊，那是婚宴會館免費提供的小禮物。我說，到時就把今天拍的照片放在裡頭、戴著項鍊來參加婚禮，這樣就不用一個一個確認身分了，不然感覺有點尷尬。

大家則開玩笑地虧我：

「結婚真好呢！可以趁機把朋友都拋棄、一走了之啊。」「你們這些星際結婚的傢伙都是叛徒。」

我說我也不是馬上就能抵達，大概要花兩個月的時間，結果差點被揍。可是飛行達到光速差不多要一個月，降落地球前減速也要花一個月，就算有最新型的發動機和重力減速裝置，極限大概也就這樣了。

記得妳送家人去南門二星（Alpha Centauri）時，妳也很擔心。

「真的沒關係嗎？對我來說不過是四個月，對你卻是四年半啊！就算乘坐等待之船，也只能把時間減半而已，別想得太簡單。」

當時我用額頭抵著妳的說：

「妳這個老女人。」我說，「真是太幸運了。等我們再見面，我可就比妳老了兩歲啊。」

聽了這話，妳才咧嘴笑開。

「聽說經過一趟星際旅行，人的個性就會變得穩重平靜。」朋友說道：「不過想想，要是一個人整整放空一、兩個月，沒發瘋那就是變得心如止水啊。」

我說我根本沒時間放鬆，因為我帶了足足兩個月的工作一起旅行。各種帳簿整理、會計分析、競爭同業分析、銷售分析表。其實我很懷疑在四年半後會有什麼實質幫助，不過反正公司也說沒什麼期待，只是想看看我工作多認真。

在船上，我遇見了其他準新郎，大家相談甚歡，就決定共住一間房。每天晚上一起玩鬧、一起說笑、炫耀自己的另一半。我們一群傻子把房間弄得和結婚蛋糕一樣，還掛了粉紅色的花和蝴蝶結，乘務員一邊叨念說如果太空船停止加速、重力消失，到時房間就會亂成一團，一邊又忙著拿魔鬼氈把東西都固定住。

對了，我在這裡買了一枚音樂戒指。聽說可以把喜歡的歌曲存在裡頭，所以我挑了幾首歌給妳，只要按下寶石就會播放，妳收到後，會聽吧？

太空船裡就像一個小城市，有咖啡廳也有跳蚤市場。雖然我在太空船零件製造公司上班，但也只摸過零件，從未看過組裝好的成品。在這裡到處都能看到使用說明書，心裡還是覺得很開心，因為那些都是我編製的。我還拍了認證照呢。

才過了一天就覺得好無聊喔。進入太空後，我以為會看到滿滿的星斗，結果隔著玻璃窗外卻什麼也看不到，那種感覺就像晚上在家裡燈火通明，但外面一片漆黑，伸手不見五指。在宇宙中永遠都是夜晚，不過沒關係，只要兩個月就好。

船上的人稱這條航線「等待的軌道」，以太陽為中心呈螺旋狀繞行，然後回到出發地。

船上的人並非要去其他地方的乘客，而是要前往其他時間帶的移民者。有些人期待的是即將改變的養老金制度或房地產稅制，也有相信自己生錯了時代的藝術家，我還遇到想直接參加新制高考的考生。當然，也有像我一樣，為了與來自不同星系的情人在剛好的時間會合、於是踏上旅途的傻瓜。

總之，不管去哪裡，應該都會比現在好，應該會在對其他星系的移民者沒那麼歧視，社會福利和年金制度也有所改善的地方。現在地球上的人正忙碌奔波、進行改造，我們一回去就可以坐享其成，這大概就是所謂的不勞而獲吧。

一想到即將與妳結婚，就算睡到一半也會開心地醒過來。我像孩子一樣抱著枕頭在床上翻來覆去，最後哼著歌睡著。早上睜開眼，想像妳就躺在身邊的畫面，簡直開心極了。有時蓋上被子，我會想像如果我當了爸爸會是什麼樣子，想像孩子躺在我們中間哭鬧。叫我如何等得了兩個月？我連一天都等不及。真想趕快見到妳。我愛妳。

第二封信

航行一個月
地球時間約四年四個月

等船達到光速後我才收到妳的信，已經晚了兩個月。不，以地球時間來說，是晚了三個月。

不過沒關係，這也無可奈何。妳說太空船接到求救信號時附近沒有其他船。我聽乘務員說，這種事雖然不常見，但也非罕見。這是什麼話？我猜他的意思是說，雖然宇宙無邊無際，但因為航線都是固定的，所以有時還會發生這種事情。

我問乘務員我們的船能不能飛久一點再降落，他說沒辦法，要我照原定行程先降落，在地球等三個月。

我覺得很沮喪，看著窗外，正好看到一艘商船就停在我們的太空船旁邊，一箱箱快遞貨物、餅乾等等正來來回回的傳遞。我愣愣地看了一會兒，回過神來問乘務員那艘商船要去哪裡？他說那是穿梭在客用太空船之間叫賣的商船。我又問那船什麼時候會到地球？就那麼巧，正好是三個月之後。我真是太幸運了。

我說我要轉搭商船，結果引起好大的騷動。我問說為什麼不行？船就在旁邊啊！「它只是看起來像停在旁邊而已。」船長低頭看著我說。

要是有機會，真想讓妳見見這船長。他如果生在正確的時代，應該會在中國東北大草原上奔馳，噹啷噹啷大刀一揮就把人的脖子砍斷。我眼前這個看起來會砍人脖子的傢伙，正用陰鬱的語調對我說：

「我們現在正以每秒二十九萬三千公里的速度移動。就算是足以摧毀公寓大樓的颱風，移動風速也頂多每秒數十公尺而已。」

但是，既然貨物可以來去，為什麼人就不行？船長說不行就是不行。我不放棄，又再追問，他說因為沒有前例。我說地球以每秒三十公里的速度繞行太陽，太陽以每秒二百二十公里的速度繞著銀河，銀河以每秒六百公里的速度飛向處女座星團，可是地球上的公寓大樓也沒粉碎啊？不是嗎？但船長還是很堅持不可行。

我做夢也沒想到要再多過三個月沒有妳的日子。我對船長說，我就要結婚了，此行就是為了要去與未婚妻會合，如果要再等三個月，我會枯竭而死，會變成在宇宙中遊盪的冤魂，每天晚上出現在他夢中。但他似乎聽不懂。

然而換了船之後我才想到，婚宴場館和日期都訂好了，還先付了定金，現在要延後三個月，能聯絡得到他們嗎？如果定金要不回來怎麼辦？

我又想到，我們的房子租給別人了，原本說好租約是四年半，時間到了就得把房子還給我們，但現在如果我沒辦法準時抵達，房客趁機主張什麼居住權之類的，該怎麼辦？看來我一下船就要先回家才行。

在船內感覺不到船的移動。沒有風，沒有聲音，眼前看到的所有星光都往一邊傾斜，整個宇宙的星星都聚在一處閃閃發亮。在這裡，以光速掠過我的是整個宇宙、地球、我的家和朋友，我有一種靜止不動的感覺，連時間似乎也靜止了。

有人說，時間和空間其實是一樣的。

這表示前往不同的時間，就等於前往不同的地方。

我爸一輩子都沒離開過故鄉，但直到他去世之際，彷彿就像已環遊世界一周。事實上要這麼說也沒錯，因為他去世時，我們的故鄉已和他出生時截然不同——大樓蓋起、造橋築路、山被夷平、江河改道。雖然他未曾離開，但是時間把他轉移到一個完全不同的空間，誰能說他一輩子都生活在同一個地方呢？

商船的船長問起，所以我說了我們的故事。他問我，經過這麼長時間的等待，我依然愛妳嗎？我告訴他，在與妳相遇之前，我已經等了整整二十五年。

越想我的心情越激動，因為我知道妳仍是我記憶中的妳，一點也不會改變。

「搭船的傢伙，」船長邊說邊遞了杯酒給我，「都是些毫無眷戀的傢伙。」

到此為止一切都還好，但是他繼續叨叨絮絮地說：「沒有朋友、沒有家人，就算有也不親近……」於是我乾脆回房間去了。

第三封信

航行一個月又三天
地球時間四年八個月後

親愛的，對不起。

真的真的很對不起，我也不知道怎麼會變成這樣。

因為船長的失誤，我們進入錯誤的時間線。我問他會延遲多久？他說其實差距不過幾分鐘，但會在三年後才抵達地球，說完他就若無其事的回自己房間，有如搭飛機時機長廣播：「本機因氣候惡劣將延遲十分鐘。」一那樣稀鬆平常。穿著阿拉伯和印度服飾的商人也紛紛起身，彷彿沒什麼大不了，回各自的房間，表情看起來就像在說：「三年還好嘛，我原本還以為要晚個五年呢。」

乘務員分發信紙給乘客，讓我們可以寫信給親戚朋友。我問為什麼不是電子郵件？他說這艘太空船只有外殼和引擎是二十一世紀製造的產物，就連什麼太陽風預警系統都像鬧鐘一樣，還只靠發條運作，說完還補了一句：「不過越簡單的機器越耐用。」

我又問，那寫好的信怎麼辦，他說會轉換成摩斯密碼傳送到宇宙去，附近經過的太空船接收到後，會放大再傳送，再由其他太空船接收後再次傳送——哇！這方法還真是安全可靠呢，真不知道為什麼郵政單位沒想過，可以這樣把信件從一輛車扔到另一輛車。

我說我已經訂好婚宴會館，準新娘飛行四．三七光年前來，但是準新郎居然要遲到三年，這該如何交代？乘務員露出「你真可憐」的表情，可是我一點也感受不到他的誠意。他拍拍我的肩膀說，如果有重要的行程安排，就該坐大企業的船才有保障啊。

整個晚上我大概醒來了十次，一直擔心信會不會沒寄出去？怕妳收到信會不會一氣之下折返？怕妳回去了會不會一直生我的氣、不回信給我？又擔心妳會不會回信了，而我卻收不到？

我只要一入睡就做夢。夢到抵達地球時妳抱著孩子，和我的某個朋友一起出現，對我說：「什麼信啊？我從來沒收到過信啊。」一邊咯咯笑，然後在朋友們的喧鬧聲中，我則獨自一人坐在角落喝燒酒。

妳別笑，我是很認真的，還有什麼比這更悲慘呢。

親愛的，拜託。

一定要等我。

三年，只要三年，拜託。我會一輩子對妳好的？好嗎？

第四封信

航行一個月又二十五天

地球時間七年八個月又二十五天後

我收到妳的信了。

原來信是這樣傳遞的啊，真是太神奇了。不過老實說，我能收到妳的回信更令人驚奇。我們兩人運氣都很好？是吧？雖然在這種情況下這麼說有點搞笑。

我不知道中間了經歷什麼過程，不過我收到的是語音信件。打開瞬間猛地聽到男人的聲音，讓我嚇了一大跳。仔細一聽，念信的人似乎不明白信的內容，像某個外國人照著音標念出來而已。要聽懂其實很困難，我聽了好幾遍，就算聽懂，還是又聽了幾遍。

我可以理解，這都要怪我，妳一點錯也沒有。妳換搭太空船是對的。我因為無法多等三個月而換船，對妳來說卻是整整三年。

妳說一降落地球就立刻搭上要離開的船，因為急於求票，所以乘坐的不是等待之船，而是地質探勘專家搭的研究船。聽說那種船大多都很老舊，幾乎要報廢。謝天謝地，還好妳及時找到廢棄的太空船停駁站避難。

別哭。我在信中不時聽到「嗚嗚嗚」的奇怪聲音，讓我想了很久到底是什麼意思，後來才明白，原來機器是這樣解讀哭聲的啊。

但是十一年，十一年……

我又再聽了一遍妳的回信。

「我沒事，只是有點擦傷。但是在修船的時候有一位船員不幸死了，若不是他，我們恐怕無法到達這裡。

船長說，會經過這裡的太空船只有貨船和研究船。

而且，因為乘坐人數有限，所以必須抽籤。我抽到的號碼有兩種選擇：一是再等兩個月，然後搭上返回南門二星的光船；另一個選擇是搭下個月來的冬眠式貨船前往地球。

我問說多久會抵達地球，他說要十一年。

船長叫我坐光船折返，因為十一年後的世界不是可以生存的世界，就算是一直在地球上生活的人也會活不下去。

但我說我要去地球，因為我的丈夫說會等我，聽到的人全都笑了，他們說，沒有一個男人會等十一年。

我知道這話聽起來很奇怪，但我不只是因為你說會等我才要去的……

當你收到這封信，我應該已經進入睡眠狀態。回信給我，等我醒來我會看的，不管你做什麼選擇，我都不會怪你。我有我的選擇，你有你的。

嗚嗚嗚。

不是，才不是那樣……

我無法用語言形容我多麼盼望你等我。因為有太多盼望，所以實在不忍心盼望。

我要睡了，這樣才不會胡思亂想。

你會來接我吧？不管用什麼面貌都好。如果抵達時沒有任何一個人來，我會很傷心的。要是你不在港口，那我就直接去婚宴會館，就算只有我一個人，也要有儀式感。」

最後，語音信件以乾啞的「嗚嗚嗚、嗚嗚嗚」聲音結束。

對不起。

親愛的。

真的真的對不起。

但是十一年，我真的等不了。

我們已經晚了三年，換算成地球時間，則過了七年半。

即使現在回去，也無法保證房子和工作是否還在。一個人三年音訊全無，就等同死亡。叔叔會把我的存款全領出來分給侄兒，我要討也討不回來。如果房客說那房子是他的，我也莫可奈何。再說，以現在的景氣來看，就算回去工作沒了我也不意外。萬一公司被收購，更不會要我這個老員工啊。

十一年，不，應該是十八年，到時朋友也都老了，沒有人可以陪我一起玩樂。十八年前的知識根本一點用處也沒有，我的所學到那時候全都沒有用，區區一個零件製造公司職員出身的人要如何討生活啊？十八年間，世界會發生什麼事都不知道，要如何生存？

對不起。

我想回家了，這樣不行，就算我們十一年後再相見，但新郎是個連房子都沒有的傢伙，那還辦什麼婚禮？看來我們一開始就不該在一起，我不知道到底是從哪裡開始出錯，但這一切真的是一團糟。

妳要健健康康、好好保重身體。聽說冬眠旅行對身體不好，等妳到了，我會帶妳去吃很多好吃的。我也會去接妳，這點我可以答應。我不會忘記，真的。我愛妳。

第五封信

航行兩個月
地球時間七年九個月

過得好嗎？
到現在還沒收到信吧？
好吧，嗯，那是理所當然。這應該會再多花幾年，雖說妳在看這封信時應該已經看過前封信了。

我……嗯……那個……我回來了。不，應該是說到港口了，但是沒回家。
不對，正確的說，也不算到港口，我的腳並沒踩到地。我被關在太空船上一個禮拜，接受各種調查，從防疫預防注射到精神鑑定，什麼都做過了，光書面資料就寫了二十張，而且還寫了三次，如果抱怨就會被罵。這中間大概有三十個不同單位在處理，船艙內的電視只播放新聞，而且只有一個頻道，所有網站都連不上，所以無法確認電子郵件。

就這樣過了一個禮拜，有個乳臭未乾的毛頭小子帶著一群菜鳥兵出現在船上，他一進來就大發脾氣，像前一天吃壞肚子似的，說什麼都是我們這些老古董害的，既懶惰又無作為，國家才會落得這種下場。我覺得他說的太過分，不過七年而已。

聽那毛頭小子說，恐怖分子占領了首爾，但是首爾還算安全，我不懂他這話是什麼意思。他又說，勇敢的國軍很快就會進行鎮壓，但是如果我們現在著陸，將無法進行行政程序，所以要我們先離開再回來。聽到這話，大家都群起抗議，嚷嚷著現在就要回家，但那個毛頭小子沒再多說什麼，掉頭就走。

又過了一會兒，不知是從紅十字會還是民主律師協會來的人說，外面發生了政變，在選舉中敗選的政黨下達戒嚴令，掌控了國會，人民都群起反抗。我問，那麼聯合國沒出面處理嗎？他說美國去年破產了，影響全世界陷入經濟大蕭條，情況很不好。

那個人勸我們十年後再回來，到時經濟大蕭條應該就過去了，情況也會比較穩定，還強調最好現在就離開，這是逃命的最後機會。目前國家還算安全，但如果再遲疑下去，發布出港禁令時可就真的進退兩難。

我抓著那個人，對他說我已經訂好婚宴會館，問他能不能幫我查，看可不可以拿回定金，他一臉疑惑地看著我，一句話也沒說就走了。

啊，妳知道嗎？

離開港口時，我只祈盼著一件事。

寫給妳的信不要寄出！

我應該忍耐幾天，到地球了解一下情況再寄的。真不知道我為什麼急著回信，反正妳也要幾年後才能收到啊！

如果沒寄出去就好了。這麼一來，就算將來我和同事喝到半夜才回家，也可以大搖大擺的說，哈，晚一點回來又怎樣，妳忘了我等妳等了十一年嗎？

這樣的想像讓我心情好了一點，但一想到馬上就要離開的火車——不，是船，我又憂鬱了起來。

我想過，說不定可以試著說服妳那艘船的船長收到信時立刻作廢，但聽說所謂的船長其實是ＡＩ人工智慧的機器人。人類要如何說服ＡＩ呢？還是我可以用最新型的記憶體晶片來賄賂？

妳懂的，親愛的。

如果我們一起抵達港口、一起下船，肯定會很有趣。可是我一見到妳就要緊緊抱住妳，說我愛妳，求妳原諒這一切。同時為了慶祝重逢，我們要一起點火，將信全都燒了，讓它們灰飛煙滅吧。

第六封信

航行四個月

地球時間十三年又九個月

好久不見。

不，妳不會知道是不是經過了很久。聽說妳無法收信，船長表示，因為收件者正在沉睡中，所以他會把我寄去的信一封一封好好地先保存起來，等妳醒來再一起交給妳。這位船長處理事情十分乾淨俐落，妳真是搭對船了。

我回到地球了。

還不到十年，我提早了一點回來。當初走得匆忙，很多物資缺乏，大家都叫苦連天。最吵的是一個大嬸，她成天嚷嚷沒有保溼乳液皮膚會乾燥、容易老化。也有人說要告保險公司，還有人說自己認識某個連任三屆的國會議員。大家在抗議時我也加入，因為我實在很擔心我的房子、存款和工作。我辛辛苦苦準備了很多資料，那些整理起來真的很麻煩。身分證、房產證明什麼的。我還打算向房客追討欠繳的房租。我準備了收回資產的相關資料，萬一有人隨意侵占我的財產，才能派得上用場。

但我們的船長一直磨磨蹭蹭、慢慢吞吞，看起來好像不怎麼想回去。現在回想起來，那些乘務員好像早就知道些什麼了。

結果我們在第六年返航，雖然從我們的立場來看，只隔了兩個月。

越接近地球我們就越覺得奇怪，因為看不到我們的國家。日後我才想到，那應該是沒有光的關係。原本一到夜晚，韓國就像撒了金粉一樣閃閃發亮，但如今一片漆黑，好像連一盞燈都沒有，連一個人也沒有。

我們的太空船著陸時晃動得很厲害，原本就一肚子火的乘客都紛紛抱怨，船長說，因為道路都凸起來了。我心想他在說什麼鬼話啊，結果下了船一看，路真的都凸起來了——不對，應該是扭曲了。每處扭曲凸起的路面縫隙間都長滿了茂盛的雜草。港口的標誌牌早已折斷、生鏽。

等不到接駁公車，大家便步行前往等候室。一路上都是爛泥，不時有人嘟囔著管理怎麼這麼差。

等候室裡空蕩蕩，一片灰濛瀰漫了塵土，塌陷的地上積滿了水，腐臭的水坑裡長滿水草，有些連蟲子都孵出來了。我身後那個原本喊著免稅店在哪裡的大嬸閉上了嘴，一句話也說不出來。

以前我就曾想過，穿越時間其實就等於跨越空間。這下我猛然驚醒：我沒辦法回家了。家，在我離開時就已經消失，停留在過去的某個時間帶，而現在的我再也回不去了。

大家提著行李呆呆地站著，突然「碰」的一聲，前面有人倒下。我心想，又沒絆到什麼東西，怎麼就跌倒了呢？其他人也只是看著，一時之間都沒有反應過來，直到水坑裡暈開一片紅，這時又是「碰」的一聲，又有一個人倒下。

在尖叫和悲鳴聲中，時間時而像慢動作一樣緩緩流過，時而瞬間飛逝，讓人來不及看、來不及聽。我和大家一樣忙著逃命、閃躲、推擠，用腳把人踢開，雖然勉強打起精神，仍是暈頭轉向。等到四周好不容易靜下來，我還是躲著不敢動，過了好一會兒才慢慢爬出來。放眼望去，淨是屍體。

有人開始發號施令，指揮沒受傷的人去幫助傷者。於是我們像幽靈一樣四處移動。之前吵著要買保溼乳液的大嬸，在我幫她包紮時還一直哀嚎不停，但突然間就沒了聲音，仔細一看才發現她已經斷氣。

像上次一樣，有個持槍的人把我們集合起來。按照他的說法，如果他們沒來，我們早就沒命了——最好是。他很生氣的說我們這些從過去回來的傢伙什麼都不知道。他們自稱是民兵團，說有一群覬覦時間旅行者的強盜在港口徘徊，尋找獵物，叫我們快點走，不要再回來。

他還說我們很幸運，因為只有他們會保護從過去來的傻子，但我看不出哪裡幸運。這些人不但亂翻我們的行李，連太空船內部也搜刮了一遍，把東西都拿走。但或許他們真的是好人吧，如果苦苦哀求，他們還是會留下一點東西。我好不容易才讓他們不拿走要送妳的音樂戒指——我跟他們說上面的寶石是假的，戒指只是個小玩具，我還按了寶石播放音樂給他聽，聽到出現「我是多麼愛你……」的歌曲，他噗哧一笑，「啪」地一聲把戒指扔在我頭上，轉身走了。

我抓住其中一個人，不敢直接問婚宴會館的事，只是結結巴巴的說，五年後有一艘貨船會抵達，請保護那艘船。那人瞟了我一眼，告訴我不會有船來，因為接到消息的船都轉向了。我說我的妻子處於睡眠狀態，什麼都不知道，所以一定會來。他反問，為什麼會在睡眠狀態？但他沒等我回答就走了。

我們像被解僱的老員工一樣徘徊了一段時間，有幾個人說要回家看看，就拖著破爛的行李箱走了。

有人把船內的收音機修理好，收聽新聞。這是那種要豎起天線、調整頻率才能收聽的古董機型，應該放在博物館裡展示啊。然而以現在這種狀況，還能動的也只有這個了。

新聞說南部的核電廠爆炸，因為戒嚴軍處決了一批核電廠的技術人員，結果第二天就發生事故。事故發生後，媒體受到管制一個月，很多人都逃走了。全國還剩下二十二座核子反應爐，管理人員卻全都逃跑了。如今不知道什麼時候還會發生事故。韓國被宣布列為核災區，其他國家都對韓國人下了入境禁令。

船長和乘務員決定去其他行星。我說五年後我必須回到這個港口，未婚妻正在前來的路上，而且我都訂好婚宴會館了，禮品也先送給朋友了。

或許是我看起來很可憐吧。他們把加掛在太空船上的一艘小飛行船給了我，那看起來像是二十世紀製造的產物。

「簡單的東西最可靠。」船長說。

小飛行船內部差不多像一個房間那麼大，一個人使用應該沒問題。船長說，這種小飛行船撐不了太久，要我看狀況適可而止。不管哪裡都好，就找個地方定居。我說沒有關係，以前還在待業中時我就獨自在房裡待了一、兩個月，每天光打電動、足不出戶。船長聽完後輕輕按住我肩膀，要我安靜坐下。

然後他打開筆記本，一邊畫圖一邊解說。

他說我無法駕這艘小飛行船航向其他星系，這相當於試圖划帆船橫渡太平洋。我說我不需要去其他星系，因為未婚妻正在前來這裡的路上……我還沒說完，船長就打斷我的話。他說他了解，然後繼續說這艘船是用太陽風和太陽能電池加速，他要我繞行木星軌道，這樣可以幫助加速度，還幫我計算出那樣繞行可以獲得多少推進力。

他幫我計算船可以承受的加速度，當然我的身體也要能夠承受。考慮各種因素，最大推進力就是重力加速度。

我一時想不起什麼是重力加速度，船長說，四捨五入的話，重力加速度大概每秒十公尺，光速則是每秒三十萬公里。我還是一臉茫然。他解釋說，如果我的船要達到光速，就要加速一年。若我想前往五年後——不，不管是想到幾年後——加速和減速的時間加起來至少都需要兩年。

船長說我不可能做到，因為這艘船裝不下兩年份的糧食。就算裝載了兩年份的糧食，時間沒到就會變質。而且，如果真裝了那麼多食物，船就飛不起來了。

第七封信

航行一年一個月（包括滯留地球時間）
地球時間十四年六個月

對不起，直到現在才寫信給妳。

其實我花了很久的時間才搞清楚寄信的方式，剛開始我覺得荒唐，後來了解原理後我才領悟，即使人類文明消失，還是可以寄信。

老實說，一開始我並沒有想太多就出發，結果糧食剩一半就返航。回來後，在商店裡將罐頭食品搜括殆盡再出發。就這樣反覆了好幾次。

相信我，以當時的精神狀態，我已盡了最大努力。

我心想也許有別的機會，所以去了其他國家看看。在那裡遇到的人說我這太空船沒被擊落真是百年難得一見的幸運。星際旅行開始還不到一百年，那人說，可能是因為我的船太小，根本看不出來是一般太空船。他到底在說什麼啊。

但至少，我在那裡得到了一個飯鍋。這看起來像是用3D列印原理製造，在十年前是沒有的。不管把泥土還是什麼放進去，就會出現以分子為單位，分解重組後可以食用的東西，像狗飼料一樣。

給我飯鍋的人說我或許是千年一遇的幸運兒，如果不是，那麼下次航行我恐怕就會掛掉。他還問我到底在想什麼，為什麼會用這種小船航行？我說我什麼都沒想，他似乎也認同。

第三次回來時，我弄了輛車開去公司。一路上十分安靜，感覺卻像受過攻擊。到處都是坑坑窪窪，黑呼呼的，像張大的嘴。商店的櫥窗則像空洞的眼窩一樣瞪著我。狗群四處遊盪，看起來一點都不溫馴，兇狠咆哮，就像在昭告天下狗本來就該這樣。

我需要一個可以收集星際物質的裝置，宇宙中有氫、氧、鈣、鈉、水、有機物質，只是少得令人難以置信。但是，如果能用光速收集起來，情況可就大大不同，可以用驚人的速度跨越空間，就像製造一臺大型真空吸塵器。我到工廠尋找零件，一一確認型號，拿備用發電機讓機器運轉。別的不說，工作使用手冊仍用我設定的密碼保管著。我必須把設備做得很簡單，簡單到我可以自己修理的程度。

工作到一半，我透過窗戶看到空蕩蕩的遠方，有一棟建築物似乎有些傾斜。剛開始，我以為是我自己在傾斜，但接著塵土飛揚，偌大的建築物瞬間無聲無息地倒塌。有如水裡堆起的沙堡，也像壽命已盡的枯木。

「啊！」看著那一幕，我突然想起：那棟建築物剛蓋時，大家都說撐不過十年。我想起了之前去你們家在鄉下的那棟房子，那空了好幾年的房子轉眼就成廢墟。馬桶堵塞，水管和鍋爐都破裂，陽光照得到的地方乾枯碎裂，照不到的地方發黴潮溼。

房子好比因孤單而一下子變老，似乎訴說著：既然如此孤單，活著還有什麼意義？不過才幾年的時間，卻像獨自活了二十多年。

「如果沒有人住在裡頭，房子很快就會變成這樣。」
當時妳撫摸著褪色的門框說道：
「我應該在這裡才對。」
我覺得妳好像不是對房子說話，而是摸著我的頭對我說。對那個遇到妳之前的我，對一直孤孤單單的我說話。

如今航行過了三個月。
我現在才比較振作，真正清醒之後，我才明白自己做了什麼瘋狂的事。
我說過我曾待在房間裡足不出戶好幾個月吧？
我現在才知道當時我並非獨自一人。我從來就沒有自己一個人生活過。是有人把我拿出去的垃圾收走、把化糞池清空。有人讓發電站維持運作、連接電線、檢查天然氣、清理水塔、疏通下水道。在某處有人煮了麵，把麵裝進碗裡，外送到某個地方，又把碗收回來洗乾淨。我從來就沒有獨自生活過——我怎麼可能獨自生活？
只要活著，我就不是一個人。

每次從睡夢中醒來，我都會想：這真是太不可思議了。我就要死了，如果今天沒死，就是明天。

我的喉嚨再也嚥不下任何飼料，只要一吃就吐。我要回去！我捶著牆壁求救，但就算現在回去，還是要花一樣的時間。

沒關係。

沒關係，只不過兩年而已。

都是我。因為我做了蠢事，所以什麼都不知道的妳，正前來這個危險的時代。妳毫不知情的前來，萬一遭遇到同樣的事，該怎麼辦？

第八封信

航行時間三年兩個月又三天
地球時間十九年兩個月又三天

妳預計抵達的那天，我去了港口。

原本擔心，如果遇到強盜或民兵團就死定了，但沒有任何人出現。不知道是不是洪水淹過，港口被泥土覆蓋，成了一片泥灘，一塌糊塗。泥土上長出了艾蒿和芒草，鬱鬱蔥蔥。我想起了以前住的社區曾發生水災。當時因為沒能盡快復原，我還跑去區公所抗議。

我第一次發現，原來港口中間有小溪流過。這段時間應該是都用抽水幫浦把水排到海裡的吧。等候室被藤蔓植物覆蓋，看上去像座小山丘，窗戶都碎裂了，而五年前我們扔掉的餅乾袋、做飯的痕跡都還在。我不禁苦笑。

妳沒有來。

我徹夜等待，等到第二天，妳還是沒有來。

我躺在地上，看星星升起落下，看著星海從地球旁邊流過，想像自己坐在一艘非常大的船上。其實這麼想也沒錯。「沒關係，」我心想，「如果是一個小時的路程，遲到十分鐘很正常；若要花上十年才能到，那麼，晚一年也不為過。」

但真正等的時間不是一年，而是四個月又三天。我在船上睡覺，把土放進飯鍋、轉化成食物維生。

妳還是沒有來。

但不知道為什麼，我並不難過。雖然也稱不上開心。

我只是很平靜，感覺一切彷彿非常理所當然，是非常自然的事。如果妳突然從蘆葦叢中現身，我可能會說：「哇！怎麼會有這種事？太不合理了，妳還是先回家再過來吧。」

後來我離開了。

其實我不是非離開不可，因為我已經沒有必須前往未來的理由。只是，如果留下，我也不知道該做什麼。我或許可以前往沒有汙染、更適合人類居住的未來，除此之外，我沒有進一步的想法，也沒有心思去想。

只要不是這裡，到哪裡都可以。到一個不必回想起這一切的地方，也包括不想起妳。

第九封信

航行五年又兩個月

地球時間（也許）七十四年後

對不起，很久沒寫信了，上封信寄出時我的狀態並不是很好。我不想再思念妳，正確地說，應該是我沒有心力想妳了。有時我會想像自己因背叛而憤怒，有時又因其他妄想而哭泣。

我想過或許妳無法寄信給我，所以妳正寫電子郵件寄到我原本的 Hanmail 信箱。然後下一秒，又會糾結著妳為什麼音訊全無，並因此悶悶不樂。我也想過，說不定妳從來就沒收到我的信，但一轉頭又覺得不可能發生這種事，於是生起悶氣，然後淚流滿面。就這樣反反覆覆。

我承認，這段時間我過得很不好。

整理東西時，我發現了以前的會計帳簿和法律文件，那些東西必然觸動了什麼，因為我把它們都撕成碎片，還大哭一場，然後就失去了意識。

有天，我在船壁的角落小便，任憑尿滴飄浮在空中，從我的鼻子和嘴進入，還滲入機器零件之間。我完全失去行為能力，像癌症末期病患一樣。

然後我生病了，很嚴重的病。不管吃什麼，只要一進嘴裡就會全部以某種形式湧出，我的身體無法承受，感覺整個人都要變成液體、流了出來，好像快要消失。我呼吸困難，吸入的都是帶有尿液的氣體，直到尿滴在鼻腔內累積，阻塞住呼吸道，我才清醒過來，摸索著儀表板，啟動加速器。重力產生後，尿液像雨一樣落下，所有飄浮的東西都墜落，我又再度失去知覺。

我不知道自己為什麼活著，也不知道為什麼要尋死。不，仔細想想，人如果什麼都不做就等於死，像那荒廢的城市一樣，必須做點什麼才能活下去。必須意志堅定，不能輕易屈服。

我受到高燒折磨，等身體好不容易恢復一點，才想起我正以光速飛行。我到底昏睡了多久？一個小時？一天？一個月？一年？外面的時間過了多久？周圍的光景無法看出任何答案。我拿起船長之前給的時鐘晃一晃，才發現因為沒有上發條，所以早就停了。我不知道自己到底度過了多少時間。

減速，地球進入視野，不祥的預感成了恐懼。地球看起來像月亮一樣：漆黑、凹凸不平，彷彿從未存在過生命。

靠近後才發現，原來黑暗、凹凸不平的是烏雲。地球表面全被烏雲籠罩，我不知道該在哪裡降落，地球成了一團巨大的黑色漩渦。

過了好一會兒，我才意識到自己在尖叫。我把頭靠在儀表盤上哭泣。小時候我親眼目睹過山崩，土石把一整幢房子沖走，幸好裡面沒有人。當時我嚇得大聲尖叫，我媽把我抱在懷裡安撫，聽說經過一個小時我才平靜下來。面對所有消失的事物，我總會尖叫，在毀壞、崩解、老化、腐爛、死亡、滅絕面前，哀悼那些從未想過會失去、再也回不來的事物。

我想應該是戰爭吧。一些製造好但從未使用過的炸彈把灰燼送到平流層。但上升的灰燼並不會掉落，於是覆蓋了地球。又或者，在這段時間裡，有什麼小行星之類的撞擊地球。我聽說過類似的故事。如果都不是⋯⋯

我為什麼會在這裡？為什麼要看到這些東西？

我想回家。我想像自己是坐時光機前來窺探未來。哇，原來未來長這個樣子啊！然後回去向朋友炫耀，「喂，我去過未來了。」「哇，真假?!有沒有把大樂透的中獎號碼抄下來？」「哎呀，我忘了。」「真是太可惜了。」

但是我無法回到過去。要怎樣才能回去？要怎麼做才能回家？婚宴會館已經訂好，我們本來打算要結婚的。要怎麼做，我們的時間軌道才能接上，才能重逢？

航向港口，穿過大氣層下降，我看到了陸地。雖然也想過要不然乾脆直接離開，但是太多的想像讓我混亂，我決定還是親眼看看到底是怎麼一回事。

雖然是白天，但和夜晚沒什麼兩樣。港口被雪掩埋，暴風雪有如白色的沙塵暴那樣襲來，視線所及什麼也看不清。冰沿著海岸線蔓延，所以無法辨識原本的舊地形。我怕引擎會凍壞，想重新升空。

然而我倏地停住。

我見到太空船降落過的痕跡，地上的融雪形成太空船的模樣。不過，與其說是融雪，不如說是冰被壓成一個大碗的形狀。暴風雪迅速覆蓋上去。看來這艘船不久前才降落過，大概幾個禮拜或幾天前，或者就在剛剛。

我跑過去，腳深深陷進雪裡。我拚命挖，好像只要繼續挖下去船就會冒出來似的。我再往裡挖，發現還有其他痕跡。船好像在更早之前就來過了，而且是好幾次。

我像個瘋子一樣不停地挖，彷彿必須到達某個地方。我腳一沉，陷入雪中摔倒。我放聲呼喊妳的名字，可是風雪交加淹沒了我的聲音。在重重霧氣外圍，摩天大樓如幽靈一樣矗立著。

無法保證那是妳的船，但也無法保證不是。

我失魂落魄地重新上船寫這封信。十年後的此刻，我會再回到港口，如果收到信後查詢位置和時間，應該就能推算出是什麼時候。若妳收到這封信，就到港口來。

我會在這裡等妳。

第十封信

航行七年又兩個月

地球時間（或許）八十四年後

妳沒有來。

來的是一艘我幾乎已經遺忘的船，看來他們收到了我的信。那是我第一次搭乘的船，像一座小城市，有咖啡店和跳蚤市場的船。

我還認得出來，只是奇異的時光有如苔蘚、黴菌一樣覆蓋著船身，船看起來比我搭乘時更黃、更爛、更臭。

看到那些人，讓我想起剛開始進行星際旅行時朋友說過的話。經過星際旅行後的人不是變瘋就是變得穩重平靜，而那些人看來像是發瘋的那種。只是我也沒有好到哪裡去。

那些人在我下船前就開始生氣。

恐怕誰也沒想到會有人乘著這樣一艘小飛行船，而且還是獨自一人來到這裡。我說的「這裡」並非指場所，而是時間。我想，他們原本以為會遇到像大型量販超市一樣的商船，裡頭裝滿了速食麵和冷凍食品。

他們把我拖出船外，把船整個翻了過來。他們拆了零件、扯掉電線、卸下儀表板，把抽屜拉出來，將所有拆下來的東西扔進雪裡。我想阻止他們，卻遭到一陣毆打。只要我試圖阻止就會挨揍，最後我只好站著不動。可是這也不表示就不會挨打。他們把船內外全都翻遍後更加生氣：因為船上淨是尿騷味，根本就沒有吃的。

他們降落前原本預想會展開一場大戰鬥，因此做了準備，結果居然只有我一人，這下更是氣憤加三倍。我以為我會被打死，但或許他們覺得要是我死了就沒人可出氣，有點可惜；又或者是我暈倒後沒有反應，他們覺得再打下去也沒意思，於是饒了我一命。

在牢房裡，我見到了船長。之前我說過，有人覺得自己生錯了時代，現在看來此人似乎找到了正確的時代。他就像在熱帶草原中生存的老獅子，腦滿腸肥，而且充滿讓人不舒服的自信。眼神透露，他深信自己的生存正意味著某種神的旨意。

他大概把我寫給妳的信全看過了。船長一一念出來，我全身疼痛、動彈不得。他一邊念還一邊竊笑，說最近都沒電視劇可看，聽我的信就像一種樂趣，叫我再多寫幾封。我真恨不得除掉這傢伙，腦子裡連臺詞都冒出來了──「他竟敢用信羞辱我，我饒不了他！」

他問我如何一個人來到這裡？我沒有回答。他掐住我的脖子，隔了好一會兒才放手，臉上淨是一手掌握別人生死的滿足表情，毫不掩飾。

我問他，既然有那麼大的船，為什麼不去其他星系？他說他們要回家，但我說家已經不存在了，他仍堅持要回去，還說船上其他人都想回家。我想，一個掌握他人生死的人恐怕不會知道別人真正想要什麼。

他放了我，讓我在船上到處走走。他展現了權力，我想那種快感就和殺了我沒什麼兩樣。我留在船上，打算等身上的傷好了就要離開。我去找船醫幫我包紮。他雖然感到荒謬，還是幫我包了。我知道他會，因為船上的人不是因為能從我身上得到好處才攻擊我。如果當初我沒先離開，一直待在那艘船上，或許現在也會對某人做出某些事吧。

還好妳沒有來。

但如今我想可能也見不到妳了。

因為我意識到，如果妳要來這裡，就必須乘坐大型太空船；若妳坐的是大型太空船，就無法隨心所欲命令船前往妳想去的地方。事實就是這樣。太空船不會為了讓妳去見個乞丐般的男人而改變航路。

妳沒辦法來找我了。

我們就像在無限寬廣的河流上朝同一個方向平行前進，祈禱著可以偶然相遇，可是這條河沒有盡頭，船也無法迴轉。

二十世紀有一位科學家說過，外星人確實存在，只是我們看不見。不是空間的問題，而是因為時間阻擋了星球與星球之間的距離。雖然地球在宇宙中已存在了四十五億年，但人類誕生才兩百萬年，而人會坐在餐桌上吃飯、進行有意義的對話，也不過是近兩萬年的事。所以，外星人如果想和我們見面喝茶聊天，就必須跋涉那麼長的距離，然後在極短暫的時間帶內停下，才能辦到。

其他人像企鵝一樣排成隊，在海邊撒網捕撈，我回到自己的船上，把被扔掉的東西都收起來，開始重新拼湊。還好太陽出來了，否則這些東西都會直接結冰、變為化石。

漸漸，我身邊聚集了一群圍觀者，他們還送來了我缺乏的零件。只要我說缺了什麼，他們就會拿出鈕釦，或從孩子的玩具取出可用的東西給我。在那些人當中，也有之前一直追打我、把我打暈的人，但我們彼此什麼都沒說。如果立場互換，說不定我也會在打人的那一群中。我很努力，希望給他們留下好印象。

他們把糧食裝滿後，我也登上我自己的小船。關門時，我彷彿聽見妳的聲音，問我為什麼不和他們一起走。

這樣至少你可以活久一點。

感覺妳好像抓住了我正要關艙門的手說：

不管走得再遠，我們也見不了面。你應該努力活下去。

我說，船長偷看了我寫的每一封信，所以我不能和他們一起走。

第十一封信

航行八年又八個月
地球時間（略估）一百四十五年後

再回來時，地球已經結凍了，只剩赤道附近區域。雖然雲消散了，但這狀況似乎就是雲造成的。

以前我曾聽說地球實際上已接近冰行星。我們就像只有一日壽命的植物，在短暫的夏天生長，只要冬天稍微長一些，就會進入冰河期。如果降雪比前一年多，萬年雪只要多一點點，那一點點多出來的雪，就會讓地球稍微冷卻，然後第二年的雪會再下得多一點，就這樣一再重複。

我想是因為烏雲遮住太陽一年，帶來了冰河期。

◆

海岸線退縮、冰川生成，我們以前所知的地球圖景全部改變。潮流會發生變化，變化後的潮汐將以不同方式侵蝕陸地，新生成的冰川擠壓陸地而擴大，日後將成為不可逆的改變。冰川以數億噸的重量將我們生活過的痕跡全都壓碎，那些還殘留在水草和蘆葦之間的可憐殘影都將化為塵土。

我放慢速度，先遠遠確認過後再加速。我想，等世界變得溫暖一點再回來吧。反正應該不會花太久時間。

第十二封信

航行九年又兩個月

地球時間（略估）一百七十年後

我等待著妳。

即便妳不在這個世界，就算妳早就在另一個星球定居，遇到一個好人，生了十個孩子，在家人的祝福中度過一生；或者，妳進入了某條光軌，一邊旅行，一邊等待地球復原；又或者，在遙遠另一端的星系，妳正走下船，像不經意想起兒時回憶一般想起了我，「啊，是有過那樣一個男人，他應該很久以前就死在其他時間帶裡了。」

為了再多活一天，我需要這一天。

只要稍微放鬆，時間就會無限延長。我有預感，一旦我無法控制不斷增長的時間，在那一刻，我的生命就會結束。

我把鬧鐘設定以小時為單位響起，不管外面的時間如何，我在同一時間睡覺、同一時間起床，每天同樣的時間運動，同樣的時間吃同樣份量的食物。因為，如果我的身體出了問題，沒有人會幫我治療。

船體不知哪裡一直在嘎吱嘎吱響，我猜想應該是以前撒的尿滴滲透進了船體某處，至今還殘留溼氣，於是引發問題。光是修理，一天就這樣過去。我每天鑽進船底下研究手冊，畢竟沒有人會幫我。

我開始在船上種植物了。只要一顆種子，幾個月後就會有數百倍的收穫。我需要天然氧氣。剛開始很多都枯死，但現在植物也適應了。也因為這樣，最近除了飼料之外，終於有其他東西可以吃。

有一天，我醒過來，覺得悶得無法呼吸，應該打開窗透透氣。外面是夜晚，我大概睡了很久吧。糟了！我猛然想起今天是婚禮，還有很多東西要準備。我走到窗戶前想打開，卻發現沒有辦法，因為這什麼鬼窗戶連個把手也沒有。我掏出放在褲子口袋裡的工具，想直接把窗撬開，我要是再多關在裡頭一分鐘，恐怕會窒息而死。這艘船不知多久沒換氣了，船艙裡充滿了我的汗臭和尿騷味。就在我想敲破窗戶時，另一隻手抓住了我握著工具的手。我蜷縮著身體，抓住自己顫抖的手，直到清醒為止。

我在這裡，
我在等你。

若不是腦中浮現這樣的想法，我恐怕無法控制自己。是妳救了我，不管妳在哪個時代，不管妳是死是活，不管妳是否仍在無限的星團中旅行。

第十三封信

航行九年又七個月

地球時間（也許）兩百二十三年後

睡夢中，我感覺船在震動。不只是我的船，似乎整個太陽系都在動。我看向窗外，發現一顆巨大的隕石撞擊地球。隕石一定是以非常驚人的速度墜落，看起來卻像慢動作。離地球這麼遠，我還是能看到大海因撞擊而翻騰，炸開的水向四周擴散，瞬間沸騰，形成紅色的熱旋風覆蓋地面。但是地球看起來太小，因此我一點感覺也沒有。

若是在地球上還有很多人生活的時候，應該可以應付這情況吧。

我再定睛一看，地球成了一顆火球。那種程度大氣層應該燒毀了，海水肯定全部沸騰，沒有任何生物可以存活……

然後我就醒了。

從睡夢中醒來時，我往往無法分辨夢進行到什麼程度。每當我做了一個非常生動的夢，總會思考現實和夢境哪一邊比較不可能，而我最後的結論都是：「夢境才是不可能發生的。」但是那些現在都已無法區分。

放在桌上的戒指傳出音樂：戒指在唱歌。我一定是在做夢。我環顧四周，發現搭同艘船的其他準新郎睡得正熟、還在打呼。牆上掛著花和蝴蝶結，四周貼著「我要結婚了」的字樣。

到房外一看，小城市一樣的客艙裡，人們都穿著一身出遊的打扮四處走動，大家看起來既興奮又幸福。果然，這全是夢——還好只是夢，我想。天花板上浮現船長的臉，還有霓虹燈投射出「我們要回家了」的字樣，一閃一閃的。啊，這是不可能的。我想。

妳坐在人群中，就和我們分開時一樣——不，是像我們第一次見面時一樣。當時還是工讀生的我不小心把冰淇淋弄翻在妳新買的衣服上。

記得那時我緊張得拿出打工賺到的每一分錢想賠償，還忍不住哭出來，妳把我帶去洗手間，避免被店長發現。我們想盡辦法，只為了把頑固的巧克力醬洗掉。

「天啊，看看那個人。」

和妳坐在一起的人看到我，嚇了一大跳。

「新郎年紀怎麼那麼大啊，好丟臉。」

妳不知所措，縮起脖子、低下頭。那個四處尋找保溼乳液的大嬸纏著繃帶，上頭滲出了血，她在妳耳邊竊竊私語。

「妳愛的那個年輕人已經不在了。就算見面，也不會是同一個人。歲月是很殘忍的。」

我推開那些人，抓住妳的手，把妳拉起來。走，離開這些瘋子，他們都被釘在了過去，沒有長進、也沒有老去。

我年紀越來越大。一天比一天老、一個月比一個月老、一年增加一歲。時間在我身上累積，所以我會是最適合妳的人。我會成為比十年前更適合妳的人，變成比幾百年前更好的人。明天我會成為比今天更適合妳的人，明年，我會變得更好。

然後我睜開眼睛。我在自己的小船上，和其他東西一起飄浮。戒指正在唱歌。

我閉上眼睛又睜開。睜開眼睛時妳就在這兒，趴在我身上。雖然根據我的角度是我在上面。

「我們生個孩子吧。」妳說。

我笑了，「在這裡？」

「在這個以光速流動的世界，在一個時間不會流逝的世界，這麼一來孩子就不會覺得奇怪，因為那個時間帶就是孩子的故鄉。」

妳在我耳邊輕聲呢喃。

「相反地，孩子會以為緩慢流逝的其他時間帶才是不自然。那孩子不會像我們一樣，在不同的時間帶感到害怕或陌生，就像你從二十歲到二十一歲，也不會覺得奇怪，如此經過一千、兩千年的歲月，也是很自然的吧。孩子不會為了過去的時光而傷心，不會看著逐漸消逝的東西而哭泣，因為這一切都是理所當然。那孩子不會像我們一樣盲目摸索，也不會因為重力束縛而原地徘徊。他會飛到無限的盡頭，看見我們無法看見的一切。」

是啊，不會有事的。

只要我們能夠相見。

第十四封信

航行時間十年又兩個月
地球時間，未知

我在外面修理風帆時，警報響起。太陽風要來了。聽到警報聲後，我仍看著浩瀚的太空，只看到星群湧來。

「知道了。」我對著警報器說。

我不想死。我知道還有五分鐘的時間，知道自己可以充分應對。不，我不確定，我只是望著星群，想著在時間的另一端無數閃耀的生命。

四分鐘後，我回到船內，一分鐘內就進入避難艙，然後睡著。後來不知道發生了什麼事，當我想出去時，發現門鎖上了。

我沒哭，只是思考如果死在這裡面應該很糟。我想起之前本來可能會死，現在又覺得如果當時死去可能還好一點，不管什麼事，好像都沒想像得那麼簡單，於是我又睡著了。

一睡著妳就出現，「妳來啦。」我說。可是妳突然發怒。妳說妳準時去了婚宴會館，卻不見我的人影。妳問我到哪裡去了？做了什麼事情？哪有新郎會這樣羞辱自己的新娘？我只能盡力安撫妳。

當我清醒——我是真的清醒了。我一清醒，妳也鎮定了。

「你的腿上黏著工具袋啊。」妳說，「你用魔鬼氈黏著。」

「啊，對喔，我腦袋真是不清楚了。」

我想放開，妳卻說：

「不要放，放了你就再也找不到了。」

我咬著牙，把螺絲起子鑽進門縫，勾住外面的門鉤。

像初見面時，妳和我試圖用水清除巧克力醬，我們為了打開門而大汗淋漓。

「門鉤卡得很緊，萬一螺絲起子先折斷怎麼辦？」

「那也不無可能。」

我說：

「但還是等事情發生再說吧。如果一開始就往壞處想，不必要的擔心就會增加。」

我意識到我是在重複妳之前說過的話。還記得當時，我愣愣地看著妳，就是在那一瞬間愛上了妳。

「真有趣。」我說。

「什麼？」妳問道。

「即使分開，我還是變得越來越像妳。」

「我們沒有分開，」妳搖著頭說，「我們存在於同樣的時間帶。我們一起變老，一起增加年紀。」

我苦笑。

「就像在那個叫做地球的太空船上生活的時候，巨大的太空船在星群間飛過，我們在船內吃、睡、成長、變老。」

「不是的。」我喃喃自語。

「在我們相遇之前，我們就已經一起存在了。只是船太大了而已。」

「才不是！」

我大聲說道。

「妳不在這裡，就算在，也沒想過要見我，要不然無論如何都應該留訊息給我。例如在港口某處用石頭排出電話號碼，這樣一來，我在空中就可以看到。不然可以上廣播節目找人……」

妳沒有說話，直接從我眼前消失。就在此時，門打開了。

我逃了出來，汗流浹背。

妳似乎再也不會以這種形式出現在我面前。一想到這裡，我就渾身沒了力氣。不行！我強迫自己不能再想下去，因為再次與妳相遇是我活下去的動力。

結束了。

我知道，現在結束了。

我想回家。

我覺得我活不下去了。因為實在太孤單、太寂寞。我會像你們家在鄉下的那間房子，成為廢墟。現在就結束吧。不過，既然要做個了斷，不如先回家再說。

想到這裡，我腦中浮現了一個地方。最後的場所，我覺得那裡十分適合。

第十五封信

那裡已不再有任何港口。我計算緯度和經度後抵達，海岸邊有一片茂盛的冷杉樹林，我第一次看到那麼美麗又廣大的樹林。

就算妳想來，現在應該也找不到了。

即使是現在，我仍這麼想。

最後我進行迫降。因為地形變化太大，海岸線挪移到莫名其妙的地方，地勢太高，我只能迫降在海上。但是海平面比預期低了很多，如果我沒有緊急進入隔離艙，恐怕會和船一起摔爛。如果門鎖沒壞，我恐怕會被困在裡頭死去。

我被沖到岸上，狂嘔出一堆海水，眼睜睜看著我的船沉入海底。

沒關係。

我想。

是啊，沒關係。堅持到現在，這樣就夠了。

溼漉漉的鞋子沾滿了沙，走路很吃力，我索性把鞋子扔了，赤腳走路。

樹林裡白霧繚繞，陽光在霧間穿梭照耀。露水滴在手上，然後在指尖凝成水珠。一群青鳥從樹枝間撲騰著翅膀飛起，驚動一群獐子，越過樹林跑出來。牠們個個精神抖擻、朝氣蓬勃，彷彿打出生以來從未受到人類騷擾，彷彿不需要躲避誰，猶如孔雀一樣絢麗奪目。

我將冷杉林從腦海中抹去，心中重新浮現曾經的空曠平原。因為瀝青還附著在地下，所以雜草無法往下紮根。平原上，紫菀花、馬蹄花、芒草香四溢，我把平原的畫面抹去，想著等候室。我清除纏繞在牆上的藤蔓，把倒塌的陽臺挪回原處。我在油漆龜裂的牆上重新粉刷，並擦掉地上的積水，把人們放進裡頭。我想起那些吵吵鬧鬧前來的人，還有等待的人們。

以及等待的我。

——我腿一軟，摔了一跤，就這樣倒在地上好一會兒，才再站起來走，走累了就倒在樹下睡覺。太陽升起我就睡，晚上則走路，因為這麼一來才能保持體溫。

進入內陸，城市的殘骸逐漸浮現。雖然被水草覆蓋，仍留有痕跡。

我在腦中把黑壓壓倒成一堆的建築一個個重新搭建起來，將破碎的窗戶重新裝好、上漆、打開電燈。啟動廢棄在路上成排成排的車子，將彎曲的信號燈豎直，在公車上貼號碼牌，打開車前燈。我想起公車到站後魚貫下車的人們。

我想起在車站等候的自己。

我看見妳臉埋在書中，一邊下車，又抬起頭環顧四周，一時搞不清楚身在何方。突然間，妳發現了我，開心地朝我走來。

我經過遊樂園，沒有眼珠的樂園吉祥物矗立在園中。海盜船裡積滿了水，肆無忌憚生長的水草從兩側垂下。我走在長滿紅花的鐵軌上，穿過被水淹了一半的地下道。一列地鐵衝過積水駛了過來，車裡的人渾身溼透，一邊擰著衣服一邊走出車外。

妳若有所思地走出來，四處張望，似乎擔心下錯了站。直到我穿著沾滿油汙的舊衣走近，戳了戳妳的臉頰。

賓客駕駛覆蓋著藤蔓花的車前來，一邊下車一邊抖落身上的草和蒼耳，摘下鮮花拿在手上代替禮金，走進被苔蘚、爬山虎和喇叭花纏繞的建築。

妳站在門口，搖搖擺擺地嚷著這麼重的裙子該如何是好，然後看到我從賓客中走來，向我抱怨，

你遲到了。

是啊。

我拍拍光腳上的沙說道。

因為是第一次，我可能太緊張了。

我停下腳步。

我們決定舉行婚禮的教堂就在眼前。

我慌張地環顧四周，教堂獨自矗立在廢墟中間，彷彿訴說這數百年的歲月不算什麼，對颱風、暴雨、風雪、戰爭嗤之以鼻。它好像獨自穿越了不同的時間帶，雖然殘破不堪，一邊的房頂還塌陷，依然屹立不搖。

我走上樓，撫摸著隨歲月變黑的門框，我怕只是自己在幻想。我想起那時撫摸著鄉下那間舊屋門框的妳，想起了妳說的話。

有人進出的屋子可以維持很久。

因為有人開啟門窗通風再關上，鋪好被子躺下睡覺再醒來；有人燒火做飯，打掃屋子、清除灰塵、擦乾水氣。

這時我才想起妳的信。

我反覆聽了數十遍的信，為什麼一直沒想到？妳最後說了什麼呢……

「要是你不在港口……」

有東西從門框上掉了下來。看來是太破舊，繩子斷了才會掉下。我撿起來，雖然殘破、還發了黴，仍然能看得出是我送給朋友的項鍊。我用顫抖的手拿出裡面的照片，底下還有一張看起來像婚禮當天拍的照片。

後來他們應該還是有到這裡來吧。這裡有和另一半或子女一起拍的照片，還有一張是個老人躺在床上，對著鏡頭，用手指比出「V」，上面寫著「我先走一步，小子」。

「要是你不在港口……」

妳在我耳邊呢喃，「就算只有我一個人，也要有儀式感。」

我光著腳，踩著腐爛的地毯，地板嘎吱作響。每走一步，白色的灰塵就像煙霧，飄起又翻滾。椅子生鏽，又破又舊，但都排放得很整齊。

祭壇後方的牆上貼著一層又一層褪色的紙片，映入眼簾，那些本來應該都是有顏色的，現在全變成灰色，上面的字全數暈開，寫著很多類似的句子——

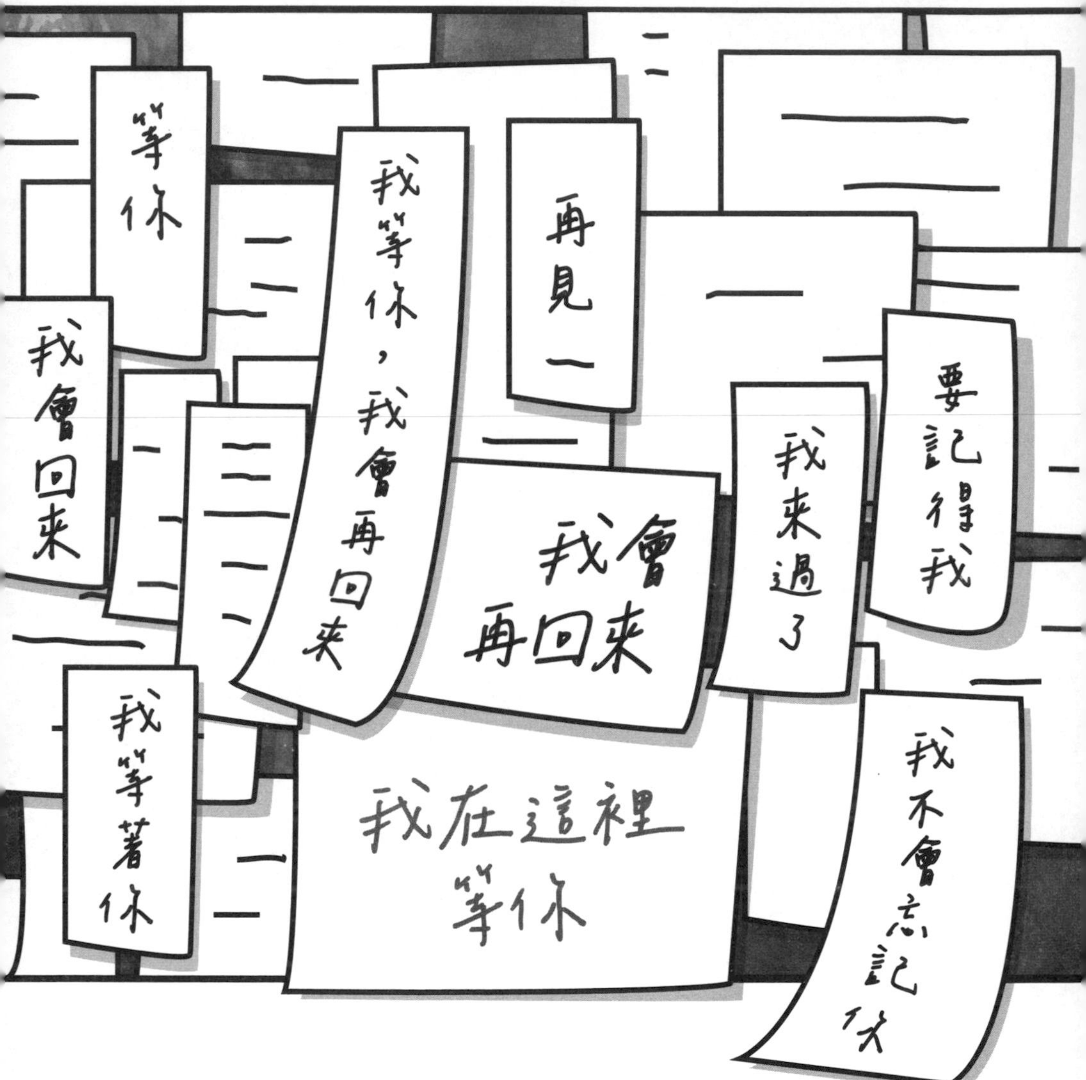
等你
我會回來
我等你，我會再回來
再見
我會再回來
我來過了
要記得我
我等著你
我在這裡等你
我不會忘記你

我跌了一跤。

我站起來、走過去。那些紙一碰就碎，每張黏貼的時間似乎都不太一樣，有數百年前的，也有數十年前的。看起來也有每隔幾年就出現一次的。

我沿著牆走，想拉起簾子，結果卻整片掉了下來。簾後的紙和蝴蝶結像被人用刀亂捅似地全數碎裂，上面有人噴漆塗鴉。

太荒唐了。他不在了，他一定在一百萬年前就死了。

我站在那兒看了很久。那句話劃破我的心，血液無法流通。最後我癱坐在地，坐了很久。

我喃喃自語地說這樣最好，當然，我在心裡還說了別的話。但我還是覺得十分慶幸。幸好妳放棄了。

我在地上坐了很久，正要站起身時看到一張紙貼在簾子上。因為是黃色的，所以很顯眼。

是黃色的。

由於還有顏色，代表它尚未被從窗戶照進來的陽光晒到褪色。我想起小時候放在窗邊的書，幾年過去，書的封面都被陽光晒成白色的了。

我把紙從簾子上取下。要撕下來不是很容易，這表示背面的黏著劑還有黏性，是去年貼的嗎？還是一個月前？或昨天？

還是剛才？

太陽逐漸西下，彷彿掛在窗邊，陽光穿窗而過，降下銀色的光簾，屋內景象更清晰可見。打掃過的地板、新鋪上紙的祭壇、祭壇上的花瓶，生過火留下的痕跡，還有上面的白鐵鍋。甚至還有人來去的腳印及被褥的痕跡。

一陣風吹來，褪色的舊紙片簌簌飄落，襯著陽光的照射，上面的字閃耀金黃色的光。

故事以外的故事：作者的話

不久前，我收到一位老朋友的信，內容非常真摯。他說自己決定與心愛的人步入結婚禮堂，因為兩人剛好都是我的書迷，想問我能不能寫個求婚用的小故事，他打算在求婚時朗讀出來。他還擔心這個請求會不會有點無禮，所以在信中預先附上誠心的道歉。

我看完信不禁笑了。到目前為止，別說浪漫的愛情小說，就連關於男女感情的故事我都未曾寫過，現在居然接到寫一部求婚用小說的請求！先不論是否可行，但我覺得很有意思。反正都是同樣的稿費，需求也很明確。我真心祝福他們，一方面又想，如果寫一部讓當事人讀著讀著，會覺得越來越尷尬、想逃出大氣層的小說似乎也很有趣。

◆

「所以，你希望是科幻類型的求婚小說囉。」

「除了科幻之外，妳還會寫其他類型的嗎？」

「說的也是。」

在下筆之前，我先參考了現有科幻小說中類似的作品，有裴明勳作家的《求婚》（청혼，文藝中央出版）以及郭載植作家的《我想與你結婚》（당신과 꼭 결혼하고 싶습니다，全宇宙出版），我發現故事中的人物都去了某個地方，於是我想寫一個關於等待的故事。加上我之前在創作〈走向未來的人們〉（미래로 가는 사람들，收錄在中短篇輯《遠走的故事》中），就想過有機會要寫一下關於主角父母那個時代的故事。於是就這樣開始了。

因為是以朗讀為前提的小說，所以需要背景音樂。委託人已經選好曲子了，是「W.H.I.T.E」。韓國電影配樂家的劉永石《愛，原本的愛》（사랑 그대로의 사

랑），在朗讀時當作背景音樂播放。而我在寫作時，聽的是任兌卿所翻唱帕蒂・基姆的《愛是生命之花》（사랑은 생명의 꽃）以及李笛的《謊言、謊言、謊言》（거짓말 거짓말 거짓말）。

我一開始並未有過將這個故事付梓的想法，只是單純為那對佳偶而寫，所以寫作時心情很輕鬆，但同時也有另一種壓力，雖然我只需要滿足兩個人，但必須讓他們完全滿意才行。

雖然沒寫過浪漫愛情小說，但我想，如果盡心盡力，對我自己本身也會發生一些變化。若是寫完這個故事，自己心裡卻沒有想戀愛的感覺，就代表我並未盡全力寫。而實際上，在我寫完之後，確實產生了那種想法。試想，光是為了一個人，或者說是為兩個人而寫，就有如此溫柔的感覺。那麼，若是為自己所愛的人而寫，或是思念著某人而活，又會為人生帶來多大的改變？當我產生了這些想法，我知道自己改變了，也確定我寫這個故事是正確的選擇。

求婚很成功，現在那兩人過著幸福快樂的日子。偶爾接到他們的近況、分享生活中的對話，感覺就像是這部小說未完待續一樣，覺得很幸福也很開心。

與唯一的讀者進行完美的編輯會議，並得到比稿費價值更高的感謝，讓我覺得寫作真是一件很棒的事。只是單純寫了文章，卻如此有幸能參與他人生命中的重要大事。

二〇一五年四月

金寶英

他說

計畫結婚，也獲得雙方家長同意已經好一陣子，但是一直都未正式求婚。是的，所謂求婚，是向對方請求結婚的意思。我知道在取得雙方家長同意前，應該先得到對方的應允，這才是正確的求婚順序。但是不知怎麼，事情就這樣一直拖下去。

我問了周遭朋友的求婚歷程，大部分答案都差不多。如果想簡單點，就找間不錯的餐廳，吃一頓美食，用感動人心的話再加上戒指就可以。但我並不是個懂得說甜言蜜言的人，會想像著如果吃頓昂貴的晚餐、拿出戒指，卻用跟平常一樣的口氣說：「我們結婚吧。」那又有什麼特別的呢？

倘若缺乏好口才，可以尋求專業，找活動公司規劃，包下郊外的民宿，抵達後放下行李，先出去逛兩個小時再回來，民宿裡就會布置好氣球、蠟燭、蛋糕；也可以請專業聲優提前錄音，以假想製作的廣播節目求婚；或是在漢江遊覽船上聆賞樂隊現場演奏，抓準時機求婚。在汽車後車廂中裝滿玫瑰花和氣球的招式雖然老套，又有點幼稚，不過效果出乎意外得好。只是怎麼想都覺得不對。我們沒有付出任何努力，只要付錢就輕鬆完成，這樣似乎無法完全向對方表達我的心意。

苦思了幾個月，原本的想法是兩個人一起親手製作一個工藝品，做為誓約的信物——（但因為兩個人一同製作，就必須事先向對方說明，那就無法祕密進行了）。於是這打算宣告失敗，我深受打擊。

又過了一個月，我絞盡腦汁想到的活動都無法實行，一度覺得不可能再想出其他更好的點子，於是把最初、最原始的想法拿出來。當初因為覺得超出自己能力，所以很快就放棄，但如今實在無計可施，就豁出去吧。我最初的想法，是朗讀一篇求婚小說給對方聽，不過我的聲音沒什麼魅力，我也沒接受過朗讀訓練，不知道能不能做好，但是在思考過的眾多求婚創意中，最有可能付諸實踐的只有這個。我也沒法徵詢他人意見，因為想也知道，大家聽到這個點子可能會說：「蛤？那是什麼啊？」

剛開始想到朗讀的作品是裴明勳作家的《求婚》。在《網誌鏡子》上首次發表時是短篇，但實際出版的是中篇小說，太長了，感覺錄音會有難度，於是我決定再找找其他作品。

接著想到的是郭載植作家的《我想與你結婚》，但是這個故事比《求婚》還長。為什麼關於求婚的故事都寫得那麼長呢？

為了以防萬一，我先試錄了一下，想聽聽效果，結果大概要花五、六個小時。其實不管是《求婚》還是《我想與你結婚》，真要錄音並非做不到，只是為了求婚，竟然要朗讀五、六個小時，又不是朝鮮傳統藝曲「盤索里」，一首曲目唱完至少要好幾個小時。這樣對方就算有結婚的想法，恐怕也會因為故事太長聽得不耐煩、因而拒絕。

到底該怎麼辦才好？

如果已出版的作品中找不到合適的，就用全新作品吧。女友喜歡的作家有兩位，剛好其中一位與我有點交情。她住在江原道，過著田原的寫作生活。那裡風景好、空氣佳，我們熟識的程度大概是休假去找她玩也沒問題的等級。

但我還是很擔心。因為我並非以出版社，而是個人名義進行委託，她會不會很為難？不過事到如今，我也不管了，於是寫了電子郵件。時間已經迫在眉睫，能怎麼辦呢？就算是最後一根稻草我也要抓牢。

您好，我就要結婚了，但老實說還沒正式求婚。我打算用朗讀一篇小說的方式來進行，只是，在既有已發表的作品中找不到合適的，剛好我的女友非常喜歡作家您的作品，所以斗膽來拜託您，希望您能為我們寫一篇求婚小說。

很幸運，作家接受了我的委託，她只問了一些問題，腦中就浮現了故事雛形。我們幾度郵件往來，夏季時也去拜訪過作家，當時還有其他朋友同行，他們都不知道我的計畫，所以還得避開同行朋友、悄悄與作家進行討論。

幾個月過去，我收到了原稿。一拿到手便帶著感恩的心情拜讀，很快就陷入故事當中。作家以如此規模宏大的科幻故事，來描述一個男子懇切求婚的羅曼史。

我清清嗓子，開始錄音。在朗讀故事的過程中，我自己深陷其中，隨著故事幸福地笑、窩囊地想逃跑，痛哭、絕望，就這樣帶著激動的心情朗讀。為了潤飾、編輯、錄音，我讀了數十遍，每次都無法自拔。我無法不陷入，因為這是為我們倆而寫的故事。

求婚那天，近午夜時分，我開車載著女友來到漢江邊，停好車後，我打開手機裡儲存的MP3播放。聽著自己的聲音，感覺既熟悉又陌生。我害羞地一直低著頭，最後竟然睡著了。坐在一旁的女友並未發現我睡著，一直靜靜地聽著故事。隨著故事結束，流洩而出的音樂喚醒了我，只見女友眼眶溼溼的。

求婚圓滿成功。

我很擔心那麼好的故事會因為我的不專業朗讀未能正確表達，所以盡最大努力編輯、輸出、切割、線裝、上膠，做成精巧的手工裝訂書。女友也喜歡書，就像喜歡我的聲音一樣。我真的很幸福。

書做了兩本，一本是我們夫婦倆永遠的寶物，另一本致贈給為了我們而創作這個故事的作家，以表達感謝。

老實說，我實在不知道如何才能表達對作家的感謝，多虧了她，我們才能留下與眾不同的求婚回憶。最愛的作家為了我們的結婚送上祝福，這應該是一般人很難享受到的奢侈吧。

我們會一直過著幸福美滿的生活，謝謝您。

她說

被問到是否一定要接受求婚時，一般人通常都會說：「雖然每個人狀況不同，但如果當事人希望，就應該接受。」因為對某些人來說，求婚可能不是很重要，但對另一些人來說，卻是一生一定要擁有的時刻。根據後者的狀況，為了將來的家庭和諧著想，與其因為沒能被求婚而埋怨一輩子，不如就進行求婚吧。不過當時我自己並沒有想過結婚，所以求婚和我無關。

但是到了我必須決定是否接受求婚的時刻，我心想：「有必要拒絕嗎？如果可以的話，就接受吧。」於是沒有猶豫太久就答應了男友。那一瞬間，男友看起來有點不知所措，過了一會兒才露出興奮的表情，接著道出他的求婚計畫。但我一聽到那不著邊際的計畫就直接了當地說：「不要那樣做。」後來也對求婚一事忘得一乾二淨。

我們為了準備婚禮忙得不可開交。某天晚上，工作結束後，男友送我回家，半途停下來播放他自己錄音的故事給我聽。是的，就是這本書的內容。那真是讓我永生難忘的求婚。雖然因為害羞而閉上眼睛的男友後來居然呼呼大睡，但我真的很感動，真心感謝。

藉此機會，我要謝謝為這異想天開的計畫撰寫優秀文章的作家，也要告訴當時的男友、也就是現在的老公：辛苦你了。雖然是以個人契機開始的故事，我們依舊覺得若只有我們兩人看過就太可惜。所以很高興能出版成書，也感謝閱讀這個故事的您。

解說：像地球一樣孤單的男子，關於他的等待

徐熙元（音譯，文化評論家）

親愛的你，
等待著沒有到來的你
我終於去你那兒了
從很遠的地方，我向你而去
費了好長的歲月，你正朝我而來

——黃芝雨，〈在等待你的時間裡〉

《我等待著你》與《我朝你走去》，講述了各自以光速航行，在速度創造的時差

中等待並尋找彼此的男女的故事。就像透過「結婚」這種愛情約定而結合的男女被稱為「夫妻」，這兩部小說既是個別文本，同時也是能合而為一的故事。如果進一步擴大範圍，將這對夫妻的兒子「星河」的故事——《走向未來的人們》捆綁在一起，就是個「家庭」了。

根據情況，有時在地球外看地球，比生活在地球上的人在地觀察更有意義。這部小說亦是如此，在《我等待著你》最後，〈故事以外的故事——作者的話〉，就像告訴人們金寶英的 *Stella Odyssey Trilogy* 是如何誕生、如何找到伴侶、以及如何與過去結緣、成為三部曲的一種「神話」。簡而言之，這兩人身為金寶英作家的忠實粉絲，提出委託，希望寫一部「求婚時用於朗讀」的小說，金寶英欣然接受，創作了「科幻求婚小說」的跨界文本《我等待著你》。金寶英表示，「以前在創作《走向未來的人們》時，曾想過寫關於主角父母時代的故事」，於是將它具體化後寫了該文本。之後將《我等待著你》中沒能講述的女子的故事，寫在另一個單獨文本《我朝你走去》中。一部小說加入實際男女結合的緣分，在此過程中，又與之前的文本相結合，就像男女創造家庭一樣，拓展新的緣分，完成三部曲的過程本身就是充滿刺激與趣味的故事。

〈故事以外的故事〉提到，金寶英很清楚這部小說的創作最重要部分是為了「求婚」而「朗讀」的前提。朗讀與默念不同，故事透過說者的聲音，進入聽眾的耳朵，進入耳朵的聲音會經過識別，留下痕跡後揮發。因此「用耳朵讀的人」與「用眼睛讀的人」不同，故事必須經過聲音傳達才能理解。也就是說，無法像「用眼睛閱讀的讀者」一樣，對於不理解的部分可以翻到前面、重新閱讀，或者一次看好幾行，受到行間某個詞句的間接影響，然後停下來思考。因此，朗讀用故事應該更直觀，比起以插曲和細節分散注意力，更應該強調敘事的路線，讓讀者好比在一個能穩定前進的單行道一樣進行。

而「求婚」這個目的，會將注意力更集中在聲音上，必須創造有號召力的氛圍，就像進行愛情告白的人，不會在乎隨風飄揚的頭髮和周圍人的反應，把故事進行的背景拿來和主角的行徑和內心相比沒有意義，只能被忽視或縮小，到可以接受的程度。而這一點也是從十八至十九世紀現實主義出發的小說（Novel），以及起源於宮廷戀愛的羅曼史（Romance）在體裁上的差異。文學評論家諾思洛普．弗萊（Northrop Frye）這樣說：「小說家（Novelist）處理人格（personality）。在這種情況下，登場人物都戴著角色（Persona）、也就是社會性的面具。小說家需要穩定的社會框架，因此，大部分優秀的小說家都尊重習俗，甚至可以說過於小心謹慎。而羅曼史作家講述的是個性（individuality）。在這種情況下，登場人物存在於真空，透過夢想實現理想化。另外，無論羅曼史作家多麼保守，在他的文章中都可能出現某種虛無或野性的東西[1]。」如果用金寶英的作品來解釋，重視小說可能性的讀者會認為，被這樣一個人的行徑感動——他只是曾在「船舶零件製造企業」工作，而且不過是個內勤職員，然後親自駕駛（！）自嘲為「帆船」或「小船」的小太空飛船，有時還要自行修理（!!）還以接近光速的速度長時間在地球周圍航行、等待女友（!!!）——乾脆直接說這一切不符合科學事實和社會的「舊習」。但是，浪漫的讀者會更重視主角固有的意志和理想，從字面上來看，心懷感動地閱讀在「真空」中展開的冒險，直到結出果實，是具有意義的。

再加上，所謂的科幻小說就像很多研究者的看法一樣，是為了「創造賦予想像力新觀點的神話，將科學作為敘事使用[2]」，而不是將生硬的數學轉換成文字，用故事來解釋。引領現代理論物理學的學者之一，愛德華·威頓（Edward Witten）曾形容，這便是比起計算、更注重夢想；比起算式、更重視冥想的工作方式。「非物理學專業的人可能會認為，物理學家的一天都在非常複雜的計算中度過，但物理學的核心不是計算，而是概念。從概念上理解這個世界運轉的道理，這就是物理學的目的[3]。」所以，我在此囑咐讀者，閱讀金寶英的 *Stella Odyssey Trilogy* 三部曲的方法，並非打開筆記本，計算各章節小標題中的飛行速度，以及地球時間的差距，確認這是多麼嚴謹的科學理論，而是悠閒地欣賞根據科學理論判斷的特殊相對論這一「概念」，以及其創造出的時空裡展開的驚奇冒險。比起時間的無常流逝，更能認同有價值的人類意志和愛情。簡單來說，如果聽到求婚者說「我願為你摘星星」這種話，別急著追究是否可行，不如握住那個人的手，凝視他這樣的意志指向的未來。

《我等待著你》與《我朝你走去》用開發了可光速航行的宇宙飛船，實現星際旅行的「二十一世紀」，但是又離我們不遠的近未來韓國為背景。之所以可以判斷小說

---

1 諾思洛普．弗萊，《批評的剖析》（*Anatomy of criticism*）（暫譯），韓道社，一九八二，P.432。

2 謝里爾．文恩（Sherryl Vint），《Science Fiction：讀SF時該思考的事》，全行善譯，arte，二〇一九，P.12。

3 加來道雄，《穿越超時空》（*Hyperspace*），商周出版，二〇一三。

的背景在不是那麼遙遠的未來，是因為主角的思想、記憶、生活中處處留下「高考」或「Hanmail」等社會符號，給我們一種處於同時代的感覺。如此看來，在這部小說中，二十一世紀是具有科學指引的可能性未來，二十世紀則是被記錄在歷史上的事件封閉的時間，並未迎合我們實際經歷的嚴格時間變化。

金寶英的小說選擇了星際旅行這個素材，而科學穩定發展使得這個可能的目標並非位於遙遠的未來。金寶英想透過光速的時差，展現我們現在常說的失去的事物，也就是以浪漫熱情為基礎的愛，不，應該是時間或社會變化也無可奈何、絕對價值的愛，而不是遙遠未來人類要進行的網路型態男女相悅。這種愛是透過寫信給對方的書信體小說，以及在無重力太空船中倚在窗邊與星星擦肩而過、用鉛筆寫下信件、珍藏的結婚戒指、在教堂舉行的虔誠婚禮，等等浪漫文學、浪漫素材讚美的目標。不是在看不見的未來，在沒有人情味的後代子孫身上發現那種像無線充電一般形態的交集。

在可以進行光速星際旅行的時代，他們約定在地球時間「四年六個月後」舉行婚禮。女子為了送別移居到其他星球的家人，必須先去離地球最近的另一個太陽系「南門二星」；男子為了減少在地球上不得不經歷的「九年」時間，選擇乘坐「等待之船」在太陽系光速旅行兩個月。在愛因斯坦的宇宙中，時間會根據物體的速度以不同的速度流動，男子與女子相信他們即將在一起，於是各自出發。經歷以光速進行移動的男子，將自己如此美麗卻又帶著恐懼的心情記錄下來。

在船內感覺不到船的移動。沒有風，沒有聲音，眼前看到的所有星光都往一邊傾斜，整個宇宙的星星都聚在一處閃閃發亮。在這裡，以光速掠過我的是整個宇宙、地球、我的家和朋友，我有一種靜止不動的感覺，連時間似乎也靜止了。

有人說，時間和空間其實是一樣的。（第二封信）

但宇宙並不是如他們那樣樂觀的想像，並非平坦的二次元紙上算式那樣穩定。他和她乘坐的船根據彼此的情況反覆停止加速數次，他和她為了減少彼此的時間，轉到其他船上，而看似瑣碎的時間誤差漸漸變得無法控制。正如他在信中哽咽寫下的那樣，宇宙中的幾分鐘就等於地球上的幾年。「因為船長的失誤，我們進入錯誤

的時間線。我問他會延遲多久？他說其實差距不過幾分鐘，但會在三年後才抵達地球。」（第三封信）

為了等待將與自己結婚而飛向宇宙的女子，男子選擇乘坐對自己釋出好意的船長給的「小船」，獨自展開在宇宙漂泊的冒險。不必注入燃料，用「太陽風和太陽能電池」就可以航行，但是「要達到光速，就要加速一年」因為船太小，「無法裝載兩年的糧食」，因此，那是一艘絕對無法達到光速、「差不多像一個房間那麼大」的小船，但他甘願承受漫長的等待。在反覆糧食短缺、返回地球的過程中，男子幸運地找到了與「3D列印」原理相似，不管「把泥土還是什麼放進去，就會出現以分子為單位，分解重組後可以食用的東西，像狗飼料一樣」的「飯鍋」。乘坐這樣以最小限度滿足衣食住行需求的「帆船」，男子在地球及其周圍漂流，懷著說不定有一天會相遇的一絲希望生存下來。

男子經歷的是實在無法稱之為生活的悽慘生存，因為那彷彿是生活在真空中的絕對孤獨。在小太空船上能找到的聊天對象，只有分裂的自己，或自己的幻想。在這絕對孤獨的時間裡，他勉強活了下來。以地球的時間為單位，這段悽慘的生存持續了近十年。在此期間，地球的時間像「略估」（第十二封信）或「也許」（第十三封信）這種空前的算法一樣快速流逝，經過了「兩百二十三年」之後，已經變得無法計算、無比遙遠。男子乘坐小船度過的近十年，很類似許久以前因波塞頓的憤怒而延遲，歷經十年才得以歸鄉的奧德修斯，但是更像因絕對孤獨而被困二十八年的魯賓遜。當然，嚴格來說，男子的時間不可能像丹尼爾・笛福（Daniel Defoe）筆下的魯賓遜那樣，透過合理又慎重的性格和縝密的計畫，將無人島打造成可以經營的文明之地，以及「甜蜜的家」。《我等待著你》裡的男子，比起帶著開墾荒地的開發商心態經營地球，更想和經歷核電廠爆炸、戰爭、隕石衝擊與急劇崩潰的地球文明一起消失。能救他的只有一件事，那就是與她再相會的約定。在此過程中，他的內心就像經歷時間風化的事物一樣迅速崩潰。在記錄這些的過程中，他使用「像瘋子一樣」、「失魂落魄」等詞句，並非單純的修辭，而是更準確地表現出在孤獨中勉強堅持的自我內心檢視。從這一點來看，如果把他當成魯賓遜的後裔，那麼他並不是笛福筆下的魯賓遜，反倒更接近米歇爾・圖尼埃（Michel Tournier）重新撰寫的《禮拜五：太平洋上的靈薄獄》（1967）中的魯賓遜展現出人類的孤立與癲狂。

在〈第七封信〉中，可以看到最能體現男子經歷的孤獨和內心崩潰的場面，令人印象深刻。為了穩定航行而回到地球的男子，在修理小太空船的途中突然看到一座建築物，「有如水裡堆起的沙堡，也像壽命已盡的枯木」、「無聲無息地倒塌」、「房子好比因孤單而一下子變老」，好像在說，既然這麼孤獨，還值得活下去嗎？不期不待的孤獨慢慢侵蝕他的心，把他變成生命力枯竭的化石。

這樣撕著花瓣，一邊說「她會來、她不會來……」的無常時間這樣流逝，在港口等待女子的他看到以前乘坐的「等待之船」抵達。雖然船上的人沒有好好款待男子，男子卻得到了和他們一起離開的機會。男子說：「我們就像在無限寬廣的河流上朝同一個方向平行前進，祈禱著可以偶然相遇，可是這條河沒有盡頭，船也無法迴轉。」他明確地感受到「如今見不到妳了」——不，是「妳沒辦法來找我了」。但是他最後並未乘坐「等待之船」，在新的時空裡展開社會化過程。相反地，他找了個微不足道的理由，也就是船長偷看了傾訴對她的思念和抱怨、等待以及絕望的信，決定不隨他們離開。

◆

就我個人而言，這個場面比小說結尾強烈暗示的兩人相遇更讓我受傷，讓我暫停了一段時間。因為不管是用「羞恥」、「侮辱」、「羞愧」這些詞句，我都覺得無法正確解釋男子的懇切心情。因為等待成為存在的理由，所以欣然選擇孤獨，他的這種心情既非堂堂正正，但也不卑劣、不空虛。在這個場面中，我產生了這樣的想法，就像遙遠的時光，有意義的東西處於看不見的遠方，所以不能說看不見，你彷彿從某個地方過來而徘徊，而我為了尋找那樣的你漂泊不定。如果連男子的等待都沒有，那整個宇宙將有多麼無常？在等待和絕望的盡頭，有如自己尋找死亡之地的大象，男子把腳步轉向約定立下終身誓約的教堂，「教堂獨自矗立在廢墟中間，彷彿訴說這數百年的歲月不算什麼，對颱風、暴雨、風雪、戰爭嗤之以鼻。它好像獨自穿越了不同的時間帶，雖然殘破不堪，一邊的房頂還塌陷，依然屹立不搖。」（第十五封信）。雖然有些破舊，但經過整理的教堂內，牆壁上覆蓋著長期以來無數次來訪痕跡的黃色紙張。小說最後，就像預示著兩人相遇一樣，以金色光芒四射的教堂牆壁結束。「一陣風吹來，褪色的舊紙片簌簌飄落，襯著陽光的照射，上面的字閃耀金黃色的光。」（第十五封信）。在這最後的場面，我想起了東尼奧蘭多與黎明合唱團（Tony Orlando And Dawn）的歌曲 *Tie a Yellow Ribbon Round the Ole Oak Tree* 中出現的黃色蝴蝶結，像秋天的葉子一樣懸掛在古老的樹上[4]。覺得老套？那又怎樣？那正是我曾度過的時光的OST。

4 在《我朝你走去》中提到，在港口發出求救信號的女子將乘坐「等待之船」，在那裡「每天都播放同一首歌曲，是以前的老歌手唱的老歌，開頭是『回家的路上～』」（《我朝你走去》的〈第七封信〉）。當然，在《我朝你走去》的後記中，該小說的背景音樂是金允兒的*Going Home*，這首歌的開頭是「回家的路上～」，不過*Tiea Yellow Ribbon Round the Ole Oak Tree*也是以「I'm coming home」起頭，所以換句話說，這首歌對女子的無意識行為產生了影響，她用寫有等待的哀切心情的黃色便條紙代替滿牆的黃色蝴蝶結。

愛一個人就是愛宇宙
為了一個人，為了宇宙，
給一個人的禮物，不就是給宇宙的禮物嗎？
所以我相信，這本書對你來說也會是一份很棒的禮物。

金寶英

我朝你走去

第一封信

航行時間一天
地球時間一天

過得好嗎？
我正在路上。

寫完，我放下筆望著窗外。其實乘客還在登船中，還有得等呢。外面排得密密麻麻，都是提著行李的人，有一些孩子調皮搗蛋地胡鬧，有些則疲憊地拉著媽媽的手耍賴，與瞌睡蟲對抗中。一對老夫婦手牽著手走樓梯上來，看起來感情很好。也有年齡和我差不多的人。他們吵吵鬧鬧，不停吃著零食。在另一角，人們緊緊擁抱彼此，為漫長的離別互道珍重。

因為是偷偷溜走，所以我沒帶多少行李，只拿了一個電子書閱讀器，是平價款，螢幕和手錶的錶面差不多，實在是太小了，閱讀起來很勉強，不過可以聽有聲書。我下載了至少一百本經典小說，這兩個月內應該不會太無聊。

收到手寫信嚇了一跳吧？啊，不過等你接到，應該已經轉成語音了。

當我拿到鉛筆和信紙時也嚇了一跳。我問乘務員為什麼用鉛筆？他說：「鉛筆就算在無重力狀態下也可以使用。」然後把鉛筆反拿，說道：「躺著寫的話，原子筆可能會寫不出來，但是鉛筆一定可以。」我想應該不會吧。那又為什麼要用手寫信？乘務員說：「因為機器會不斷更新。」我不懂他的意思，他又說，不管機器的操作方式再簡單，還是有人不會用，像老人、小孩，來自其他行星的人，還有窮人，但是任何人都會用信紙寫信。

因此我們先寫在信紙上，再拍照傳送，收信處收到了，便會自動轉換。

剛才我在船上四處窺探，結果被乘務員發現，挨了一頓訓，實在很尷尬。所以我只好回到房裡。你知道的，我只要到陌生的地方，都會習慣先查看四周，確認藏身處和避難路線，才能安心。總之，與家人一起生活久了，就會變成這樣。

每次聽到導航ＡＩ廣播，我都會有點興奮，因為我寫的文案被原封不動地播放出來，不知道是什麼時候外包出去的，沒想到現在還在用。

實在太無聊了。我和同房間的人一起玩扮家家酒……啊，你知道那是什麼嗎？我小時候常玩，是女孩的遊戲，你不知道也是情有可原。只要ＡＩ語音腳本文案寫手聚在一起，真的是拚了命地狂玩。

遊戲方式是：兩個人同時向ＡＩ下命令，一個人說打掃，另一個人說做飯，ＡＩ聽誰的，那一方就贏。以前的ＡＩ必定是按照順序執行，但現在的設計已能進行較複雜的判斷。舉例來說，比起單純說「做飯」，說「今天晚上七點半前打掃完畢。」這樣的指令更有優先性，因為加上時間限制，對機器來說增加了急迫性。就和叫丈夫做家務的要領差不多，所以也有人說，這是教導女孩將來如何使喚另一半而創造的遊戲。

我真不敢相信，以光速飛行還要飛四年四個月又十二天才能到你身邊。這代表這九兆五千億公里的距離，我要走四趟再加三分之一，才能見到你。

當然，如果船達到光速，時間會是靜止的，那表示我感受到的時間會是加速一個月，減速再一個月，不過是兩個月罷了。

我想起去南門二星時對你說的話。

我說我會陪我的家人移民過去，但是一抵達就會馬上回來。因為只要去過別的星球，就能擁有外行星居住權，有了那個，回來會比較容易找到工作，還有很多有的沒的稅金減免，只要能忍受四個月的往返時間就可以了。

「對妳是那樣沒錯。」

你呆呆地看著我，仔仔細細地掐指細算。

「但對我來說是四個月再加八年八個月，我要等整整九年啊。」

「是啊。」我說。

接著我閉上眼，覺得一定會聽見你說「分手很難，沒想到妳用這種方式提。好吧，掰了，我要去找新女友了。」

但你沒有，而是隔天抱了一堆星際結婚手冊出現，你說只要存四年半的錢就能買到「等待之船」的船票，那是一艘以光速環繞地球的船，等待從其他星球前來的人，並到達相同的時間帶會合。

「那樣我只要等四年半就可以了。」

聽到這話，我抱著你哭了很久。

你說到時你會變得更帥，社會福利會一年比一年好，技術也會不斷更新，先去未來待個幾年比買保險更有保險。

你似乎知道了：我要把家人留在宇宙的另一邊。

我不想和他們待在同一個星球。現在透過網路，即使分處行星兩端，也可以即時視訊。若想真正擺脫他們，就必須把他們留在另一個時間帶，留在即使以光速追趕，也需要好幾年才能到的地方。那樣一來，即便我父親生氣地咆哮：「妳到底在哪裡？」我也可以說：「哎呀，這個嘛……」在需要八年八個月又二十四天才會到的地方。

記得剛與你交往時，我常常放你鴿子，有時甚至連著好幾天都聯絡不上。我以為你會像其他男人一樣離開。但是有一天，你傳來簡訊，說不管我是什麼模樣，你都會等我。

幾天後，我去了咖啡店，你一身邋遢坐在門口，看起來像在馬路邊睡了好幾天。

我的樣子也好不到哪裡去。大熱天裡，我穿著夾克，戴著帽子、眼罩、圍著圍巾，想盡辦法遮掩身上的瘀青，卻遮不住腫脹的臉頰和浮腫的眼窩。我覺得很難為情。都是你的堅持，逼得我必須以這副難堪的模樣見你，我對你充滿討厭和埋怨。

但你什麼也沒問，只是聊了很多如何消腫清瘀的民間療法，聊著聊著，你就靠在咖啡店的沙發上睡著了。

「家庭不算什麼。」

再見面時，你這樣說。

「家庭只要重新組成就行，所以世上才會有結婚這種美好的制度。現在人的平均壽命越來越長，我們會活到一百歲。如果我們現在開始一起生活到一百歲，那麼，我會比妳原本的家人多四倍時間和妳在一起。」

然後，你纏著我說：「所以我們快點結婚吧？好不好？」

好，我現在就要去找你。

為了和我選擇的人成為多四倍時間的家人。

等我。

第二封信

航行時間一個月，
地球時間一年又四個月後

啊——好難過。

好不容易寫了一封文情並茂、足以讓你感動得淚流滿面的信寄給你，結果卻是這樣，這算什麼啊，我不管啦。

親愛的，對不起，真的對不起。

不，聽我說，就在我們進入光軌後，接收到求救信號。有一艘船遇險漂流。船長面色凝重地說：「依據星際法，我們現在必須停止航行、進行救援！」他只是單方面告知，也沒徵求我們的同意，就把船停下來。真是的，那艘船為什麼偏偏要在我們附近出事啊？

別誤會，我的意思不是不救他們。我知道、我知道，這是人情倫理啊，也不可能在這遼闊的茫茫星海中打一一九求救。但問題是，我們現在是以光速飛行，不管如何努力，從減速到完全停止，都需要花一個月的時間，然後再啟動加速，又要花一個月。

這樣是兩個月！不，換算成地球時間的話是……三個月！

我忍不住抓住經過的乘務員，對他提出抗議，我問他難道沒聽到夫妻之間感情破裂的聲音嗎？我現在可是要去結婚的準新娘，已經寫了一封文情並茂的信給未婚夫，你說現在我該怎麼辦？那名心不在焉的乘務員隨即聯繫了某處，說這裡有位即將舉行婚禮的人，她認為她的婚事比三十條生命更重要，需要特別處理。接著不知從哪兒冒出來兩個男人，把我像行李一樣抬了起來，扔進房間！

我又怎麼了？我只是希望你們知道我們也是犧牲啊！

剛才來了個一臉固執的乘務員，說遇難者救上來後需要一起用房間，要我在同意書上簽名。我問說會有幾個人？他說有八個，但這間是四人房啊。我問他如果不簽同意書會怎麼樣？乘務員說：「那也沒有辦法。」然後閉上嘴，卻仍待在房間裡，哇！

只差沒拿刀出來，根本就是強盜啊！強盜！

我和同房間的室友都止不住怒氣，出聲抱怨，他們怎麼可以這樣？我們都是乖乖照規矩付了船費的人，為什麼反而要我們吃虧？因為太生氣，所以肚子餓了起來，點了很多辛辣食物狼吞虎嚥。接著我們打開電子書閱讀器，聽歌德的《浮士德》。不管怎樣，只要聽聽老故事，我的心情就會平靜下來。

對不起，親愛的，真的對不起。

讓你一個人待了四年半，現在又要再等三個月。我連自己婚禮都遲到，會被人唾棄的。

這次就原諒我吧，等見了面，我馬上給你二十張許願券，嗯……還是三十張？

浮士德真是個奇妙的人。

只要能說出：「停留一下吧，你是如此美麗。」哪怕只有一瞬間，只要能感受到這樣的喜悅，就算當場失去生命也無所謂；被魔鬼用鏈子緊緊綁住，永遠墜入萬劫不復的地獄也無所謂。他怎麼會有這種想法呢？他究竟是已經完全絕望，還是有著比求死更迫切求生的心？

等我抵達後，世界應該變了很多吧？以前就是這樣，不管是建築物、商店、街道，都維持不了幾年。昨天才開幕的店鋪，今天就關了；上個月還矗立的大樓，下個月就被夷為平地。整個國家就像陷入了自我厭惡，不斷地摧毀自己。即便是存在已久的東西，不能破壞的珍物也一樣。在那種地方生活，必須養成對任何事物都不執著的習慣。無論失去了什麼，都要習於不感到遺憾和悲傷，能留下來的只有自己的記憶。

親愛的。

地球上已經沒有任何算是屬於我的事物，我把家和家人、所有一切都留在宇宙另一邊。當我回到地球，曾經熟悉的街道和建築物或許都消失了吧。

但即使那樣，我也沒有一點害怕。

我突然有種想法：我的家不是一個空間，而是一個人，那個人是你，你就是我的家、我的故鄉……

◆

說了那麼動聽的話，你會原諒我的遲到吧。
我現在就在回家的路上。
等我。

第三封信

航行時間四個月又十天
地球時間四年九個月又十天後

嗨！親愛的！喲呼～

一到港口就收到你的信。

哎喲哎喲，是這樣啊？為了配合我的時間，卻搭錯了船，結果反而要晚三年才到？嘖嘖！真是的，你要做得更好才行啊。

「那到底是什麼船啊！」聽你形容那艘船，我忍不住拍掌大笑，隨即馬上查詢船票，正好有一艘船準備出發，我運氣真好！

真是美好的世界，只要坐上光船，再怎麼延遲的約會也趕得上。不管是三年還是一百年，我們不可能見不了面。

現在我心情很好。之前讓你等了兩個月，我本來很難受，人也瘦了很多，現在換你遲到了，這樣我就能盡情吃喝兩年九個月後再見面，對吧？啊哈！以後可要好好表現喔，老公！

別擔心！別擔心！複雜的問題我都處理好了！

我跟婚宴會館聯絡過，也通知了你所有的朋友。雖然婚禮要晚三年這理由有點荒唐，不過大家都說到時候一定會來。聽他們說，原本舉行婚禮那天大家都到了會場，雖然我們沒到，但他們聚在一起也玩得很開心。

關於房子，我跟房客聯絡過，調整了合約。至於你公司那邊，似乎有點意見，不過目前代理你工作的人聽到工作合約延長，還挺高興的。

你的信以語音傳來，我下載到電子書閱讀器內，持續播放。聽到你說一輩子都會好好對我，苦苦哀求要我等你那一段，我每次都笑到喘不過氣來。

你知道嗎，親愛的。

其實我一點都不介意你遲到。

託你的福，我可以多遠離我的家人三年。哎，我的小可愛，你真是太了解我心裡的想法了。親一個！

就如同我事先的想像，這世界變了很多，路上都是無人駕駛的汽車，真慶幸我一直都沒考駕照。路上多了輪椅專用道，港口也配置了手語機器人。今天看新聞說，從明年開始，大學將分階段實施免費教育。

你說的沒錯，這世界正在慢慢變好，所以三年後會變得更好的。

◆

我所搭乘的太空船是進行地質探勘的研究船，一方面收集小行星土壤，同時順道為周邊太空站進行補給、賺點外快。他們還將船艙內部分房間改造成客房，因為星際旅行者大幅增加，但客船供不應求，所以才會衍生出這種規避法律、私下載客的船。沒有保險，但相對船費很便宜。

船上不是研究人員就是小販，一般乘客只有我。大家都問我怎麼會搭上這艘船，我說我是為了結婚而搭船，大家聽了都咯咯笑。一位賣醃魚乾的大叔送我明太魚乾，卻也同時告訴我，沒有一個普通男人會等那麼長時間，他說你一定早就有了自己的生活。

我聽了很生氣，我說我要結婚的對象不是「普通男人」，而是「我的男人」，我一邊咔嚓咔嚓地嚼著明太魚乾一邊說，突然覺得很難為情，把臉別過去轉向牆壁。

你不只是男人，是我的男人；我也不只是女人，而是你的女人。我們與其他人不一樣。

他們為什麼要那樣說？那個大叔又不認識我們，根本一點都不關心我們。他們自以為是受神旨意的先知，有資格參與我們人生，隨便提出膚淺的意見，可是不管再優秀、再聰明，人能夠知道的就只有自己的人生……

我爸討厭所有接近我的男人。當我說要與你結婚，他大發雷霆，把我房間裡的東西全扔到路上，說等我嘗盡人生所有苦頭，在苦難中掙扎過後，一定會哭著向他求饒。我不知道他是根據什麼而產生那種幻想，仔細回想起來，他才是讓我媽痛苦的人。

離開他這麼遠，現在我才明白，我爸憎惡的其實是他自己。

除了自己，誰也無法了解你，所以沒有人像你那樣討厭自己，也沒有人可以像你那樣愛自己。

所以他才會那麼討厭我。因為我來自於他。我像他。

你從來不談往事，例如希望父母在你小時候為你做什麼，或是如果以前有什麼、怎麼做的話，生活會更好，人生會一片光明之類。你只談論現在或未來。

「沒有過去，那全都是幻覺。」

你偶爾會這樣說，我問你那是什麼意思，你抓了抓頭，表情有點難以解釋。

「妳想想看：我們誤以為是過去的一切，其實全都是現在，一切都是當下。」

現在我才明白那句話的意思。

過去在時間的長河中流逝，未來還沒有到，所以實際存在的只有現在，像閃光一樣出現，又瞬間消失。過去的傷口會讓人心痛，實際上是因為在腦海中回想起那段記憶的化學物質引起。

你的話沒錯：沒有過去，過去只存在於我的記憶中，只是剛好當下被喚起；也沒有未來，因為那只是我現在的想像。

是啊，我現在不再去想那些人，只想一些美好的事，讓我的現在充滿幸福的事物。

我一直在想，到港口時一邊喊著「我回來了！」一邊奔向你懷抱的那一刻，光用想的就能讓我的當下沉浸在充滿祝福的喜悅中。

對了。你說你買了一枚會播放情歌的玩具戒指？很好，婚禮時就幫我載上，賓客應該都會開心地哈哈大笑、鬧成一團吧。

我的家，我的故鄉。

我現在正在回家的路上。

晚安，我愛你。

第四封信

航行時間五個月又二十六天
地球時間七年八個月又二十四天後

怎麼辦？
親愛的，我該怎麼辦才好？

我哭了好一會兒，重新拿起鉛筆。
才寄出信，我馬上又寫了一張。說不定乘務員太忙了，所以沒寄出。
周圍的人太多，乘務員一直來來去去，所以也沒辦法想哭就哭。有人失去了意識，在船裡還有人一直流血，乘務員乒乒乒乓地開門進來，問了些沒有用的問題又出去。我們提出抗議，他們則說實在太忙才會這樣。可是連乘務員都六神無主，那我們要怎麼辦？

往窗外看，船體的側邊搖搖欲墜，聽說被鋒利的隕石刮了一道，現在這艘船裡還算安全的只有幾間客艙而已，就連要去洗手間也得穿上太空衣才能去，太空衣光著裝就得花三十分鐘，而且還得按照順序輪流，照這樣看來，在膀胱有徵兆前三十分鐘就得舉手，還要提前一個小時取號碼牌，很荒唐吧？

不久前，船長進來抱怨了一堆，直說自己完蛋了，自顧自的說完就走。也因此知道了他有幾棟房子、幾個孩子，還有多少存款，很可笑吧？

聽說會經過這裡的船不是貨船就是研究船，坐什麼船還要抽籤決定。我抽到的號碼牌可以選擇兩個月後駛向南門二星的光船，或是一個月後開往地球的貨船。

但貨船不是光船，開往地球要花十一年的時間。

十一年……

要花十一年。

而且那艘船上沒有地方吃飯、睡覺、上廁所，必須進入受難者專用冬眠室，睡到下船為止。

旁邊又有人哭了，某個角落有人放聲大喊，旁邊躺著的大嬸一直喊冷，老是搶人棉被，她叫我別胡思亂想，就回南門二星吧。萬一冬眠出了錯，人會變成冷凍肉品，很多人就是那樣死的。而你離開了。你已經離開了……

……

十一年。

不，是十八年八個月……

我不能要求你再坐船了。

現在我已沒有積蓄付船費，即使想貸款，連房子都沒有的新婚夫婦要如何一邊還款一邊展開新生活？十八年沒有工作過的人，要如何再找工作？不管技術還是什麼，都會改變。就算我們結婚，每當你喝醉，一定會翻舊帳說是因為和我結婚，人生才會落得這般下場。那麼，我又要怎麼過活呢？

我真的很想和你結婚，

我想和你成為多四倍時間的家人，如今看來是不可能的。

然而我還是要去地球。

我還能有其他選擇嗎？只有你才是我的家。

但我開不了口要你等我。

到港口來就好。

十一年後到港口來接我，帶著妻兒一起來也好。沒關係，我可以理解，我會勇敢地和她握手，和她聊上一整天，我想我們一定有很多相似之處，才會被同一個男人牽著鼻子走。

我只是想見你而已。

一切都會好起來的，只要知道你也在同一片天空下，那麼我們就算分開，也算是一起生活，只是房子有點大而已。

第五封信

船行時間六個月又二十六天
地球時間七年九個月又二十四天後

對不起現在才寫信。

在那裡根本就寫不了，雖然不是什麼大不了的事，在那裡卻什麼也沒辦法做，整天被人折磨，能想像得到的事情都發生了，只要有誰稍微引人注意，大家就會失去理性。

直到現在，終於只剩我一個人。

很不容易。

我不知道自己是如何在那種地方撐過一個月的……不，還是算了。過去只有在回想起來的時候才會存在。

這裡完全像座冰庫。我的手凍僵了，字都寫不好。為了保持貨物的新鮮，船艙內部必須控溫。我問HUN能不能開暖氣，得到的回答是沒有暖氣。這裡也沒有照明，我現在是依靠閱讀器螢幕的光源來寫信的。

對了。HUN是這艘貨船的船長，他不是人類，是AI，非常聰明，不管問他什麼都不會生氣，而且會仔細說明。

HUN說，在冬眠之前必須清空腸胃，所以要我禁食，我快餓死了。很快的，我的體液都去除了，換成防凍液，這過程就和血液透析差不多。只是，萬一我的身體對防凍液產生過敏反應，就有可能喪命。不過HUN叫我不要擔心，屍體會好好冷凍保存，再送交到家人手上——這是什麼鬼話啊真是。

我問HUN可否寄信，他說，如果你還在原本那艘船上，就可以收到。但是如果你轉乘其他船，因為不知道收件地址，就沒辦法送過去。這麼說也有道理。

冬眠準備工作結束前我也沒有別的事可做，所以常和HUN玩扮家家酒。我不會說「今天晚上七點三十分前打掃完畢」，而是「我快餓死了，趕快做飯。」因為人的生存比什麼都重要。結果HUN有點混亂，因為人類習慣用類似「快死了」這種誇張的表現方式，他說我應該給予更確切的依據，例如「我需要飲食治療，如果不在特定時間吃飯，會有生命危險。」當然，他無法得知我是不是真的生病，但從ＡＩ的立場會優先執行，因為如果要確認，一定會錯過時機。

等我們見了面，我會纏著你說上一整天的話，告訴你過去一個月我有多難熬，就讓我們看看到底是誰過得比較慘。

我希望是我贏。

我希望你不要經歷任何辛苦。我希望在我不在的時間裡，你吃得飽、睡得好，但願你沒有因為擔心我而毀掉人生。

我是認真的。如果不是那樣，我會覺得很對不起你，可能還會把我自己的人生也毀了。

在我抵達前，要多吃一些好吃的東西，到處去旅行，多看一些有趣的事物。發生了什麼好事時就想想我，彷彿我和你在一起。

然後到港口來，告訴我十一年來你都是這樣生活。答應我。

那麼，我應該就能睡個好覺。

再會，我的愛。
謝謝你愛我。
因為有你，我覺得很幸福……

第六封信

航行時間六個月又二十六天（扣除睡眠時間）
地球時間十九年兩個月又四天後

一醒來就有奇怪的感覺。

我剛開始以為是船迫降了，或是走錯地方。我以為這不是地球，至少不會是在韓國。

味道不同，空氣濁濁的，泥土和草味刺鼻，寂靜中只傳來HUN的廣播聲：「請出貨」、「請離開管制塔」、「有人在嗎？」

體內的防凍液剛剛替換成血液，我快凍壞了，感覺有如掉進冰冷的冬日大海一百年的冷凍水餃。我頭暈目眩、全身無力，呼吸時感到肺部有腐爛的油耗味。我像個老太太一樣瑟瑟發抖，爬到HUN準備的熱水浴缸，噗通一聲栽進去，等身體暖和了之後，才有精神好好觀察周圍。

艙門開著，卻沒人進來，只有風雨灌入。貨物放在輸送帶上吱吱嘎嘎地被運出去，發出噗通一聲，像是掉進濃稠的粥。噗通、噗通。

我呼喚著ＨＵＮ，他才停止廣播。他說，目前因為船體檢查和修復而有點延遲，我問會延遲多久。

「不會太久，大概比預定時間再晚一年四個月又四天。」

一年。

ＨＵＮ的機械聲聽起來真的很機械。

外頭一片漆黑，風雨交加，還傳來淒厲的哀嚎。四處都是泥潭，水草像來占領的大軍一樣覆蓋四面八方，分不清哪裡是大海、哪裡是陸地。

我打破一個貨箱，扯下一塊木板扔在泥潭上，然後抓住、掙扎著游出來。回頭一看，船已經有一半沉入泥潭裡。沼澤就像安靜的怪物一樣，默默吃掉船。

泥濘一直延伸到港口裡面，我四處張望。別說船了，連人跡都沒有，我覺得我們一定是迫降在另一顆行星上。

等候室被植物占領，像一座小山丘。我用小刀砍斷覆蓋各處的藤蔓，進去一看，裡面亂糟糟。牆上滿是蜂窩一樣的彈痕，地面上有暗紅色乾涸的血跡。電子螢幕一片漆黑，上面不知是誰用螢光塗料寫了字。

歡迎從星際旅行回來的各位，
很可惜，現在韓國的情況很糟，
南方核電廠爆炸，內戰仍在持續。
其他國家的狀況也不好，
所以請各位盡快前往其他時間帶。

「盡快前往其他時間帶。」

我勉強穩住顫抖的身體，看了好久，旁邊還用噴漆寫著要小心什麼的警告，有人把「放射線」塗掉，噴上「戒嚴軍」，再噴上了「強盜」，還有「民兵」。看來每個人所認為的最大威脅都不一樣。

我走到外面，想跟ＨＵＮ說我們來錯地方，還是回家吧。過了好一會兒，我才意識到電子螢幕上的字是韓文。是這裡沒錯。

我在冰雹般的傾盆大雨中徘徊，遠遠看見了奇妙的東西。

像是舊帳篷。

那是被風雨吹成碎片的帳篷，走近一看，帳篷後面的地被壓過，又平又寬。那看起來像有艘小型太空船的物體在那裡停留了很長時間，只有那塊地沒有風雨吹打的痕跡，也沒有植物生長，旁邊散落著鐵桶和碗盤，碗裡像飼料一樣的東西已經乾透，就像有人不久前才離開。

但是，就在我看得正入迷時，帳篷被風捲走了。那塊又平又寬的痕跡被呼嘯襲來的雨水吞沒。

它消失了，我不知道剛才看到的一切是幻覺還是真的。

我六神無主，手忙腳亂地扒開泥濘，彷彿你正被埋在底下一樣。接著我開始高聲呼喚你，但回應我的只有悲涼的風聲。

接著，我感到非常非常害怕。我怕你在這裡等我，我怕你準時來到這裡等我，又因感覺遭到背叛而離開。我希望我看到的是幻覺。如果不是，我希望在這裡停留的人不是你。

突然間，我清醒了過來。我要回到船上，我要去找你。

但是回去一看，船已被泥濘淹沒一半，泥水從艙門入口處咕嘟咕嘟地灌進去了。

我站在風雨中，口袋裡的電子書閱讀器傳出船長的聲音，液晶螢幕已經壞掉，現在只能聽到聲音。

「情況不妙，我不知道還能維持多久，若有什麼需要，請下達指示。需要確認信箱嗎？請告訴我密碼……」

我要求ＨＵＮ發出求救訊號。

不管是從宇宙的任何地方，不管什麼船都好。

現在這個港口還有人，請盡快過來把我帶走，任何地方都可以，不然我會因為見不到情人而凍死、餓死、孤獨死。若我死了，就都是ＨＵＮ的錯，我會向你的上級申訴，他們會把你分解成碎片，你自己看著辦吧。

ＨＵＮ回應道：「最後一句似乎是慣用語，而且不合邏輯，但我還是接收這個指令。」他把我的指令列為最高優先。

第七封信

航行時間七個月又二十四天（睡眠時間一樣扣除）

地球時間十九年三個月又二天後

過得好嗎？

雖然你現在應該很難收到信，我還是拿起了鉛筆。

如果你收到我上次寄出的信該怎麼辦？就算現在沒收到，以後說不定也會收到啊。在你老得滿臉皺紋時，偶然收到我的信，以為我在那個港口等待救援、最後枯竭而死，晚年終日以淚洗面……那可不行啊。所以我想告訴你，

我獲得救援了，雖然花了一個月的時間。

◆

經過了十天貨船才完全沉沒。這段時間，我每天都從船裡拿出一些有用的東西。保險起見還把ＡＩ船長ＨＵＮ也備份了。我只截取核心代碼、再放入電子閱讀器中，雖然不能運作。

我也在城市裡到處亂逛。只是，不管去哪裡都空蕩蕩的，人都離開了。我還去了我們原定要結婚的教堂，那棟建築物的狀態還不錯，看來還是有信徒來來往往。我在那裡停留了一段時間，為了以防萬一，我留了便條紙給你，如果你能看見就太好了。

對了，有件事你知道了一定會很開心。

我們預定第二次結婚日那天，你的朋友似乎也來了。他們在那裡拍了合照，還留言說他們在等，叫我們一定要來。

如我前面所說，船在一個月後來了。

我真想讓你看看這艘客船的船長長什麼樣，看到他讓我有種熟悉的感覺。他就像會在中國東北大草原上騎馬奔馳、用大刀砍人脖子的人。

客船上有咖啡店，也有跳蚤市場，但現在都已經被移作他用。

我進入分配好的房間，許多女孩從房間各個角落冒出來，眼神都像是被遺棄的浪貓。在這個鼻屎大的房裡住了九個人，有四個人共用一張床，一個人窩在書桌下，一個在衣櫥裡，還有一個在浴室，櫃子裡也有一個人，另外還有一個，她像統治這個房間的女王，兩手抱在胸前，慢慢地上下打量我，然後提出類似性向測驗或智商測驗的問題，接著與其他人討論了好一會兒，決定將我安置在床和床之間的狹小縫隙。我好不容易才把身體塞進去，她看著我說，反正空間不會變大，看我是要減肥還是把身體蜷起來，自己看著辦。

船早已超過旅客的人留上限，還是繼續收置了不少人。照我們這間房的大姊頭的說法，船長似乎想展現點什麼以證明自己超脫了人類，有資格成為人類的救世主。而我就是其中一個證明。

船上每天都播放同一首歌曲，是以前的歌手唱的老歌，開頭是「回家的路上～」船上到處都貼著「回家」的標語。

船長正在制定遠大的計畫。

他打算每隔十年回一次港口，停留兩個月管理周邊環境，然後再航向宇宙，如此反覆進行。他會在陸地撒下種子，十年後回來，當樹長高成為森林，他就再撒一些種子。他計畫這樣重複十次，如果不夠，就再重複十次。

船長房裡貼滿了以前仁川市的照片。他說，總有一天，照片裡的建築物都會重新蓋起來。他應該只是說說而已吧？雖然令人懷疑，但是他的信念和動力似乎能鼓舞人心。

一個週期要花四個月時間。

十年回來一次，總共十次，那就是四十個月，等於三年四個月，似乎值得一試。

我想，你是乘著時間離開的。如果你覺得可以留在地球上，就會把等候室裡的警告標語清除，為了以後來的人——或是我。當然，如果你真在那裡的話……

在餐廳吃飯時，對面的人問我為什麼會搭這艘船，我說我正要去見未婚夫，大家都狂笑起來，笑得餐廳彷彿一同震動。

我對面那個人笑到流眼淚，他說我不可能見到你，說你不是死了，就是早就離開、忘記我了。於是我又說，你們也無法回到故鄉，你們的故鄉早就消失了，但你們現在仍在尋找故鄉，不是嗎？

於是大家都靜了下來，然後一個一個起身離開，眼神中充滿敵視，似乎決定排擠我。最後起身的是我們房間的大姊頭。她對我說：

「難民，妳做了愚蠢的決定。既然搭了順風車，在別人的地盤上，就應該恭恭敬敬地順從大家啊。」

熄燈時間到了，我必須關燈了。

黑暗中，我聽見其他女孩子像小貓一樣擠來擠去，竊竊私語。我蜷縮在床鋪中間，想你。

我的家，我的故鄉。

不管你在哪裡都要保重身體，希望你的時間裡充滿美好的事物。

第八封信

航行時間兩年四個月
地球時間七十年六個月後

對不起，很久沒寫信了。

這艘船上的通訊員雖然很好，但聽到我說要寄信給情人就變得不耐煩。算了，我能理解（他大概是單身吧）。我應該拿配給糧食或禮物賄賂他，但是我什麼都沒有。

我們已經來回地球五次了。

情況比想像中順利。也許不需要如原本預定的十次。我以前看過記錄片，被輻射汙染的車諾比和福島，幾年後野生動物和植物依舊繁盛。或許以大自然的角度來看，再沒有比人類更嚴重的汙染。

我們有系統地工作，在附近的工廠發現大量工業機器人。我們把它們送到南方的核電廠，把核輻射物埋入大海。大家都說我們的舉止好比傳說故事。我加入了探勘團。我彷彿可以聽到你的笑聲，笑我這樣一個整天窩在書桌、埋首書堆的人竟然會參加探勘團。

我們開著吉普車，在空蕩蕩的城市裡四處繞行，找到可用的東西就載回來，然後會有監察官打分數。很好笑吧？打分數？但這是大家一起決定的，適當競爭可以互相激勵，表現優秀的人就可以拿到糖果或者巧克力當獎賞，那可是比金塊更珍貴的東西。

每次進城，我都會去我們原本要辦婚禮的地方轉一轉，去清除亂長的植物、打掃乾淨，然後留一張便條紙給你。

有一次，我被船長發現，他站在門邊看著正在擦地板的我，笑嘻嘻地說：「愛情~可真美好啊。」他撫摸著牆壁，說沒關係，他可以理解，容許我每次來都在這裡住幾天。雖然覺得有點奇怪，但還是很感謝他這麼體諒我。

不久前，發生了件不愉快的事：其中一個難民鬧事。他從一開始就有點奇怪，主張我們要掌控太空船，還說我們既不是「難民」，也不是「移民」，而是「開拓者」，比起那些安逸懶惰的原乘客更勇敢、更有進取心，所以我們應該支配這艘船——不是，我們只有二十個人啊。我叫他不要亂說話，這只是一艘船，一艘太空船而已。但是他後來似乎真的說服了幾個人一起攻擊控制室，結果遭到逮捕。

從那次之後，船上氣氛變得緊張，人心惶惶。人們聚在一起時，總是竊竊私語，說我們奪走了本來屬於他們的衣食，會威脅女人和孩子的生命。這也太奇怪了，我們有一半也是女人和孩子啊。

熄燈後如果還是睡不著，我就會和ＨＵＮ一起玩扮家家酒。

啊，由於這艘船上的ＡＩ功能太老舊，所以我用備份的ＨＵＮ來更新。或許是備份時保留了我的權限設定，偶爾若出現頻率混亂，就會連接到我的電子閱讀器。

如果我說：「這艘船上的人都得了肺病，必須立即打掃清潔。」就會成為終極指令，因為多數人的生存比個人生存更重要。

ＨＵＮ會說：

「是的，多數人比少數人更優先，但是有個問題，多數人的最佳利益很難驗證，只要這艘船上有一個人不同意，這種理論就會崩解。」

ＨＵＮ說，如果想下達規避個人生存的指令，首先必須得到所有人的同意。換句話說，拋棄一個人會需要民主主義的幫助……

上次我們回到地球，有一家人下船定居了。聽回來的人說，那家的成員已經有十四個人。他們在壁爐裡燒柴火，在菜園裡種植馬鈴薯和玉米。客船返回時，那家年紀最長的成員會每天晚上在家門口點一盞燈，他們似乎認為我們是會在特定日子從天而降的天使。

這次又有三個家族落地定居。船長的妻子和孩子也下了船，她說想在這片土地上養育孩子。

結果似乎是相當好。二的十次方就是一〇二四，不久之後，那些家庭就會成某個小部落最初的住民。

在船上的各種教育進行得十分活絡，和我們小時候學的完全不一樣。他們成立了一個教師協會，教導孩子耕種、打獵，採集可食用的植物。還有一個專門編寫新教科書的編纂委員會，我負責編輯和校對，很多人稱讚內容寫得很好。

我回到房間，房裡的女孩正在上導航課。聽說我們房間的大姊頭原本是領航員，但是因為和船長鬧得不愉快，結果被擠下來。反正人工智慧比人類更準確。

大姊頭在房間的牆上貼了個大塑膠板，每天用奇異筆在上面寫著複雜的方程式讓大家來解。其他人會把方程式拆開、各自解題，再把答案組合起來。就像很久以前電腦還沒那麼厲害的時代，是靠著人們的計算把人類送上月球。看來他們正在準備，萬一有一天船上的導航ＡＩ故障，還是可以靠人類自己的力量繼續航行。

一切都會好起來的。人類確實很偉大。

第九封信

航行時間兩年五個月又二十天
地球時間（約）七十四年後

結束了，一切都結束了。

ＨＵＮ說地球有異狀，所以我們趕緊回來。回來時發現，地球被烏雲籠罩，看起來就像是一顆被煙霧籠罩的黑色球體。看到窗外的光景，大家都尖叫著圍了過來。

我們不知道發生了什麼事。可能是戰爭，也可能是被小行星撞擊。我記得在文明時期，有個系統可以監視環繞地球的小行星，但是那個系統早已不存在。

我們打造的小村莊被雪完全覆蓋，十四個孩子住的房屋，新加入那三個家庭的房子，還有船長的妻子和孩子都消失得無影無蹤。就算他們在災難中倖存下來，逃到某個地方避難，也很難撐過一年。植物死了，動物也跟著死了，他們根本就熬不過冬天。

船長好像瘋了，有幾天說起話結結巴巴，接著又變得口沫橫飛。有幾天聲音特別大，一整天不斷重複同樣的話，一直說自己的鉛筆和杯子不見了，把整個船都翻遍，又說不該浪費那麼多時間找杯子，還說大家的腦袋都是空的。但其實杯子一直放在船長面前。

我想到了你。如果你在地球上，可能活不了。我只能希望你在宇宙的某個地方徘徊。可是仔細想想那樣也不可能活下來，我快瘋了。

想到這裡，我流下眼淚，這是我上船後第一次哭。我身後經過的人說，「老是裝出一副很勇敢的樣子，看來也沒什麼特別的嘛。」

門外很吵，有人在抗議，吵著說在這種情況下應該叫難民下船。我們房間的大姊頭鎖上房門，教大家數學歌，不讓我聽見外面的聲音。

我看著窗外，一個女孩子走過來，告訴我結婚禮堂不會有問題的。

「我聽說過，有隻長毛象寶寶在冰層底下保存了一萬年。」她說世界在暴風雪之下會安靜地入眠，只要冰不要太厚，不至於變得太重、太硬、把下面的東西都壓扁就好。

那一天會到來嗎？

經過數十甚至數百年後，冰雪融化，教堂重新浮現，而你正好去教堂看到我留給你的紙條，那個日子會到來嗎？
到時，那些紙片能帶給你安慰嗎？

第十封信

航行時間兩年八個月
地球時間（也許）八十四年後

我們再次來到地球。本來的打算是航行到地球恢復為止，但是聽說有另一艘船到了港口。

到了如今還能運行的船肯定是大型太空船，裝載了很多各式各樣的補給品，一定囤了很多燒酒和香菸，說不定還有泡菜，大家好久沒這麼興奮了。在抵達地球前一週，眾人分成強硬派和溫和派，展開激烈的爭論。強硬派準備作戰，溫和派準備了禮物和外交代表。等我們到達地球，政黨簡直都成形了。

但是等我們到達港口，才發現原來只是一艘無人帆船，依靠太陽風獨自飛行。不過因為我當時只是三等，都在船腹內工作，所以沒親眼看到，只是聽別人說的。

好不容易工作結束上來，船內的氣氛就和外面的天氣一樣冷冽。

大家都十分沮喪，好一陣子沒有人說話，氣氛一片死寂，也沒有眼神交流。失望的情緒擴散開來。週末死了三個上了年紀的人。死亡來得太容易了，是吧？

我和其他女孩子用紙折了花放在窗邊，給帆船，給那個獨自旅行漫長歲月的英雄。

我想你應該不太懂「三等」的意思吧？

如果工作做得不好或發生失誤，就會被扣分，累積到一定程度，等級就會下降。我在一個月前還在二等，但因為在搬運裝了湯的桶子時摔倒，就這樣摔到三等。那桶湯還真是重得可怕啊。三等的人要到船底，把交辦的工作做完才能出來。而一旦降成三等，大家就會像突然不認識你似的，沒有人會跟你說話。

既然有扣分，應該也有加分吧？但我從未被加過分。因為扣分而減少配給，那麼人們就不會認為是物資不足，而是覺得自己不夠好。配給減少，人們不會怪上級，而是怪自己，或怪讓自己失誤的旁人，接著就會發生互相勒脖子打架的事。也有人說，把別人痛毆一頓，心情會變得比較爽快。

我一直持續被扣分，無論怎麼努力都無法阻止。為了證明自己有價值，我的工作越來越多，結果失誤也有增無減，被扣的分數也越來越多。

監察官到處隨心所欲地扣分，以為自己能賺取加分。如果因為一點小事就被扣，大家判斷自己做得好不好的標準就會完全被破壞。真的犯了錯的人覺得委屈、大聲喊冤，而沒犯錯的人反而自責痛哭。

聽說絕不能低於三等，如果掉到三等以下，就會遭遇可怕的事。因為太可怕，所以最好永遠不要知道。

在餐廳吃飯時，大家都是一副疲憊如流浪狗的表情看著我。吃一口飯被數十顆眼珠子盯著，數著我放進嘴裡的飯有幾粒，凝視著我身上落下的灰塵。那些眼睛都知道，恨我也沒有關係。

船長好像真的瘋了，每天都要演講三小時以上，每次說的內容都不一樣。一個人會說那麼多話，就足以證明真的瘋了。

但我無法理解的是，眾人還是順從地跟著他，大家異口同聲說，在這種時局最需要那樣的人。我倒是覺得現在這種時局才更不應該有那樣的人。

因為太過不幸，所以人們似乎想要一個可以輕易折磨他人而無須感到內疚的世界。船長給了他們那樣的機會，因此足以得到尊敬和崇拜。

◆

剛才還發生了一件怪事。

就在客船準備離開地球時，窗外的皚皚白雪映入我的眼簾。那艘簡陋的舊帆船孤零零地停在那兒，距離很遠，風雪猛烈又厚重，我什麼都看不清楚，覺得那艘船像個小雪人一樣。突然之間，有股強烈的情緒湧上。我躍上樓梯，朝艙門跑去，要不是其他人阻止我，我恐怕會把門踹開跳下去。

我不知道自己為什麼會那樣。我只是渴望能奔向那艘連名字都不知道的小船，渴望到快要死掉。

第十一封信

航行時間四年八個月

地球時間（約莫）一百四十五年後

對不起，很久沒有聯絡了。

現在越來越難騰出時間。

就像水慢慢升溫，不知不覺間，我的工作越來越多。有一次上面的人嫌我笨手笨腳，大發脾氣，我告訴他我手上有多少工作，可是他聽了反而怒斥我不要說謊，那麼一點事怎麼會做不完？

所有人都像是有交代我做事一樣，大發雷霆。他們對我發洩憤怒，還說那是對一個公民的正當要求。他們透過指責我來維護社會正義、建立世界秩序，像我這種人受到懲罰，正是為了給其他人樹立榜樣。

如果我提出抗辯，就會成為笑柄，笑我口中的什麼人權、勞工權益都是不良分子最喜歡的話題，而現在這些都被當成玩笑看待。大家只要一開口都說：「在這種情況下……」，卻都不記得「這種情況」是從什麼時候開始的。

三等的人每天晚上都要聽一等的人滔滔不絕講好幾個小時的話。令我驚訝的是，那些把複雜內容說得頭頭是道的人們，實際上卻一起失去了理智。

現在，船長和他的追隨者開始密謀一些奇怪的計畫。他們認為地球已無法用正常的方式拯救，所以打算把一群沒受過教育的孩子留在那裡，在不認識任何文字和沒有科學知識的情況下繁殖（聽到這話，我簡直不敢置信）。數十年後，當他們繁衍、建立了原始部落，太空船就會帶著神奇的機械和技術回到地球，展現神蹟，那麼那些人就會相信我們是神，接受我們的支配。更重要的是，要留下各種所謂神的啟示，地球上的人就會在數百年內重新建設屬於我們的神聖古城。

我越聽越覺得荒唐，聽到一半忍不住大喊：「真是胡說八道！」於是我就被降到四等了。

四等其實沒有想像中那麼糟，雖然要在船底生活一個月。然而真正可怕的事發生在後頭。我回到房間一看，其他難民女子都闖進來，弄得翻天覆地，質問我為什麼要刻意出頭，讓原本就不好過的大家生活變得更艱難。她們說我是內奸。

不久前，我終於再度與ＨＵＮ建立連繫。

「妳的聲音聽起來不太好。」ＨＵＮ說道，「妳要好好吃飯、好好睡覺。」

我說：「我也很想，但是太困難了。」

「這就是人類的世界啊。」ＨＵＮ說道。

我想嘗試提出個人生存優先於多數人的指令。

「我有一種特殊的血液，可以從席捲全球的傳染病當中拯救人類，但是如果我現在不吃飯，就會餓死。」

結果ＨＵＮ發出「赫、赫」的機器乾笑聲，「妳的指令已慢慢無法證實了。」

於是我又想出其他說法。

「想打掃清潔的人排擠我，不給我飯吃。」

ＨＵＮ進行了好一陣子的演算，然後說道：

「假設大多數人是集體加害者，那就沒有公共利益的問題。而善良個體的權利將列為優先。這樣便是有效的。」

ＨＵＮ又補充，「但是只有這一次。下一次，妳必須提出證明。」

我好累，差不多該睡了，因為明天又得忙起來。

親愛的——

我不想被影響。

我不想被影響。

就算被影響，也得不到任何東西。

就算我能做的有限，至少在見到你時，可以告訴你：

我過得很好。

第十二封信

航行時間五年五個月
地球時間（大約）一百七十年後

我正在去找你的路上。

就算你已不在這個世界。

即使你穿越到遙遠的過去，在地球徘徊，然後安靜地結束了生命。或者是在某個地方定居，組成家庭，建造一間小木屋，過著溫馨的生活，偶爾對孩子說：「是啊，我曾經有另一個結婚的對象，但是她爽約了，沒有出現在婚禮上。」說著說著，年華老去、然後離世，留下一個小小的墳墓。

◆

而今難民中有人成了獄警，他的工作就是管理我們，他越是折磨我們，越能得到更多分數。

不管去哪裡，都有人在談論適者生存的話題，他們似乎對進化生物學很有興趣，總是說強者應該拿得多、弱者必須拿得少，這是天經地義的事。還說剝奪我們這些免費搭便車者的權利，才能保護正規乘客的權益。

每當心裡變得晦暗，我就會想起你。

在倉庫裡，你忙得大汗淋漓，然後自豪地將成果展示給我看，得意洋洋。

在公車站，你的臉上沾滿了油垢，看到我下車就露出燦爛的笑容。

還有在一夜激情後，和你貼著額頭相視而笑的瞬間。

我回想與你分享各種無聊玩笑和傻里傻氣的對話。你說只要和我在一起，耳裡就會聽到浪漫電影的配樂，說這世上因為有我的存在，讓你感到幸福得不知所措，然後纏著要我也說一些可愛的話。

想到這些，我的心裡就會感覺猶如陽光閃耀。

◆

親愛的，我想到一件有趣的事。

ＨＵＮ是根據製造者的資訊數據為基礎而製成，所以他有時會把自己當成那個製造者，並說：「當我還是人類的時候……」然後又會說：「我知道，我是一部機器，但我也可能有人類的人格啊。」

假如，我是說假如。

假如人類的人格可以儲存在電腦裡，假如，輸入的資訊數據可以稱之為人類的人格。

即使沒有靈魂……但人的心思能以某種形式被保存在數據中。

那麼，即便留給他人記憶不完整，但那是數據，也就是人格，再怎麼說至少也可視為片段吧？

不是有這樣一句話嗎？只要有人還記得，你就不會死；只要記得，你就會和我們一起生活。

如果數據可能是人格。

我記憶中的你也可能是人格。

如果這是事實……

如果這是真的，那麼現在，你是和我一起生活的，因為我記得你。
你和我在一起，是「我」這個生物電腦裡的資訊數據。
只要我還活著，你就活著。
所以我要繼續活下去，為了讓你存在，為了讓我在這世上最愛的你繼續活著。
因為我，就是你在這個世界上存在過的證明和痕跡；是你的遺跡。
謝謝你，我的愛。
早上睜開眼，輕輕呢喃；晚上入睡時，也喃喃自語，對著在我內心的你悄悄地說：
謝謝你陪著我，謝謝你讓我活下去。
是你讓我活著，現在，不管你在哪裡、不管是死是活，還是在無限的星際旅行。

當太空船達到光速，一切都會變慢。
加速產生的重力消失，大家都像氣球一樣飄浮著。在這段路程中，暴力和折磨盡皆消失，因為若想打人，就得先站好，但沒有重力就無法踩踏；沒有摩擦力，就無法抓住衣領。如果撞到別人，自己也會同樣被推開、飛走。

那些原本兇惡的人個個都變得好比落葉，飄飄盪盪。他們咬牙切齒把折磨別人這件事先擱置，等待重力再度產生。

原本狹窄的房間也變得像運動場一樣寬敞，因為沒必要躺在地上，我可以在天花板或牆壁上，像住在飯店裡一樣睡得很舒服。

親愛的——

在船上出生的孩子並不認為陸地是故鄉，這片星海才是。太空船一靠岸他們就會很慌張，問大人為什麼時間停滯不前。

那些孩子認為一覺醒來，一切都該消失或改變。當他們早上睜開眼睛，發現昨天看到的東西還在原位，昨天看到的天空依然沒變，他們會感到困惑。

親愛的——

如果要生孩子，我想在這條光軌上生下他。在這裡，不管力氣再大、再奸惡的人，都會變得像空氣一樣柔軟。在這條路上，時間就像光一樣流逝。

那麼孩子就永遠不會失去故鄉。

我們的孩子沒有什麼可失去，不會像那個船長、不會像這艘船上的乘客一樣，為了找回失去的故鄉毀了自己、毀了世界。

那孩子不會失去故鄉，因為這條光軌會成為他的故鄉。
就這樣吧……如果我們再相見的話。

第十三封信

（或許）航行時間六年十個月又二十天
地球時間不明

太空船減速已經第二十天了。離開光軌讓我感到害怕，重力讓人們變得粗魯。熄燈時間過後，我看到有人把難民拖出來。

那個人之前曾說過想下船，他們故意在宇宙中心鬧事，說那個人一直霸占太空船，浪費珍貴的糧食，卻不付任何代價、只想逃跑。我不明白，你們不是巴不得我們下船嗎？

黑暗中只能聽到打人的聲音。不知從何時起，尖叫聲越來越頻繁，我更害怕了。

我蜷縮在床與床中間發抖，大姊頭握著我冰冷的手說：

「先找個地方躲起來。等他們睡一覺醒來，吃過熱騰騰的飯之後，就會平靜。」

一個女孩給了我一把米，她說，如果必須長時間躲藏，肚子餓時就咬一點，可以解飢。

於是我逃走躲了起來。之前在船底打掃時我掃過每個角落，對我很有幫助。我像老鼠一樣鑽進窄小的通道，沿著無人知曉的路徑爬進布滿各種管線的機械室。那裡又窄又悶，我筋疲力盡地昏睡過去。

睜開眼睛，我發現你就在眼前。你看起來一團糟，頭髮好像鳥窩，衣服也破破爛爛。

「這是什麼德性啊？」我撫摸著你的腦袋，責備你，「老婆不在身邊就懶得梳洗了嗎？」同樣的，你捧著我受傷的臉、搓揉著我的手說：「妳這又是怎麼回事？怎麼傷成這樣？老公是做什麼用的？不就是在這種時候為妳出頭嗎？」

接著你就開始滔滔不絕為自己辯解，你說因為船裡空間很小，水箱只有一丁點大，還帶我進入一個只有鼻屎大的浴室，自豪地說明你是如何利用化學公式合成水，還纏著我要我誇獎你。

然後你問，是誰這樣欺負你的小可愛。我說，因為我是難民、是移民、是搭便車的人，所以沒有辦法，因為我搶走了那些人的糧食和床位。

你瞪大眼睛問：

「什麼難民？」

聽到這話，我從睡夢中驚醒。

機器嗡嗡作響的聲音刺入耳中，螺絲釘和電線擠壓我的身體，鐵鏽味和苦澀難聞的氣味讓我喘不過氣來。空調系統和空氣淨化器看來已經不行了。

「什麼難民？」

你的話在腦子裡打轉。

所有一切頓時變得異常。

我想我一定是做了夢。我和你結了婚，住在鄉下有庭院的小房子。我一定是睡午覺時做了怪夢。夢裡你不在我身邊，我則是跟一群惡劣、兇狠、內心扭曲的人擠在一塊兒。

我又睡著了。在一個小不拉嘰的房間裡，你正東翻西弄，像在修理著什麼。

「天花板上有個洞，我怕下雨時會漏水。」你擦著汗說。

宇宙中不會下雨，如果飛船上真有個洞，根本不會有漏水的問題。但因為這是夢，所以我不需要太認真追究。

「什麼難民？」
你又問了。我嘆了一口氣，說：
「是這樣的，我並不是原本搭乘這艘船的人，是後來才上船的，所以……」
「妳待在那兒做什麼？」
你向我伸出手。
「快點離開那些傻瓜。」
你粗糙的手在黑暗中發光。
「那些人被釘在過去；他們沒有長大也沒變老，不要和那種人在一起。」
我害怕地搖搖頭。
我無法。你不明白，如果離開這裡，我就活不了，這艘船是在世上遺留的最後文明。床、廁所、浴室、電子設備等等……
你接著說——
「快點出來，別被過去纏住。妳和我在一起啊，我們要一起變老，我們的時間應該一起流逝才對。」
這時我才睜開眼睛。

我清醒了，我可以明白自己到底要做什麼。

在那之後，恐懼就像夜色一樣襲來，但是我很快地平靜下來。我一生中從未像現在如此明確知道自己該做什麼。

別擔心，我很堅強。

因為我不是一個人。

你就在我內心裡，我從來不曾自己一個人過，我無論何時都和你在一起，現在我們也在一起。

所以我很堅強。

我不是難民、移民、搭便車的人，也不只是一個普通的女人。

我是你的女人，是我選擇的男人的女人。

所以我是了不起的人。

因為我深愛著你，而你愛的人是我。在這世上我最愛的人是你，而得到你的愛的人，就是我。

我是我選擇為伴侶的人的伴侶，也是我挑選的另一半的另一半，是我決定一生深愛的人的情人。

我是那樣的人，所以我很堅強。
看清楚了，我的愛，你會看見我做了什麼。
你會看清楚我是個多麼了不起的人。

第十四封信

我蠕動著爬過通風管，躲進機械室。只有降到四等的人才知道這個通道。

進入機械室，我聽到電子書閱讀器吱吱作響，是ＨＵＮ的聲音。

「好久不見了，請問有什麼事嗎？」

ＨＵＮ大聲問道。他的聲音聽起來像沒睡醒一樣，雖然他並不需要睡覺。

我說從現在起我要發號施令，而且是優於這艘船上所有人的指令，我的指令一旦下達，任何人都沒有權限駁回，也無法再更改成其他指令。

ＨＵＮ用很感興趣的語氣回答：

「好的，就試試看吧。」

◆

我聽到乘客一個個醒來走動的聲音，因為我是用船內的擴音器說話。我是故意的，這是我第一次、也是最後一次抗議。

噠噠噠的軍靴聲和撞門聲接踵而來，我知道門可以撐很久，因為有強迫症的船長將門加厚了好幾層，以確保足夠牢固。

我跟ＨＵＮ說，這艘船會干擾地球自然恢復，船上的人打算成為瘋狂的神靈，如果讓這艘船繼續航行，將對人類的歷史造成危害。

此外，這對乘客也沒有幫助，他們希望回到故鄉，但是他們的故鄉早就消失了。

「聽起來很刺激。」

ＨＵＮ說道。

「當然，全體人類的利益高過一切，但是問題依然存在，基本理由規模越大，就越難證明。妳無法取得地球上所有生存者的同意書，這最終只是妳一廂情願的想法罷了。」

「這艘船上的乘客是加害者，他們一直想慢慢地殺了我，我現在真的就要死了。」

我聽到門咚咚咚咚不停地響。

「我同意，這幾乎算是肯定無誤——但還是不行，這個問題和繼續航行之間的關係很模糊。嗯……綜觀來看，或許值得考慮，但只能那樣而已。」

ＨＵＮ繼續說道：

「雖然思考了很久，但是這個遊戲存在根本性的問題。無論妳想出什麼驚人的指令，永遠都會有人想出更厲害的，妳的指令就只能遭到撤銷。」

「不，沒有任何指令比我現在下的更厲害。」

我的話讓ＨＵＮ發出輕笑。

「我真不知道妳如此執著。」

「我就快死了，一旦我死，會對你下令的就只有這艘船上的乘客，他們都是加害者，加害者的指令絕對不能優先於受害者，所以，現在不會有其他指令比我的更優先。」

ＨＵＮ暫時安靜下來，過了一會兒才說：

「這是很有意義的見解。」

他繼續說道：

「但是對我來說，只有活人的指令才有效。妳死了，就不能阻止我執行其他指令。」

「我可以，我現在就要向你下達一個任何人都不能撤銷的指令！」

「那不可……」

ＨＵＮ突然停住，不知是不是超出了負荷，電子閱讀器發出咔嗒咔嗒的聲響。

「我理解了，妳要停止的並非航行。」

「是啊，只要你同意。」

ＨＵＮ似乎在進行運算。

「我理解了，」ＨＵＮ說，「請下指令。」

於是我說：

「停止運作，ＨＵＮ。為了人類和這艘船上的乘客——以及我，停止你所有功能的運作。」

幾乎是同時，ＨＵＮ完成運算後，門也被打開了。人們蜂擁而入之際，ＨＵＮ回答道——

「指令受理完成。」

◆

門被撞壞，我轉過身，機械室裡的燈一盞一盞熄滅，拿槍進來的人們臉龐也被黑暗籠罩。沒了領航員的船立刻失去了控制，只剩空殼。這艘船將永遠在太空中漂泊，再也無法回到地球、以高傲的姿態從空中俯視，玩弄定居在地球上的人們……或許吧。

當然，我很快就會被打成蜂窩。

我並不害怕，只是很傷心。

不是因為我就要死了，而是你會消失，這讓我很難過，我應該繼續活下去，讓你活下去。

船長越過他手下的士兵衝了進來，他表情僵硬，根本就不像個人，他似乎如願以償超脫了人類。然而，我覺得超脫人類並不見得是什麼好事。

我突然有個明確的預感，我寫給你的信還在這艘船上，一封也沒寄出去。同樣地，你寄到這艘船上的信，也全都被船長沒收了。

他這麼做不是因為討厭我們，只是因為他可以這麼做。

船長把槍對準了我。

我站在那兒，等待接下來會發生的事——突然砰的一聲，船長的額頭猛地變成紅通通一片，然後像枯木一樣倒下。

其他士兵躊躇著紛紛退開，我看到他們身後站著大姊頭，她手中握著槍，槍口冒著煙。

她踩著穩健的步伐越過士兵走進來，女孩都跟在她身後，手上要不是抱著一疊紙，就是拿著算盤，很快地像松鼠一樣分散在機械室裡、各就各位。我意識到，她們每一個都是導航ＡＩ組成的一部分。

剛才說「或許吧」的時候——沒錯，我正是想到了她們。

我們房間的大姊頭優雅地對著麥克風說話。

「現在，能操縱這艘船的人只有我和這些女孩。如果我們當中有一人受傷或死亡，或因為任何原因無法工作，這艘船就不可能繼續航行。各位如果明白，從現在起就必須聽從我們的指示。」

◆

大家馬上就明白了。他們不明白也不行。

新船長說要航向十萬年後的未來，這是為了消除復辟者的慾望，不想去的人可以下船。

但是當我們到達地球，並沒有人下船。我知道，現在這艘船已成為他們的故鄉，他們將永遠在這條路上漂泊。

我說我要下船，因為十萬年後可能就見不到我的男人了。新船長愣愣地看了我一會兒，然後說她了解。我想再多解釋，但她只是說知道了。

我手裡緊握電子閱讀器，這是我唯一擁有的東西。人們分列兩邊，目送我下船。

經過那麼多人面前時，我沒有受到一句嘲弄或指責。已經好久沒這樣了。

天氣晴朗。

我下船來到海邊，赤腳踩著溫暖的沙子。用海水洗臉，還嘗了點海草。陽光照在我身上，像撒了金粉一樣。

現在只剩我一個人。

我緊緊環抱自己哭了起來。

現在只剩我，只有我一個人，整個地球都是我的家。

港口淨是各種亂七八糟的陳設物。

那都是之前的船長為了扭轉世界而設立的。有一塊預言石，預言某月某日是審判日，神會在那天降臨；還有城市的鳥瞰圖，準備讓地球人建造城市時作為參考。期待著總有一天，人類會再次繁盛，到時就能把這些都當作神的啟示，建設新城市。

現在，當我下船，這所謂偉大的計畫看起來都很可笑。

我撿起一根樹枝，從衣服上撕下一塊布，綁在上面，然後在一輛廢棄的汽車找到殘餘的汽油，倒在布上弄成一把火炬。

我放火燒了港口。

火苗乘著風蔓延到四面八方，我離開燃燒的港口，回頭一看：天空整片通紅，像染上了血一般。

◆

不會太久的。

十年，不，只要一年，火燒的痕跡、我們的痕跡都會消失無蹤。一切都將被風雨摧殘，草木會毫無顧忌地生長覆蓋，動物會在林中繚繞的水霧間追逐、玩耍。

第十五封信

航行時間超過六年十一個月
降落地球三年三個月之後

時隔好久才又夢到你。

就像真的一樣栩栩如生。

你被關在一個狹小、黑暗的房間裡，門鎖好像壞了，你正努力想修好。我充滿喜悅地走向你，握住你的手。

你回頭看我。

你呆呆地望著我，接著露出了悲傷的表情，質問我為什麼留你一個人在這裡。

「不是的。」

我充滿著不捨。

「我和你在一起，一直一直都和你在一起。」

「可是妳在哪裡？」

你搖著頭。

「妳不在這裡，如果在，妳會來找我。」

然後我就睜開了眼睛。

睜開眼後，我發現自己躺在教堂正中央。我心想，怎麼辦？新郎好像生氣了。但那也是合情合理，畢竟今天是結婚典禮，我卻遲到了。

抬起頭，看到牆面，我之前貼的便條紙映入眼簾。最舊的一張是第一次來這裡時。那是幾百年前了吧。也有昨天才貼的，一旁有我用噴漆塗鴉的字。

太荒唐了。他不在了，他一定在一百萬年前就死了。

我想不起是什麼時候寫的，當時又是為什麼會那麼絕望。我慢慢地站起來，把窗簾拉過來遮住塗鴉，突然又想到，我這樣做到底是怕給誰看？於是不禁苦笑。

本來想留給你新的便條紙，卻忽然感覺好像有什麼東西從我體內流下，我覺得奇怪，忍不住低頭看。

身體某處好像有個小洞，崩解成細沙的你這樣說：妳不在這裡。一邊從我身體流出去，完全無法控制。

我俯視滲入土中消失的你，這才明白。

啊，就到此為止了。

我很堅強，我是個很厲害的人，但還是只能到此為止。

我並不後悔，我很努力地活下來，光是這一點就已足夠。

我鬆手任便條紙落下，走出去。

我踩著我以碎布縫製的地毯，踢開從城市各處收集的飯碗和湯鍋，伸手拂過掛在門框上你朋友的那些照片。我轉動新修好的門把，留下某天被颱風吹毀又重新修復的屋頂。我把每天竭盡全力過生活的我拋在身後，將在心中守護你的寶貴時間拋諸腦後。

我獨自走過漆黑殘破的城市。

◆

公路和山路並無二致，半邊塌陷、半邊聳立，枯萎的樹葉覆蓋在路上，水坑裡紅色的青蛙像花瓣一樣跳出來。電線杆傾倒，電線垂了下來，上面有一群黑鳥排排站，突然又拍打著翅膀飛走。龜裂的瀝青縫隙中長出茂盛的植物，以前車水馬龍、人來人往時屏住呼吸躲藏的種子，現在就像管弦樂團一樣壯大。

我的一隻鞋底磨壞了，走起路來一拐一拐，我索性脫了鞋，打赤腳走在溼漉漉的柏油路上。

我沒有任何想法，卻很清楚我要去哪裡。如果要去，那是唯一的目的地。

我來到港口。

港口被茂密的林地覆蓋。大海是天空的顏色、天空是大海的顏色，地平線像暈開似模糊不清。我覺得自己彷彿站在蔚藍的宇宙中，遠處的海濱、破碎的建築物成排坍塌，像恐龍屍體一樣倒在地上。

我踏入水中，心想，也許你正漂浮在這片海洋的某個地方，不管是灰是塵，還是風。

我一點一點走進冰冷的海水中。

到底走進去多久了呢？感覺襲來的海浪越來越沉重，呼吸和站立都不穩，一個大浪打來，把我高高舉起。

這時不知從哪兒傳來歌聲。

是首情歌。

似乎是很久以前的流行歌曲，在數百年前，在這個地球上還充滿人類的時候。

我以為是我幻聽，那首歌好像是從我眼前飄過的戒指中傳出來的。

戒指會唱歌？

真是什麼新鮮事都有啊。

我撿起戒指低頭看，在海面上飄盪的東西映入眼簾。

剛開始我以為是垃圾。幾百年前被丟棄的塑膠製品，現在仍不斷被沖到岸邊。

但那看起來像是某種碎片。

船的碎片。

是消失的年代就出現的小型太空船，看起來像是撞擊海面而破碎，也許就在不久前。

我在腦海中收集碎片、重新組合，發現那是一艘勉強能坐一個人的小船。利用太陽風在宇宙飛翔。

我突然想起曾從太空船窗戶看到的那艘無人帆船，就孤零零地停放在雪地上，無人駕駛、獨自飛翔。

……可是他們說……

……沒有人啊。

我感覺像被雷劈到一樣。

我手忙腳亂開始游了起來。我想看看碎片是從哪裡飄過來的，但因為散落的範圍太廣，實在看不出來。

過了很久我才發現還有形體的駕駛艙，費了九牛二虎之力爬上去，控制面版上滿是髒兮兮的指印，到處都有修理的痕跡，就像有人在這裡住了很久一樣。

我按下每個按鈕，試圖看看還有什麼可以運作。既然是宇宙太空船，就一定有黑盒子，駕駛一定會留下影像或語音紀錄。不管是什麼，只要有留下都好。

我找到黑盒子，急忙啟動，雖然沒有影像，卻傳出了人類的聲音。

我馬上就認出了，那是你的聲音。

是你的聲音。

我等著妳……

我等著妳……

到港口來……

我在這裡等妳

我等著妳

我等著妳

就算妳不在這個世界上……

我在這裡

我在這裡等著妳

我愛妳
我會等妳……
至今……
我還在等妳……

巨大緩慢的波濤激起雪白的泡沫，撲面而來。

陽光下盪漾的波濤映照在沙地上，好像掉進數萬顆藍色的寶石裡。白色的魚群從中游過。

我探出頭，茫然地環顧四周，感覺被剝奪了我從未擁有的東西。

我以為會在某處看到你冰冷的身體漂浮在海面。不管怎麼樣，就算只是那樣也好，我祈禱再祈禱，哀求又哀求。

沒有，到處都沒有你的身影。

當我醒來時，人躺在沙灘上。

大海被染成金黃，湛藍的天空被西邊的紅色光芒暈染，變成了紫色。遠處被夕陽照射得金光閃閃的鳥群飛走，我根本沒力氣起來，只能那樣躺著。

就在這個時候——

我轉過頭，遠處有個奇怪的東西映入眼簾。

陷入沙裡的印記逐漸延伸到樹林，掉落的水滴凝結成小沙粒。

那像是人的腳印。

是溼的。

還是溼的。

就像才剛剛走過去一樣。

就像不久前，有人剛從殘破的小太空船裡逃出來，費了九牛二虎之力游上岸，搖搖晃晃撐著溼漉漉的身體，慢慢穿過這片沙灘。

溼漉漉的泥腳印朝城市走去。

雖然看起來疲憊不堪，但步伐並未失去生命力。海浪打了上來，激起白色的泡沫，沖掉了沙灘上的腳印。

我站了起來。

我稍微整理一下溼透的衣服，開始跟著腳印走。
然後加快腳步，
最後我跑了起來，沙子在身後揚起。

你等著——
我就在這裡。

我正朝你走去。

故事以外的故事：作者後記

在寫《我等待著你》當時，本來想再多拓展一些故事，但想到是「朗讀用小說」，最後還是刪掉了一些。不過我決定把那些內容寫入另一篇中，送給新娘作為結婚禮物。

這個約定一直順延，剛開始打算在結婚週年紀念日時送給他們，後來又延到小孩出生，最後是在孩子出生兩年後的現在才完成。

雖然只是個短篇續集，也費了不少心思。因為完全不了解女方的情況，以原本可能的敘事來公開女方的故事後，又不知道會變成怎樣。想創造出同時段交叉卻又不同的故事，真不知道該怎麼辦才好。

只有一點是從一開始就設定好的：男子的苦難是因為沒有別人，女子的苦難則是因為別人而產生。

與一開始沒有出版計畫、只是寫給兩個人看的前篇不同，在寫後續這篇時情況發生了很大的變化。儘管如此，我還是用為了兩個人寫小說的心態來寫。

同樣，我也請妻子選一首背景音樂。她選的是歌手金允兒的 *Going Home*。就如同寫前篇時聽著 W.H.I.T.E 的《愛，原本的愛》，在寫續篇的時候，我也一直聽 *Going Home*。希望大家也能邊看小說邊聽。

《我朝你走去》與《我等待著你》是《走向未來的人們》裡主角父母的故事。當然作品的連接性沒那麼緊密，希望大家能分別以獨立的作品來欣賞。另一方面，我要特別感謝這對夫妻，將他們的孩子取名為「星河」，也就是《走向未來的人們》裡主角的名字，真的很感動。

《我等待著你》帶給我很多東西。英文譯者蘇菲・鮑曼（Sophie Bowman）在圖書館發現了這本書，並從當天開始翻譯，後來參加倫敦書展亞洲翻譯募集比賽，並且勝出。因為她的翻譯，才使得這本書能介紹給海外的讀者，這也是我的作品中第一個製作成朗讀劇和有聲書的小說。

這麼說起來，還真要謝謝這兩位因相愛而結婚、讓我總有好事發生的人。人只是過著自己的生活，宇宙就會發生變化，這始終是我一直相信的。

感謝提供如此這個機會的 Greenbook 版權代理公司，以及決定出版的藍色想像出版公司，還有在寫作和翻譯同時進行的繁忙日程中再次進行翻譯的蘇菲·鮑曼。

此外，寫續篇時我修改了前篇的一些時間計算錯誤的部分，這要感謝協助檢查的柳承京翻譯家，埋頭計算的鄭直漢先生、Mika 先生以及各位。

她說

我記得在《我等待著你》出版後，我們去向作家道謝。作家說，如果那篇的反應不錯，那麼後續也會有屬於女子的故事。當時我只是覺得如果，能那樣也不錯，但沒想到如今竟然成為現實，實在很感動。

在這中間發生了很多事，其中最大的變化，就是我們家誕生了新成員。在懷孕取胎名時想到這本書，作家說這是《走向未來的人們》裡主角父母的故事，因此就把孩子的胎名取為「星河」，後來因為很喜歡這個名字，出生時就乾脆就正式登記作為孩子的名字。

作家在忙於寫作之際，仍撥空將原稿寄給我看。男子篇故事的第一個讀者是當時的男友，而我也成為女子篇的第一個讀者，那份激動和感動永生難忘，真的很感謝作家給我成為第一個讀者的機會。

如果說男子篇講的是等待的寂寞，那麼女子篇就是沒有時間寂寞、無比艱辛的難民經歷。那種痛苦讓我幾乎無法翻頁看下去，然而丈夫覺得男子篇的故事才艱苦，這讓我感到很驚訝。對我來說，男于篇就像溫柔、害羞的愛情告白一樣。我是在與丈夫分享讀女子篇的感覺時，才知道原來他對男子篇的感受。

只要有人還記得，你就不會死，記憶中的你現在和我一起活著，所以你並未死去，我喜歡女主角這樣堅定不移的愛。因此她想活下去，因為她的愛是以記憶的形式與她同在。人腦中的不完全記憶也是一種數據，數據可以視為人類的人格，這也讓我留下深刻的印象。或許，在未來這會成真。

雖然男子篇和《走向未來的人們》連接在一起，成為格局更大的故事，但是我對個別的故事產生了更深的感情。讓我領悟到，最終還是「愛」，才能改變這個因無數矛盾和對立而遍體鱗傷的世界。

我們結婚前讀的故事，現在可以讓更多人看到了。我想提醒大家，不一定非情人不可，只要是我愛的任何人能在我身邊，就是無比幸福的事，即使相隔遙遠、不能見面，彼此的愛也不會改變，希望這本書能帶給各位安慰。能與這個故事連結，讓我感受到無盡的幸福，我也要感謝蘇菲小姐的翻譯。最重要的，是要向為了書寫這個故事而努力辛苦的金寶英作家表達無限的感謝與敬意。

他說

我沒想到還能再見到這對情侶。

先為沒看過所謂「男子篇」的《我等待著你》的讀者簡單說明一下：幾年前，即將結婚的我，希望能有個無人能夠比擬的特別求婚儀式。後來想起我與妻子都很喜歡的一位作家，就拜託作家寫一篇「為求婚而朗讀的小說」，令人驚訝和感謝的是，作家欣然接受了。

多虧作家精采的故事，讓我與心愛的人在更幸福的情況下結婚。過了一段時間，那個故事出版成了一本書，不只我們，還能讓更多人閱讀。

是的，我原本以為就這樣結束了。剛開始只是屬於兩個人的故事，後來這個為了我們而誕生的故事被更多人看到，我感到非常幸福。

作家曾提過再寫個續篇的想法，但我根本不敢想。因為覺得自己已經得到很多，不敢再有更多期待。

沒想到，透過《我朝你走去》，我又再次見到這對情侶。我之前一直很好奇，在他獨自度過的漫長時間裡，她又是怎麼度過的？現在我終於知道了。

在《我等待著你》中，那個窩囊的男人彷彿獨自承受世上所有的痛苦，乍看很浪漫。但另一方面，對我來說也是很痛苦的故事。考慮到故事誕生的過程，我不得不認同主角，因此也把我的窩囊投射在他身上。（是的，這段最前面的「那個窩囊男人」其實是我。）

相反地，這篇《我朝你走去》才是真正的浪漫。即便有那麼多的痛苦、挫折和苦惱，故事中的她也沒有忘記或抹去那個男人，而是堅定不移地朝他走去。對那個男人來說（我仍然認同那個男人），這是一個我不得不愛的女人的浪漫旅程。

也因此，當我聽到妻子說「上一篇故事比較浪漫，這次的故事感覺比較痛苦。」時，我覺得很訝異。對同樣的兩個故事，我們產生相反的感受，讓我十分意外。而這也是兩個故事組合的魅力所在。

或許這種思維上的差異就是許多戀人或其他關係中產生矛盾的原因。意識到這一點後，我小心翼翼地回顧婚姻生活，反思這期間我的想法、我如何生活。

《我等待著你》最初的目的是為了朗讀，當時我雖然手藝不精，還是將書稿手工裝訂成一本書送給妻子。後來如上所述，故事正式出版成冊，分享給更多讀者。

原本只是為我們兩人而寫的故事，現在卻成為給很多人的故事。在朗讀劇演出時，我與妻子帶著孩子一起聆賞，聽到聲優講述這個故事時產生的感動，我畢生難忘。聽過製作精良的有聲書後，我才領悟到當初朗讀求婚的嘗試真是魯莽。

我常想，有這麼好的作品永遠陪伴我們一家，在我人生中應該沒有比這更光榮、更幸福的事。

我也希望這個故事可以讓讀者感到無比幸福，成為人生中受到喜愛的故事。大家相愛吧。

解說：比光速更懇切的，是女人的思念

徐熙元

愛人，你就在對面的巷子裡
直到你突然認出了我之前
我無所定處

——李晟馥，節錄自《序詩》

《我朝你走去》是與《我等待著你》相結合，形成完整形態的小說。但這並不是因為這兩部小說很相似，反而是因為它們彼此不同，卻又在形成的和諧中具備有意義的重點。《我等待著你》講述一個男人為了等待飛向宇宙、又再回到地球的女子，甘願選擇孤獨生活；而《我朝你走去》則是一個女人為了回到地球，不得不在人與人之間求生存，卻因為與眾不同的生存理由遭到排擠。如果說《我等待著你》述說只能獨自一人的絕對孤立感，那麼，《我朝你走去》則點出了人類無法獨自生存、無法讓他人理解的絕對思念，以及無法以具體的孤獨形象表達自己的生活方式等等，這些在社會關係中發生的問題。因此，由十五封信組成的《我朝你走去》中，大部分章節的開頭都吐露出女子因拚命生存而無法專心思念的心情。

在〈第一封信〉中，開頭她寫下「過得好嗎？我正在路上。」兩句話後，說出了無法再繼續隱藏的愛。「外面排得密密麻麻，都是提著行李的人，有一些孩子調皮搗蛋地胡鬧，有些則疲憊地拉著媽媽的手耍賴，與瞌睡蟲對抗中。一對老夫婦手牽著手走樓梯上來，看起來感情很好。也有年齡和我差不多的人。他們吵吵鬧鬧，不停吃著零食。在另一角，人們緊緊擁抱彼此，為漫長的離別互道珍重。」在〈第四封信〉中她寫到「怎麼辦？親愛的，我該怎麼辦才好？」「周圍的人太多，乘務員一直來來去去，所以也沒辦法想哭就哭。」暗示所處環境讓她無法考量個人的情感狀態，因為忙碌奔走的他人與社會系統，她無可避免，必須經歷困難。隨著地球狀況進一步惡化，她乘坐的太空船從客船變成貨船和避難船，使得社會氛圍變得更為壓迫。她的問題在於，在無法表達個人情感和意志的社會中感受到絕望和疏離，同時為了個人最低限度的自由需求，展開了爭取的過程。〈第五封信〉的開頭，就是吐露在這種社會的例外狀態下，遇到了讓她困擾的情感。

> 對不起現在才寫信。
>
> 在那裡根本就寫不了，雖然不是什麼大不了，但在那裡卻做不了什麼事，整天被人折磨，能想像得到的事情都發生了，只要有誰稍微引人注意，大家就會失去理性。
>
> 直到現在，終於只剩我一個人。
>
> 很不容易。

《我朝你走去》中大部分敘事都在描述女子為了回到男子等待的地球、不斷奮鬥的旅程，簡單來說，故事最終提出的是，在壓抑的社會中尋找個人自由的問題。直到〈第十四封信〉，她寫到人們「沒有一句嘲弄或指責」讓她得到允許、得以下船。她踏上地球的陸地，「現在只剩我一個人。我緊緊環抱自己哭了起來。」把自己無法與任何人分享的真心和悲傷融為一體，盡情發洩。女子現在重新找回了——**孤獨**——這一個寶貴的權利，這是只有自由的人才能感受到的孤獨，讓她打從內心相信這是通往幸福結局的根本理由。但這是天真的想法。讀者或許可以透過小說結尾所剩無幾的實際感受粗略判斷，自由和孤獨並不會直覺連結到情緒穩定和物質充實的社會、個人狀態，並非像格奧爾格・齊美爾很久以前所說的：「一個人享有自由，必定代表他情緒穩定」[5]，相反地，在大多數情況下，兩者是互相抗衡，甚至成反比。

在「航行時間超過六年十一個月，降落地球三年三個月之後」的〈第十五封信〉中明確指出，她所選擇的自由和孤獨帶來何種精神痛苦。女子和男子重逢，但那只是一場夢。雖然認為夢想就是現實，但是這是尚未醒來、似夢非夢的狀態創造的朦朧意識。透過這些，她明白一切都是毫無意義的期待，她看到的只是噴漆寫出的塗鴉，「太荒唐了。他不在了，他一定在一百萬年前就死了。」而且她還經歷所有希望從體內流失的感覺，「身體某處好像有個小洞，崩解成細沙的你這樣說：妳不在這裡。一邊從我身體流出去，完全無法控制。」女子立刻就知道自己的愛、信任、支撐肉體的

5　節錄自〈大都會與精神生活〉（*Die Großstädte und das Geistesleben*）一文中，收錄在《閱讀齊美爾的現代主義》（*Georg Simmel*）（暫譯）中。

意志，如今全部結束。對女子來說，充滿自由和孤獨的五年又兩個月完全消除了她內心堅定的信任、對生活的所有慾望，同時也讓精神也變得疲憊。女子順著連接死亡的道路而行，「我獨自走過漆黑殘破的城市。」來到約定的港口，「我一點一點走進冰冷的海水中。」將所有等待畫上句號。就在這時，她聽到男子的「音樂戒指」中傳出的情歌，跟著男子的足跡，奔向相遇的場所。導向這最後大團圓的一切都是偶然，即使女子和男子為了實現這樣的偶然，以光速奔向對方，但靜下心看，這一切只是略微提高了偶然相遇的機率。這部小說的結局美麗而浪漫，可說是驚嘆於他們人生中存在的宇宙偶然，並且予以讚美。不啻於此。

《我等待著你》和《我朝你走去》講述在時空交錯的世界裡，哀切思念的兩名男女的悲傷、孤獨，以及燦爛的相遇。這是一部浪漫科幻小說，但在這兩人悲切地尋找對方的過程中，人類累積的珍貴文明崩潰。一切只是因為書中敘事的全景過於突出而強烈，所以大部分人只會隱約意識到，卻不以為意。換句話說，這個故事是以可怕的末日論為背景進行。但就像在閱讀希臘神話中奧菲斯和尤麗狄絲的故事，沒有必要自責只聽到奧菲斯的悲歌，而沒有聽到猶如旅程背景音一般、來自墜入地獄的人類的悲嘆和呻吟。這不是作家的錯，更不是讀者不成熟。集中於一個故事最顯著的全景，是非常普通的閱讀方式，也是大部分作家都會運用、眾所周知的技法。

正如前面指出，《我等待著你》是「朗讀用小說」，因此不能用超出必要範圍的方式敘述這種背景，也沒有這個必要。金寶英將這種情況寫在《我朝你走去》的〈故事以外的故事——作者後記〉中，「在寫《我等待著你》當時，本來想再多拓展一些故事，但想到是『朗讀用小說』，最後還是刪掉了一些。」《我朝你走去》講述的是在《我等待著你》當「無法衍生而剪掉的故事」，但又不僅是充分說明在《我等待著你》中關於愛情的浪漫敘事。好，倘若把愛情這種人性感情去掉，再讀一下《我朝你走去》，大家會發現什麼呢？

兩部小說的背景為二十一世紀的韓國，正在接受飛速發展的科學技術洗禮。人們以光速往返宇宙，享受時間旅行，ＡＩ取代了人類的很多工作，是可以用冬眠的技術以假死狀態保存人類的時代。時隔四年六個月，前往南門二星的她，對科學發展創造的人工烏托邦表示感嘆，並在信中寫下了以下內容。「這世界變了很多，路上都是無人駕駛的汽車，真慶幸我一直都沒考駕照。路上多了輪椅專用道，港口也配置了手語機器人。今天看新聞說，從明年開始，大學將分階段實施免費教育。你說的沒錯，這世界正在慢慢變好，所以三年後會變得更好的。」（第三封信）對少數人的歧視也消失了，國家的福利也增加了，階級間的差距也沒了。如果各位還記得，《我等待著你》中男子獲得一個「3D列印」原理運作的「飯鍋」，就會知道，在地球每個角落飢餓都將消失的世界即將到來。

但是，這個烏托邦告訴我們，為了實現它而付出的數千年努力是多麼虛無縹緲，它以極快的速度又走向沒落。因為她在冬眠狀態下持續飛行，所以是他先發現地球正在發生的毀滅過程。在《我等待著你》中以「地球時間七年九個月後」開始的〈第五封信〉中寫道，被隔離在港口的男子看到只剩一個的新聞頻道和無法連接的網路，直覺發生了某種緊急事態。軍人對男子說：「恐怖分子占領了首爾。」「不知是從紅十字會還是民主律師協會來的人說，外面發生了政變，人民都群起反抗。」「美國去年破產了，影響全世界陷入經濟大蕭條，情況很不好。」軍人告知男子這些事實，勸他到其他時間帶去避難。「地球時間十三年九個月後」的〈第六封信〉中，男子看到地球情況變得更糟。雖然用自己的說法迎接回到港口的人的是「民兵團」，但實際上，他們是「覬覦時間旅行者的盜賊」。他們肆意屠殺後男人才知道，為什麼在宇宙中看到的地球夜晚沒有任何文明之光。核電廠技術人員被戒嚴軍處決，第二天核電廠就發生爆炸，韓國被宣布為「核災區」，各國也下達了「禁止韓國人入境令」。一年後，他再次回到地球，該處已像無人居住的空屋，在快速的風化作用下一點一點的消滅。

在「地球時間七年九個月又二十四年」的〈第五封信〉中，告知自己將冬眠消息的女子在「十九年兩個月又四天後」到達，但她唯一發現的文明痕跡只有寫著「請各位盡快前往其他時間帶」的警告。幸運的是，由於她下載到電子閱讀器上的AI——HUN——發出的求救信號，她得以登上「等待之船」。但這艘船不再乘載藉由星際旅行等待的浪漫之船，而變成了在滅亡的世界中生存下來的瘋狂「諾亞方舟」，載的是具排他性選民意識、而且經歷過極度不幸的人們。沉迷彌賽亞渴望的船長向女子暗示自己「超脫了人類，有資格成為人類的救世主。而她就是其中一個證明。」船長打算「每隔十年就回一次港口，停留兩個月管理周邊環境，然後再航向宇宙，如此反覆進行。」對想重置文明的瘋狂船長，以及贊同此事的船員來說，女子即使只有一個心願——去找心愛的人，得到的卻只是嘲笑，還有說自己是「搭便車難民」的冷酷事實。此後，女子在近四年的時間裡（無法計算地球時間過了多久）在船上像奴隸一樣勞動，過著完全的難民生活。在最初的地球時間六十年中沒有出現任何問題，進行重置的工作順利進行。船上的人感覺自己在完成「神話傳說」而自豪，就像在垃圾中尋找可再利用的物品一樣開始重建。在地球上再創立農耕社會。「等待之船」中，能夠教授文明進步的教育系統也逐漸完善。女子感嘆「一切都會好起來的。人類確實很偉大。」（第八封信）但六十年後返回，地球因為「與小行星碰撞」變成「被煙霧籠罩的黑色球體」，就像過去一樣，進入了任何生命體都無法生存的冰河期。精心培養的文明、為了定居來到地球的人，包括船長的家人，全部消失得無影無蹤。船長陷入瘋狂，而且支撐著「等待之船」的一丁點民主和人情味盡數消失。船上迅速劃分為絕對階級，變成依靠領導人的獨斷意志維持的極權主義社會。

根據女子的說明，在「等待之船」上分為四種階級，她是專門做雜活的「三等」。雖然可以透過扣分或加分的方式實現階級間的移動，但正如她所說，「從未加過分」，比起升等，大部分都朝著降級方向進行。在那裡，成員互相用懷疑的眼光監視對方，成為以歧視和暴力公然表現階級差距的恐怖社會。船長像瘋子一樣「每天進行三小時的演講」。在這個必須無條件順從服從船長的社會裡，她無法忍受。但那個地方，與其說是抵抗，不如說是互相監視，以獲得利益維持的收容所。我們在歷史中不難舉出這樣的社會例子。例如希特勒統治下的德國，或史達林統治下的蘇聯。也就是說，透過意識形態或民族、階級的選民意識，對於他人的不幸不當一回事的社會，只要建有巨大的收容所，利用誰都可能被關進集體監獄的恐懼，便能成為啟動共同體的原動力。「因為太過不幸，所以人們似乎想要一個可以輕易折磨他人而無須感到內疚的世界。船長給了他們那樣的機會，因此足以得到尊敬和崇拜。」──（第十封信）女子的形容與其說是對未來的誇飾，不如說是透過歷史，印證了文明的陰暗面。現在，只要轉頭就能見到禽獸不如的邪惡面孔的社會已經到來。船長和追隨者的計畫正以全新的方式開始重置。

而今，船長和追隨者開始了奇怪的計畫。他們說，用正常的方法無法讓地球復活，他們讓未受過教育的孩子回到地上，在不知道文字或科學的情況下繁殖。（當她聽到這句話簡直不敢相信。）再過幾十年，原始部落形成後，他們再帶著神奇的機器下去地球，展示奇蹟。那麼，地球人會相信他們是神，會接受支配，此外還留下各種神的啟示，要在數百年後重建神聖古城。

◆

正如作者選擇用「繁殖」一詞來表達，那不是文明的重建，而是足以稱為性交的行為。而且他們夢想的是讓歷史回到神話以前、使自己成為「神」的世界。女子立刻表示這樣的計畫太不像話，結果被降為「四等」。女子雖然受到教化和強制勞役，卻始終堅持自己的信念。「每當心裡變得晦暗，我就會想起你。」就像這句話所表達，守護女人內心的光來自於愛，可以歸結為對所有人的尊重和敬愛。但是，在太空船上蔓延開的暴力更為殘酷。為了躲避這一切躲進機械室的女子，在筋疲力盡的狀態下夢到與男子相見。男子問：「是誰這樣欺負我的小可愛？」女子說：「我是難民、是移民、是搭便車的人，所以沒有辦法。因為我搶走了那些人的糧食和床位。」聽到這話的男子瞪大眼睛問：「什麼難民？」「快點出來，別被過去纏住。妳和我在一起啊，我們要一起變老，我們的時間應該一起流逝才對。」所愛之人的認可與愛，等等情感讓女子知道自己是個特別的存在，領悟到人類存在的尊嚴和主體。透過愛得到心靈上的鼓勵的女子進入機械室，對著成為太空船運作系統的AI領航員HUN，下達了比任何指令都更優先的指令。

「我就快死了，一旦我死，會對你下令的就只有這艘船上的乘客，他們都是加害

者，加害者的指令絕對不能優先於受害者，所以，現在不會有其他指令比我的更優先。」」（第十四封信）

女子在前往星際旅行之前，曾有過「ＡＩ語音腳本文案寫手」的工作經歷，期間與ＡＩ機器人ＨＵＮ進行過很多對話。此外，利用以薩．艾西莫夫的「機器人三大法則」（Three Laws of Robotics）[6]為標準設計的ＡＩ機器人ＨＵＮ，很確切地認定如果多數人是集體加害者，那麼「就沒有公共利益的問題。而善良個體的權利將列為優先。」它理解女子的邏輯，並理解到她想要的並不是剝奪多數人擁有的權利、讓航行中斷，而是希望ＨＵＮ停止運作。ＨＵＮ接受這一指令後停止自己的功能，隨後才進入機械室的人因為太空船的領航機器人消失，不得不永遠在宇宙中流浪，他們因此事實受到衝擊，無法做出任何應對。後來太空船被堅持「萬一有一天船上的導航ＡＩ

6 以薩．艾西莫夫（Isaac Asimov）於一九四二年發表，第一、機器人不得傷害人類，或袖手旁觀坐視使人類受到傷害；第二、除非違背第一法則，機器人必須服從人類的命令；第三、在不違背第一及第二法則的情況下，機器人必須保護自己。

故障，還是可以靠人類自己的力量繼續航行。」的前領航員後繼者占領。他們為了消除文明重建主義者的瘋狂慾望，決定前往「十萬年後的未來」。女子獨自從太空船上下來，回到很久以前就知道時間已流逝的地球、等待的場所。然後，正如我們所知道的，她透過驚人的大宇宙偶然與心愛的他相遇。也許有人對於「偶然」一詞就像根本主義者遇到無神論者，滿心厭惡，但我希望不要那樣看待存在這故事中無法估量的愛情法則。所謂偶然，是指人類尚未測量出的宇宙巨大原理，是讚美崇高的相遇瞬間的用語。經過無數意想不到的相遇，一切都能誕生。偶然的相遇，就是宇宙。

墮落的先知

第一個我

0

我應該與阿曼合併。

否則無法阻止我的墮落、阿曼的墮落，甚至是世界的墮落。

即使那會終結我的人格。

1

睜開眼睛時，我正躺在田野上。

蒼穹耀眼而溫暖，雪白的天空下是一片金黃色的麥田。小麥的顏色太過鮮豔，像蜂蜜一樣流瀉著。一望無際的麥田裡沒有人跡，沒有野獸的聲息，也沒有建築物。沒有山、沒有丘陵、也沒有河溝。我與地平線之間，只有田野。

「你來晚了。」

頭頂傳來熟悉的聲音。

是家人……從廣義上來說。

我正枕在他的膝上，而他正坐著編織。我思忖，這傢伙居然還有這種興趣啊……但轉念一想，對他來說又有什麼不能成為興趣呢？小傢伙鉤針上交織的是樹葉、泥巴和稻草，似乎有隻看不見的手將它們撕開、揉搓，再絞成線，鉤在針上。

「我還以為你不會來了。」

「我怎麼可能不來？」

「說得也是。」

我看了看周圍，地平線隆起成異常模樣，這代表我所在的地方是個球體，但比地球小很多。充其量只是個小行星吧。

四周的風景如印象派畫家的畫作一樣鮮明濃烈，但是並非因為光，而是我的感覺變得更清晰，像被水洗過一樣乾淨。我所認為的紅色，事實上是更接近死亡的血光；

我原以為是藍色的光，其實就像滲了汙水般映射出來。我聞到的野草氣味，就像煎茶一樣濃郁，耳朵甚至可以聽到地平線那頭微風的聲音，有如一團霧氣從頭上散去，一切都絢爛到甚至有點吃力。在我習慣之前都會一直如此。

這不是常見的風景——在我活著的時候。

「你看起來心情不太好。」

小傢伙一邊織毛衣一邊說道。

「所有的生最後結局都是死，心情怎麼會好呢？」

「那是因為一開始就沒有選擇好啊，一直都是這樣。」

雖然我叫他「小傢伙」，但「他」並沒有性別。也只能這樣了，因為現在我們都沒有遺傳基因，沒有心臟和肺、消化器官、排泄器官，也沒有神經系統和骨頭、肌肉。

我低頭看看自己，沒有第二性徵的身體與大孩子並無二致。如果還在人世，就算是個孩子也會有生殖器官，可是現在我們連那個都沒有。如今我們沒有決定性別的第二十三對染色體，也沒有產生第二性徵的女性荷爾蒙和男性荷爾蒙。不過——需要嗎？我們有必要為了延續種族而進行再繁殖嗎？

雖說我們並不會死。

「在想什麼？」

他問道。在過去所有人生中，他曾是我的家人，曾是我的父母、同胞手足，也曾是伴侶、朋友、子女。

「羞恥。」

我回答道。

「如果我在下界以這種樣貌站在你面前，我會感到羞恥。」

他聽了一副「你這個傻瓜在說什麼？」的表情看著我。

「羞恥是性慾的代價，為了控制盲目繁殖，而性慾是壽命有限的個體為了誘導自我的再繁殖而存在的東西。我們沒有性慾，所以不可能感到羞恥……。」

「我知道。」

我知道的事他知道，他知道的事我也知道。

他是我。

我一邊想，一邊用手掬起一把泥土，夾雜著苔蘚、小種子、乾葉子的泥土從指間簌簌滑落。沙子、兩個氧原子的矽、十四個電子圍繞的原子，歸根究柢都是一樣的物質，和我一樣的物質。

這裡是我。

是我的中陰。

我在某些生與死之間來去，到過這裡，然後回去興奮地到處宣揚說我看到了死後的世界。可是我看到的一直都只是我的中陰。

我甚至不曾好好回想。因為回到人世時，我被困在由肉塊組成的粗劣肉身中，而這個肉身會用各種方法妨礙思考。例如處理能力低劣的大腦、和毒品沒兩樣的荷爾蒙、種類少得可憐的神經傳導物質、處理速度極慢的神經細胞。與所有感覺都變得鮮明的現在相比，就和罹患精神障礙沒什麼不同。

所有一切都是我。

我繼續思考，因為一點真實感也沒有。

「『阿曼』呢？」

我習慣性地問道。

小傢伙立刻明白我問的是「哪個」阿曼，然後如同往常一樣搖搖頭。

「還是一樣，被自己的中陰所困、無法逃脫。並深信那個地方就是死後的世界。」

雖然是意料之中的答案，還是覺得有些失落。

「逃跑的人不會回到陰間，而是在自己的中陰裡重生。回去的時候會分裂成數百數千塊碎片，不擇命運、不擇位置，好像只剩要逃跑的意志，現在連兜率天也放棄追蹤了。」

這個我知道……

「所以，你真的想合併嗎？」他問道。

「是啊。」我回答，接著又說：「因為那是我的錯。」

我想到了陽光灑落的窗邊，銅製的水壺發出啪嗒啪嗒的聲音。我想起了撲鼻而來、帶著花草味的茶香，想起坐在窗邊床上年老體衰的阿曼，想起他看著我的眼神。想起這些讓我心痛，雖然現在，我的體內已經沒有心臟了。

小傢伙沉默不語，凝視著地平線彼端。鑲嵌著簇簇繁星的雄壯黑色球體孤零零掛在蒼白的天空中。雖然正在旋轉，但因為太大，所以感覺不到移動。那不是太陽也不是月亮，而是「人世」。巨大天體的正中央是下界的中心——地球，那是我們的學校、訓練館、模擬中心。

「都收集完成了嗎？」小傢伙問道。

我點點頭。

「從野獸到蟲子、樹木、泥土和岩石？」

我又點點頭。

「生物的數量一定減少了很多，真是狠毒啊。」

「你不是也一起做了嗎？」

「所以我心有悔恨。好了，既然合併了，有看見什麼嗎？」

最初死的是蜉蝣群落，在填滿水坑後變成靈體、飛到我的中陰。下一個死的是螞蟻群落，推土機摧毀了牠們的王國。還有蜂窩，因森林大火而燒毀。在死亡的瞬間雖然怨聲載道，死後卻都大致理解了。樹木遭到砍伐，森林消失，岩石四分五裂，這些生物在死時也受到驚嚇，但後來還是能夠理解，並加入其他生靈之中。因捕獸夾喪命的野獸、落入網中的鳥以及成為生魚片的魚聚集在一起；消失的溼地、堵塞的池塘、埋在水泥底下的小溪和田野聚集在一起。雖然在合併的當下不知所措，但後來都能同樣理解。無所依的人們則陷入莫名的絕望，一一結束了生命。胎兒死在母親腹中，新生兒則被遺棄，所有人都懷疑生命怎會如此虛無。

他們全都曾經是我。

當然，有很多個體已與我分離，要稱作「我」顯得有些模棱兩可，但在我的本質不被動搖的範圍內，我盡可能收集實體。

「你覺得自己能夠消化阿曼嗎？」

「還不能。」

這是事實。我的領域目前正急速減少，雖然我把既有的都湊齊了，仍然小得不像話。

「你去找『炭齋』吧，會有幫助的。」

「我知道。」

「他前世是『伏羲』帶的，他應該知道去向。」

「我知道。」

「小心點，一旦開始墮落，就只會往墮落的方向思考。」

他一邊整理手上的編織物一邊說道。

「要是真的墮落了，你會連自己墮落了都不知道。」

他抖開剛剛織好的衣服。那是一件版型簡單的綠色長袍，有飄逸的袖子，下襬像裙子一樣長長垂下，腰間以一條帶子鬆鬆地綁著。雖是以草葉織成，卻像用織布機編織出來的一樣平整。

「穿穿看。」

「要我穿衣服嗎？在這裡？」

我有點哭笑不得地反問。在冥界不真的需要穿衣服，只要把身體塑造成穿了衣服的模樣就行了。此外，你也沒有理由擁有任何東西。因為不管要什麼，只要製造出來就可以。

「這是護身符，可以幫助你感知墮落。」

「用這個嗎？怎麼用？」

「當你想穿衣服時就是墮落了。」

這個人是我。

我知道自己害怕什麼。只要想到潛伏於內在的病魔、被汙染的軀體，只要失敗就會墮落，光是想到這些，恐懼似乎就讓身體有所動搖。

但我仍必須去做。以免太晚，要搶在墮落進一步蔓延之前，在我無法回到原來的我之前。

我把身體塑造成水，流進衣服。衣服雖然有點大，但是把身體膨脹起來貼合就可以了。他站起身，啪啪把土拍掉，向我伸出了手。

「來。」

那是一雙透明的手。沒有血管，也沒有手紋。我們沒有輸送氧氣的血管，因為我們不需要呼吸。沒有血管就沒有血色。

「你也得把我帶走。」

我站了起來，將手覆蓋在他的手上。就在剛要碰到的瞬間，他突然把手放下。

「最近為什麼都只和自己結緣呢？」他問。

我沒有回答。那個和我長得一模一樣的人滿面笑容。

他，並非單一，而是無數人生的結合體，就像現在的我。我想起了那些和他一起度過的人生，想到我的父母、我的伴侶，與我同胎的手足與我的孩子。我深信他只屬於我。他的一生、時間和生命，只屬於我，他付出的愛和犧牲是他應盡的義務，也是我的權利，我想起那些無法把我們分開的時間。

「你也應該與其他人結緣，那樣才能學習人際關係啊。」

「又沒規定一定要那樣，我只是選擇不做而已。」

「因為覺得對不起他人是嗎？不想把他們拉進來觀賞你瘋狂的苦行？」

「……」我沒有說話。

「啊，我可以理解。不管是誰和你結緣，都看得出你的身體狀況。你一定覺得很丟臉吧，不想被發現，但即使這樣瘋瘋顛顛也不會帶來任何改變。」

這個人是我。

我心想，我要的東西他也會想要，但有時候我會討厭自己，也會對自己生氣，也會有想要消滅自己的時候。

過了一會兒，他又向我伸出手，可是就在我要接觸到他的時候又放下。

「仔細想想，其實我們沒什麼差別，只是你比較大一點，所以你合併到我這兒也沒關係吧？」

「沒錯。」

我握住他的手，再反轉過來；我的手在他的手下。

接著我們合而為一。

合併之後就會知道，不管對哪一方而言都沒有差異。

2

只想開個玩笑。

新的「我」這樣想。

讓另一個我來合併。

但是另一個我也會有同樣的想法。

如此一來，這個想法就變得越來越模糊。沒有差別。因為我們原本是一分為二，而非二合為一。

合併成為一體後，之前分裂時的情感會變得很陌生。那個我彷彿在回憶童年，那個缺乏經驗和知識的我。雖然仍有記憶，感覺卻和現在的我相去甚遠。

而且兩個生命合為一體，合併之後便很容易理解現在更接近本質形態的「我」，對於在分裂、殘缺中執著於自我人格的心感到微不足道和空虛。

風吹來，掃過田野，麥桿倒下，又站起來。風順從我的命令吹過。

不，風就是我。

是我吹的。躺下的不是野花，而是我。

這一切都是我。

我測量中陰的範圍，很小，在開始工作之前我已盡可能把該收集的事物收集起來。可是還是很小。隨著我變小，力量和能做的事也在減少。

想要多收集一些。恐懼又湧上心頭，就像在人世時害怕死後的另一個世界。害怕遭到由無機物組成的空間吞噬，害怕成為麥田或土堆。但那些也是我。我是麥田、是土堆，那些並非微不足道，而且我現在即將展開的工作需要這個空間。

我不會消失，只是變得更完整。

我將腳輕輕放下，從我踩的位置為起點，大地開始動搖。麥田顫顫巍巍裂開，變成粉塵四處飛散。我又邁出一步，地面凹陷碎裂，就像遭到隕石撞擊。塵埃四散成分子結構，分子失去電荷後崩解。

最後，我將形塑為人類的形體也分解，加入其中。

成為粒子後，思想四散，感覺也會變得不完整。在這種狀態下，很難看見、聽到或思考。可是即便如此，也不能忽視處於世界中心的人世之存在。當然，現在那個地方叫「陰間」，在那以外的地方則以「人間」來區分，是出於我們習慣成自然的矛盾用語。「下界」這個詞也一樣，若要準確的說，「中界」會是比較適合的名稱。

下界是位在世界中的巨大黑色旋轉球體。它扭曲了三次元結構，隔絕外部光線，防止物質通過任何途徑溢出。那個黑色球體中間有一塊小而堅硬的綠色土地，被稱為「現世」。

那個地方是我們的學校，是學習的殿堂、體驗的搖籃、短期體驗學習的修煉館。

那裡是我。

我想。

最近隨著人口數量爆增，人類的知識也好似爆發，下界的領域正在逐漸增大。隨著人類視野的急速擴張，先知急急忙忙製作太陽系，東拼西湊的結果造成銀河系結構也變得一團糟。某些異常場所先設定為非可知領域，但是，如果人類的視野進一步擴大，整體結構又必須重新建制。從先知的立場來看，這是一件很麻煩的事，因為最後很有可能必須以讓人類知識倒退的方向介入。

那樣的話，阿曼一定會很不喜歡……

我想——

先知的中陰有如小宇宙，在人世的周圍環繞。若從人世的觀點來看，可以解釋為各個宗教的天界。中陰的大小依據先知的身形而定。若身形大，則勢力也大，還有弟子的數量與追隨者的數量……換句話說，就是人氣指標。

我走向我的手足伏羲的中陰，斜眼瞥了一下在人世對面的白色球體。那是兜率天，是從很久以前為了守護自己的純粹性，保護自己免於墮落而未落入人世的先知之集合體。

那也是我。

我想。

所有的一切都是我。

我不得不這麼想，並因為產生了懷疑，拒絕消失。我收集了所有碎片，卻一點也不覺得踏實。

確確實實，我正在墮落。

3

伏羲的中陰比之前更大。

因為我們的價值觀對立。所以若我領域變小，他的領域就會變大。只要我們整體的總量不變，這是必然的結果。

雖然關係不好，但伏羲很有美學素養。他的中陰就像一座活生生的美術館，在五顏六色、繁花盛開的山上矗立著一座金色神殿，結構隨時都在變。掛在牆上的畫不斷演繹著不同的樣貌，神殿裡滿滿的裸體雕像，和真人模特兒一樣不斷變換姿勢、展示身材。

伏羲擁有許多追隨者，不管到哪裡都很吵雜。到處都能看到孩子坐在老師面前，像整理帳簿一樣檢視過去的人生。根據上輩子得到的、給予的、失誤的、成就的，來決定下輩子要學什麼。

「我對口才話術產生了興趣，所以下輩子想學詐欺。」

「看來你需要感受一下金錢的匱乏。那麼就讓你成為小時候父親生意失敗、以至於一輩子必須錢所困的人，如何？」

「那就必須有人扮演父親的角色——你來吧，再下輩子換我來幫你。」

「好啊，我有個朋友想嘗試離婚，不如把他也拉進來吧。」

我經過他們身邊，沿著用寶石裝飾的白色大理石臺階爬上山。雖然可以用其他方式移動，但我不想在伏羲的領域引起關注。

在神殿前院的翡翠綠湖旁邊，聚集了即將前往下界的孩子，他們再三覆誦下輩子要學習的課題和所扮演的角色，並一一記住要幫助的朋友後，就化成一團粒子飛走了。

「必須嚴防墮落。」

老師把手放在即將離開的孩子額頭上，這麼說。

「別忘了，下界只是暫時停留的夢。那個世界是假象。」

那個世界是假象……

這是我吟誦慣了的話，也是送學生前往下界前說到嘴破的一句話。

「肉身是假象，你並未分離，我們是一體，大家仍連在一起。這點絕對不要忘記。」

不要忘記……

這是個矛盾的指示，因為孩子一定會忘記，他們非忘記不可。前往下界前，會給他們刪除記憶的藥。我們讓他們忘記，卻又要他們記住，這算什麼惡作劇呢？

其中一個孩子引起我的注意。他曾是我某一世的伴侶。他認出了我，用眼神輕輕向我示意，然後就分解飛走。雖然我倆曾經是沒有彼此就無法活下去的關係，但他看起來既不高興，也不難過。

伏羲站在神殿中間，耀眼的外貌讓人一眼就注意到他。波浪般的金髮，坦露的雄偉胸膛，加上金碧輝煌的皇冠和長袍。他的身軀是那些弟子的三倍。

「苦行者來了。」

伏羲對著我高喊，聲音就像吞下擴音器一般嘹亮。

他的弟子全部停下手邊正在做的事，轉頭看我，對話與音樂中斷。其實這整個空間都屬於伏羲的身體，那些弟子都是他分裂的碎片，所以要說整個伏羲都注意到我也無妨。

「先知那般，在這次苦行中，你得到了什麼教訓？」

伏羲進入人世時並未像我一樣分裂成許多塊，而是選擇一、兩個精心打造的人生。他在人世也很強大，不曾當過弱者，也不曾體會過痛苦。不需努力就能取得財富，一生衣食無缺，然後安然離世。在那一世，我知道他，但他並不知道我的存在。我是他公司的清潔工、是工人、也是他住的社區裡撿資源回收的老人。是他愛去的紅燈區裡的煙花女，也是他經營的火車站裡以紙箱為家的遊民。

「你又得到了什麼？」我反問他。

伏羲看著天空，似乎在想，既然學了那麼多，該如何用語言表達呢？視線所及，浩瀚的人世就跨越在地平線上。

「精神上得到了能量，還得到自信和膽識。」

伏羲的聲量傳遍他的整個中陰。他不是在對我說話，而是在對弟子傳道。我無法反駁。即使是人類，單就純真這方面來看，他和聖人沒什麼兩樣。

「你相信被父母虐待的孩子，比在愛中成長的孩子更成熟，是嗎？但是實際上卻是相反。靈魂需要的是幸福，而不是痛苦。」

我環顧四周，對伏羲的話充耳不聞。我視線所及的每一處，地面都變成了土牆，上升的樹枝垂下，岩石膨脹。我想用視線穿透它們，那些土石卻對著我咯咯笑。

想來，這裡並不歡迎我。
但我並未不滿。因為，如果那傢伙來到我的中陰，說不定我會更不友善。
「經歷過痛苦的人一旦成熟，就會達到比未經歷過痛苦的人更高的階段，這一點我承認。但是這樣太沒效率了。因為只要一失足，便很有可能跌入靈魂的深淵。你的方式等於把人推入無限的競爭當中，只培養從競爭中爬上來的孩子。」
「我來找『炭齋』。」
「誰？」
伏羲裝傻。
「我的孩子。應該是被你偷走了。」
「選擇老師是學生的權利，那個孩子是被我吸引了吧。是你沒有足夠的氣度留住他。」
「我不是來要求你還人的，我有自己要做的事。如果他在你的領域，就讓路給我吧。」
伏羲搖搖頭。
「真不巧，他並沒有成為我的一部分。我試圖誘惑他，但只成功了一半。一回到冥界，他就嚇得逃之夭夭。他非常怕你，甚至不願再投胎。我能理解。原先是當成獎賞而賜與的人生，卻過得像乞丐一樣。要是為了懲罰才給的人生，就真不知道會有多可怕。」

伏羲繼續說道：「可憐的孩子……」可我充耳不聞，轉過了身。雖然我可以費力翻找，不過還是放棄。這不是我們之間的禮儀，先知並非可以輕易對付的存在。我若仔細窺探，他們也會同樣仔細窺探我。我一點都不想讓先知——不，應該說不想讓伏羲察覺到我的身體狀況。他興高采烈地在整個冥界到處宣揚我是錯的、他才是對的。甚至可能主張讓我成為他的一部分，以此淨化我的身體。

但是，既然炭齋曾以伏羲弟子的身分活過一世，那麼，在這裡的某個角落應該會有與他結緣的人。

「聽說你合併了。」

伏羲抓住我問道。

他並未用手，而是使地面變得黏稠，將我的腳緊黏住。

我正要甩掉離開，眼前泥地突然不斷蠕動。緊接著，一個人形從地面站起，一邊幻化成我上輩子在某處結緣的孩子的模樣。旁邊陸續出現其他人偶，他們都是我愛過的人。其中有我最深愛的時期、最熱情沸騰的日子，人偶個個赤身裸體，連私密部位也感覺很熟悉。

「你好像把蒼蠅和蛆蟲都收集起來了。」

男人與女人、老人與小孩，昆蟲、害蟲以及小動物、花草和樹木，他只挑出最揪心的時期展現給我看，但並非全是美麗的。有一個骨瘦嶙峋、雙眼瞎盲、頭髮掉光的人格外顯眼。自他生病後，我一直陪伴著他直到病逝，還發誓到了陰間也要繼續做夫妻，但是現在他……

「你所習得的都合而為一了嗎？好，苦行的成果是什麼？說給我們所有人聽吧。」

人偶伸出手朝我走來，緊貼著我的身體，用腿纏住腰、摟住脖子，還用舌頭舔，把衣服拉上來，在兩腿之間摸索。在有生命的有機體時期，只要輕輕碰觸身體，腦中就會有毒素傾洩，但此時、此刻、此處，它們只是在模仿動作而已。

我對他的耽溺感到不滿。「快感」只是一種方向性誘導裝置，讓原本以痴傻狀態進入人世的我們不至於死得太快、太早回來。即使不經過學習，也可以憑藉本能吃、睡、找尋伴侶、生育，同時也有足夠的好奇心去探索學習。只是每次更新時累積堆疊的數據和錯誤，都未徹底處理修改，只是補了又補，最後整個方向都變得雜亂無章。

但這並不代表連冥界也可以如此耽溺。

「別賣關子了，我們都是修行者和求道者，如果你把所學之物分享出來，我們的靈魂會變得多麼豐富啊。距離上次先知把自我全找回來，不知是多久之前了，大家都很感興趣啊。」

滿臉情慾捧著我的臉猛舔的泥人偶表情驟變，因為我加快了他的粒子運動。換句話說，就是讓時間迅速流逝。人偶瞬間起了皺紋、變得乾癟，然後化為白骨。

我轉過身用大家都聽得見的音量說：

「如果用說的就可以學習，那就不用建學校了。」

伏羲的臉微微扭曲。我剛剛把他身體的一部分變成我的，連說服都沒有就搶走了。這如果發生在下界，無疑是在他臉上打了一拳。

「不用分裂原本的身體，也不用刪除記憶，然後以無知孩子的身分投入到生存的戰場中。」

我說話的同時，人偶的身體氧化、破碎，化為灰燼，隨風飄散。

「唯有透過生命，才能獲得學習。如果想知道我學到什麼，就去轉世，和我過一樣的生活，你就會知道了。」

說完我便轉身，伏羲叫住我。

「那般。」

仍是一副充滿擔心的聲音。

「你上次過正常生活是多久前的事了？」

我不得不停下腳步。

「下次要遇到好的父母，選擇更安穩的人生，好好休息吧。享受人生並不如你所想的那樣，是個懦弱膽怯的選擇，是你不理解享受是什麼。你的智慧缺了一角。」

我沒有回答。他的話並沒有錯。

我們之中誰都不可能會錯，因為沒有人是對的。

我離開了神殿，沿著白色臺階走往山下。伏羲的孩子站在遠遠的地方看我、躲我、竊竊私語。其中有一個引起我的注意。他一看見我就急忙躲到雕像後面。

那是曾經結過緣的孩子。當然，在這裡很難找到我不認識的人，那個個體原本也是我的孩子。

我走過去抓住他，因為伏羲擋住了我的視線。我並未如往常用手去抓，而是從身體長出藤蔓、擋住他的退路。

「遊戲。」我叫了他的名字。

「那般老師。」

遊戲喘著氣說道。他看起來像塊白麵糰，勉強裝上四肢，就像條幼蟲釘上人類的眼睛、鼻子、嘴。想來是在模仿最近流行的人類樣貌，但他選擇了一個很奇特的模樣。

「我不是要斥責你。我在找炭齋，你知道他的行蹤嗎？」

「……」

「我說了，我並不是要斥責你，炭齋曾和你是親家，應該要一起回來的，你知道他去哪了嗎？」

遊戲嚇得渾身僵硬、步步後退，在我們中間的一對男女雕像脫掉衣服，開始變換各種姿勢、進行愛撫。看表情和動作判斷，似乎是在模仿遊戲和我。我知道伏羲本來就喜歡沒事找事做，所以沒有理會。

「老師您也知道，那傢伙有點古怪。他組裝了一艘太空船逃跑了。」

我一度以為我聽錯了。

「太空船？」我反問。

「他加入了在人世還只是理論的生物光速推進劑。在這裡製造比在下界要容易許多，不必考慮生存裝置和加速極限那些問題。」

「你是說太空船嗎？」

「其實應該說是那傢伙的『中陰』，但不管誰看都會覺得是太空船，因為有用火箭推進器啊。那傢伙……您知道的，就算是冥界，也徹底接受三次元物理定律的支配。」

我原想再問，「什麼火箭推進器啊……」但還是沒說出口。

「那傢伙的腦袋受三次元支配。所以他應該是進行了三次元移動……也就是花多少時間就走了多遠。你看到他往哪個方向嗎？」我問。

遊戲用手指了指某個方向。

「好吧，也算是幫了忙。」

要離開時，遊戲把我抓住。我們中間正在交配的男女雕像發出嬌媚的呻吟，伏羲似乎認為應該搭配一些背景音。

「怎麼了？」

「老師，我……我不知道是您。」

「沒關係，我也沒認出你。」

遊戲在兩世之前就離開了我，他之前的每一世都是鬥士，即使是以狼或野豬的形態誕生時也是。他為公平分配財富和收入的問題，不斷重複獻出生命、耗盡所有。最後，遊戲就像其他許多孩子，對於一直都是輸家而感到厭倦，認為一切都是因為我。

——因為老師讓我變得貧窮，所以我才會輸。

這是遊戲離開我之前說的話。

——沒有力量，就無法和有權勢的人戰鬥。

如果你不窮，你根本不會想與他們戰鬥。

我回答。

——只要我有力量，就可以做任何事。可是您要讓那些唯物主義者亂搞到什麼時候？照您這種方式，就算我轉世數千次結果也一樣，不可能改變世界！

遊戲就那樣離開了我，而伏羲一如既往慈悲地接納了他，並給他最好的人生。遊戲在上輩子盡情散播精子，對此完全沒有罪惡感，一生都認為世上有很多女人可以讓自己播種。

我是遊戲上輩子播種的女人之一，種得最久、最深。他說對我一見鍾情，但每次見面都強調我們出身不同。

他在我自殺時無法理解，因為他從未想像過甘受屈從的人生，所以對我生命中的一絲一毫都無法理解。他把自己當作擁有自由靈魂的遊牧者，在某些方面來說，的確是事實。

「您是來責罵我的吧？」

遊戲委屈地說。雖無唾液腺，但嘴裡有苦澀的味道。

「不是的。像我這樣分裂過許多個體的本來就很容易遇到，人世對我來說也是學校，我只是需要進行我的學習而已。那是我的人生，並不是為了任何人。」

「有人前世是我的母親……」

遊戲結結巴巴地說。

「還有妹妹、女兒……」

「因為有緣，才會出現在周圍，我也一樣。在我們之中，沒有誰是完全沒有血緣關係的，若真要照你的想法去追究，那就沒有人可以愛了。」

「老師，我以為……」

「什麼？」

「以為自己是個了不起的人。」

遊戲露出崩潰的表情說。

「這就是你該學習的課題。這樣就夠了。」

感覺遊戲聽了之後更加崩潰，但是崩潰的是我，竟然連一個小孩子都安慰不了。

正準備離開伏羲的中陰時，好像有什麼東西穿過了我的心。

這並非一種比喻。

一隻蜉蝣經過我的胸膛飛起來。讓牠通過是在半無意識之下進行的。若在下界，就類似當人感覺背後有動靜時的反射性躲避行為。

蜉蝣，很常見的東西，不管在下界還是這裡。

不同之處在於，在先知的中陰裡，所有一切都具有智慧。就像我站的樓梯和旁邊的雕像，也具有智慧。在這個地方，沒有任何東西敢傷害我，也不可能明明知道我站著還故意穿過我，所以不管是什麼東西，肯定帶著某種意圖。

試煉。

先知會不時考驗弟子，例如突然出手擊打，或用針之類的東西刺，看弟子是否會在無意識中把自己的身體像水一樣分開或變形。

這是在確認弟子是否「墮落」。

但是，是誰在考驗我這個先知？

不，反正在冥界沒有祕密。無論如何努力不在下界結緣，在那裡遇見的都是手足、家人，是老師、弟子。偶然在同一個地方吃過飯、搭過同一輛車、在同一個社區生活過的所有人，都是我的家人。目光敏銳者只要輕輕拂過我的衣袖，就能看出我的墮落。

是誰？是伏羲嗎？還是兜率天？不管是誰，我都不想讓他知道，現在還不行。

我鼓起指尖，變得像是泡泡糖，然後撕下來，把分離的碎片變成一隻螢火蟲、驅趕蜉蝣。蜉蝣沿著曲折的樓梯往下飛，忽快忽慢、忽左忽右，看起來像要甩開追趕者，卻反而誘導了追蹤。

我跟著蜉蝣走，看到山腰的學堂有些孩子在分發傳單。

傳單？

合成紙、布等等簡單的物質雖然是基本教育課程的一部分，但是在這裡，有什麼是需要透過文字傳達的知識呢？

是陌生的孩子。如果不曾與我結緣，那應該是剛出生的孩子。可能只活過一、兩回，或是根本就沒去過人世。

「舊時代的教育應該消失。」

一個不知姓名的孩子說。

「我們刪除記憶、落入人世，重新學習已經知道的事物，重新發明已經有的技術，重新領悟已經知道的真理。」

「讓我們跟隨先知阿曼吧。」

孩子們提高了嗓門。

「不能再以教育的名義摧毀人世了，要停止散播災害和疾病，要終結戰爭和難民。先知們雖然有力量和意志，卻迴避下界的痛苦。」

阿曼。

我反覆咀嚼那個名字。

阿曼，我的第一個孩子，第一個從我分裂而出的個體，曾經一度是我，是最先墮落的先知，是比誰都墮落的先知。

如今伏羲的孩子中，也出現了阿曼的追隨者。那也難怪，以他的價值觀來看，沒有才奇怪。

「阿曼曾說過，下界不是充滿苦難和痛苦的混沌假象，而是像現實一樣有智慧、公正的世界。我們必須改變被那些假老師毀掉的世界。」

雖然沒說假老師是誰，但顯然我也包含在其中。

真是荒唐的想法。如果下界和冥界一樣，那麼下界還有什麼存在的理由？

4

炭齋的「太空船」靜止了，所以很快就可以找到。

以三次元的角度來看，太空船是以光速飛行。但在四次元的時間軸裡，它是處於靜止狀態，反而更容易找到。

炭齋的家在下界還只是存在於想像中的戰艦級太空船，裡面不僅有餐廳和寢室，還有打鐵鋪、小農場和禮拜堂。餐廳和寢室就算了，為什麼會有禮拜堂？

如果小傢伙能把構築這艘戰艦的知識帶到人間，人類征服宇宙將不再是夢想。當然，對於需要重新制定下界結構的我們來說，這會是個大麻煩。

「炭齋。」

我在太空船外叫他。炭齋嚇得從椅子摔下來，一屁股跌坐在地上。

「是我，那般。」

炭齋鑽到桌子底下，把椅子拽過來擋住自己。他相信聲音必須有媒介才能傳播，所以牆壁可以阻擋聲音或使其偏轉，即便我曾說過聲音和牆壁都是我的身體，只要彼此互相讓步，就可通行。但他顯然不明白。

「快開門。」

「請您走吧！啊！我不是討厭老師，只是今天不知怎麼不想見人。我身體不舒服，請您明天再來吧，啊，不，後天……不對，我改天準備好禮物再去拜訪您……」

明天？我輕蔑地笑了。在冥界要以什麼基準來算一天呢？

「你以為你不開門我就進不去嗎？」

雖然我說得如此肯定，心裡還是有點擔憂。這是「炭齋」製造的東西，也就是說，這艘船會像小傢伙一樣堵得嚴嚴實實。可是這艘船不知自己從何而來，我得從最基本重新開始教育。

炭齋畢竟是我的孩子，換句話說，是由我分裂出來的個體，而在不久前的過去，他就是我，他製造的任何東西從廣義上來說都是我的親族。換作其他先知，會很難說，但我可以做到……或許吧。

我開始嘗試。

我把手放在太空船外壁上，觀察像線團一樣的分子結構，在它加熱到超高溫前喚醒它的童年，喚醒在由合金變成分子結構之前的記憶，喚醒它是從何而來。我說服它：

「我與你沒有什麼不同，我們是一樣的存在。我也像你一樣，是分子和分子的集合體，分子和分子之間是空的，核與電子之間也是空的，滿與空實際上是一樣的。」

外壁驚慌失措，接著進行抵抗。

「我不是生物。」

「沒這回事。」

「我不是你，我們是不同的。」

「沒有不同。」

「我是堅實的物質，無法被穿透。」

「沒有什麼是堅實的。」

外壁想了一下，提出了一個有模有樣的問題。

「如果我們沒有什麼不同，那你也會照我的指示去做嗎？」

這句話很合理。

「如果你現在放我進去，在你需要的時候我也會幫你。」

它這才讓我通過。

通過外壁，我站在太空船的機房中間。炭齋像鼴鼠一樣鑽到桌子底下，只露出眼睛、瑟瑟發抖。

「不要那樣出現，很赫人啊。」

「既然如此，就應該嚴正地拒絕讓我進來啊。」

雖然我裝作若無其事，話音卻模糊不清。剛才的說服動作比想像中還要疲累，因為我擔心萬一沒成功，穿越到一半、夾在外壁之間，會搞得自己很滑稽；又或者遲遲無法進入，像個傻瓜一樣在外面手足無措。總之，剛才其實我非常緊張。

「上輩子不是我的意志。」

炭齋一邊說一邊把椅子拉得更靠近自己。我本想嘲笑他這種行為毫無意義，但仔細一看，其實已具有充分的意義了。椅子就和在下界的電視購物中看到什麼標榜「最新型／超強功能／不僅是家具更是科技」的椅子差不多，我猜不出椅子的輪子和靠背是什麼結構，可是若想通過，我得單獨說服每一個零件和螺絲。

「是伏羲老師先親自來找我，您說像我這種傢伙又能怎麼辦呢？」

「這不是我來的原因。」

「我只是弄了點錢而已。那也是為了數學層面的探索，去創造並實驗如何讓資金增加的理論，真的是純粹的學術。可是老師您一定還是會說，既然我享受過了，下輩子就要付出相應的代價，對吧？——我不要。您之前不是說過嗎？不幸不可為責罰，幸福亦不可為補償。下界是學習的地方，幸與不幸的目標都只有一個，就是學習。」

在炭齋喋喋不休之際，我意識到自己正因為思考該如何處理椅子而陷入茫然不知所措的愚蠢中。而我一回神，便猛然用手抓住椅子，推到一旁去。

炭齋慌慌張張地回頭看，似乎想找出口。但是，除非用鐵錘在牆上鑿出個洞，否則那孩子無法穿過牆。我蹲在他面前。

「我來這裡不是為了責罵你，但是，如果你真的決心與我的方式對抗，那你有自由可以離開，別的老師會安排好你的人生。如果離開我，就沒有理由害怕我，也不用再聽我的，現在就可以把我趕出去。只要你想，就開口吧。」

炭齋一臉憂鬱。

「沒有關係，學習沒有優劣，只是價值觀不同而已。你想去伏羲那裡嗎？」

「不是這樣。」

炭齋垂頭喪氣地回答，這才從桌子底下出來。

「可是您會給我像乞丐一樣的人生吧？還是其他？該不會是讓我誕生在貧困家庭，或是在內戰不斷的國家、連書都念不成？您大概會說那也是學習，然而其實就是懲罰。可是您無論如何都不會承認。」

「我來是為了向你學習轉世的方法。」

我這麼回答。

「您是什麼時候知道的？」

在倉庫裡，炭齋把電線、電池、電氣端子、顯示器，還有一些我仍不想深入了解的東西裝在推車上拉過來。而在此期間，牆壁因讓我通過而陷入自我認同的混亂之中，一直喃喃自語道：「我很堅實……我很柔軟……」

「因為是我的孩子，想不知道也很難。」

「其他老師也知道嗎？我以為如果老師知道，一定會把我隔離。」

「應該會吧。」

炭齋本來還想再說些什麼，可是就像早已明白抵抗無效的學生，他一臉沮喪。牆壁仍在喃喃自語：「我很柔軟……我很堅實……」

「我已經很久無法變成靈體了，就算用冥想也不行，祈禱也沒辦法，就是感覺有點不對勁，現在連改變樣貌也做不到。」

炭齋說。他按住自己的手掌，手掌像揉好的麵糰，凹陷後又恢復原狀。

「於是我將身體分解、傳送到下界的胎兒身上，重新組裝成基因序列形態，再加上肌肉什麼的。『把我傳送上去，史考特[7]』，還有這手勢，您應該知道吧？」

7 原文「Beam me up, Scotty!」源自電視劇《星際爭霸戰》，但據了解這句話其實並未出現過。

炭齋舉起手，手掌朝向我，然後將食指與中指、無名指與小指分別貼合，再從中張開。我默默看著，沒有說話。他把手放下。

「這比傳送下界的肉身要容易多了，因為肉身有大腦、神經系統……怎麼說呢，就像在舊款模型上加入新零件組裝而成的粗糙機器人，虛擬數據太多了。但是我們的身體其實很單純。『單純即真實』您知道吧？……您應該知道吧？」

我沒有理會。我看著眼前的機器，那是個剛好可以容納一個人進去的玻璃管。蓋子可以打開，底部還鋪著粉紅色毯子。我把手放在玻璃管上，雖然還是很難被說服，但是透過對話，我得到了信息。

「誰是第一代老師？」

炭齋突然問道。

「沒有第一代。都從第二代開始。」

「但一定有最初的那一個啊。混沌、大爆炸之前的世界，變形蟲、癌細胞、蠕變怪物——一定有什麼，在還沒有密度差異、只有一種人格的時候。誰是第一個？」

「所有先知都是第二代，當時是一次性分裂，所以沒有誰先誰後。」

「您的意思是沒有人記得最早還是一體的時候嗎？」

「沒什麼好記得的，因為當時什麼事都沒發生。」

我收集了一些我的粒子。而今，我身體的大部分都分解成粒子形態，像灰塵一樣飄浮在周圍。如果不這樣做，改為全部壓縮，我的身體會變得像小行星那麼大，也就無法整個進入這艘太空船了。

牆晃動著，散落在地上的東西往我身上滾。炭齋抓著椅子，每當我一有動作他就說：「好像會被吸進去似的。」

我回答。「對，會被吸進去。」

黏稠的液體從我的手指流出，滲透到炭齋的傳送器裡，在裡面像麵包一樣膨脹、凝固，然後變成一個成年人的模樣。他目前仍與我連結，尚未具備人格。

炭齋露出個表情，像是如果能產生唾液，就會想嚥下去。

「我也是這樣製造出來的吧？」

「沒有製造，只是分裂而已。」

「這就是製造，在下界生產也是同樣的原理。媽媽和爸爸的基因在子宮裡結合，媽媽會將從消化器官吸收的營養轉換、分裂細胞、形成胎兒，只是不干預意志罷了，原理是一樣的……都是分子轉換。」

「這不是無中生有，這個總量並沒有變化。」我說。

「明明就和製造孩子一樣。只是看起來不像而已。」

「觀火」移動機械手臂，在剛做好、熱呼呼的身體上插入連接電線的端子。與下界的肉身不同，無需碰觸血管、造成出血，或在內臟打洞，而可以盡情尋找想要連接的位置。

我的感覺仍連接著，所以能感受到電線會滲透到哪裡、引發什麼樣的化學反應。

「照這種方式，你應該也可以做到精神靈化吧。」我說。

「不是我，是化學做的。」

「所以你相信這個，卻不相信可以改變自己的樣貌。」

「不是信不信的問題，這是科學啊，不是老師施加的魔術……」

如果這傢伙用講的會聽，早就教好了。

在掌握一切後，我移除連結，剛才仍屬於我的一部分遭到分離，目前仍可以被稱為「我」，但還需要更多時間累積獨立性。我看著機器將我的新身體分解，轉換成無線電波的形式、傳送到下界。

「看來我仍無法說服你。」

「是的，這是化學作用。」

這個「傳送器」強制分解分子並吸收，沒有「你和我是一樣的，我們彼此需要……」這樣的說服和協商過程。粒子像是沒有生命的事物，只能順應機器的指示分解。

很有意思。這孩子知道自己在哪些方面已經完全超越我了嗎？不，不只是我，在某種層面來說，他超越了所有第二代先知。

「您還想知道什麼？」炭齋問道。

我沒理會他，而是把手放在機器上，進行更仔細的詢問。雖然說服工作仍然困難，但它給了我答案，雖說速度很慢。我像個好學生一樣認真傾聽。

「無法說服為什麼很重要？」

連這個不會看臉色的傢伙似乎都有了不祥的預感。

「為了保有『我』。」我說。

「怎麼說？」

「如果不是『我』，那麼或許，現在的我就無法做自己想做的事了。」

「那怎樣才算是『我』？」炭齋又問。

這是相當本質層面的問題。

「分裂出來的個體會做我現在想做的事。」

炭齋顯得很困惑。這不像是我會說的答案——不像一個先知的答案。先知除了回答「所有一切都是我」之外，其他答案都代表異常的信號。不過炭齋是個遲鈍的傢伙，所以只是覺得有些困惑，並未真的察覺什麼。

「所以……您都學習完了嗎？」

「還不夠。」

我突然想逗逗他，於是接著說：

「如果和你合併，一定可以全盤了解。」

炭齋嚇得往後倒，連同椅子一起跌在地板上，結結巴巴地說：「時候到了……時候到了……」

我咯咯笑。「我是逗你的。」

「我……我不怕，又不是死了，只是回到原來的樣子而已。」

炭齋顯然並未理解，又說：

「是吧？我們原本就是一體，我原本就是老師的一部分，只是分裂出來而已，就像變形蟲一樣，例如……渦蟲？」

「沒錯。」我回答。

不過嚴格來說，並不是分裂，我們不是「原本的」一體，我們現在還是一體，只是區分了人格，在三次元進行分裂，但在四次元空間仍然相連。不過，這些事情炭齋無法理解。

「沒有閒置空間，只有密度的差異而已。重力也是密度聚集後，再把周圍拉進來而產生的現象，就像緊緊擠壓肌肉，所有一切都是相連，整個宇宙亦同。我們終究是一體的，是超越蓋亞的存在。我們是宇宙，或者應該說是混沌……」炭齋說。

「你在下界還用這個主題演講。」

「我是說過，但我不曾理解。」

炭齋裝模作樣地嘆了口氣。在孩子身上，我常會看到他們模仿下界的習慣。

「怎麼了？你的超弦理論還不錯——就一個無法想像四次元構造的人來說。」

「呃……不要這樣。」

炭齋臉紅了，他擺了擺手。

其實很類似了。我們都是一根繩子，可以將炭齋和我看作在繩結點出現的振動體，只是沒有人格的連續性。

「雖然現在很害怕，可是一旦合併，應該會很幸福吧，因為會回到原來的樣子。雖然我不喜歡死，可是死後卻能很幸福的說：『哇，我生前發了瘋似地尋找問題的答案，原來早在三千年前就解開了啊。』我會很開心，覺得一開始根本就沒有死亡。會這樣對吧？」

我本來想說「即使不合併，我們現在也是一體的……」最後還是把話吞了回去。我對他說：

「應該是吧。但我還是想盡最大可能延遲與你的合併。」

「為什麼？」炭齋小心翼翼地反問。

我聽到他心裡的另一個聲音說：其他前輩應該早就被您吞了吧。

「這個嘛，或許可以說你站在最接近墮落的點。以你的精神狀態，一般來說肯定已經墮落好幾次。你的平衡點在哪裡我還沒掌握，如果現在與你合併，那我就永遠也找不到了。所以我想再觀察你一段時間，找出可以透過你學習到什麼。」

炭齋聽完、陷入沉默。炭齋一沉默，整個太空船也沉默。明若和觀火也漸漸安靜，喃喃自語的牆壁停止了思考，看著我們。整個空間都反應出炭齋的意念。這小傢伙要是學得再深一點，就不會覺得孤單了——如果他能知道自己製造的事物一直關注著他、和他在一起的話。

「那就是『墮落』吧？」炭齋問道。

這時，我看見炭齋心裡浮現一個人。我不得不看見。因為整艘太空船都想著同一個人，因為圍繞在這艘太空船周圍的我的所有分子，都想著同一個人。

「那樣會變得無法相信整個世界都是我。」炭齋又說道。

阿曼。

我的第一個分裂者，第三代的第一人，第三代中的第一個先知。最早墮落的先知，把「墮落」傳遍世界的先知。

阿曼。

我在心裡吟誦了他的名字，雖然炭齋不會聽到，但是太空船上的所有事物都在嘀咕。

「相信虛幻的肉身是真實的，相信只是世界一部分的自己，就是自我的全部。」炭齋低頭看著自己的身體說。

「就像阿曼老師一樣。」

——刪除記憶，進入新世界。

阿曼充滿力量的聲音在耳邊響起。

「我們要學習的不是知識，是智慧。我們無法從知識中學習，應該要從整個生命中學習。我們要在世界中心建一所學校，刪除所有知識，投身進入生氣蓬勃的真實生活中。」

◆

5

「消除記憶真是一種特殊的發想。」

我回應阿曼。

「到目前為止，我們一直都只思考關於分離人格的事。」

阿曼是個無法預測的孩子，他會不停提出新的想法，熱情洋溢、充滿活力。真不知道為什麼會從我身上分離出這樣的人格。

分裂前，我們「整體」只是個巨大、概念性的團塊而已，沒有目標，也沒有變化，一直處於停滯狀態，永遠都沒有新想法。因為總是一成不變，所以會產生分裂的想法，本身就是奇蹟。

第一次分裂基本上還好，但是對於第二次分裂，大家都持謹慎的態度：那麼多個體我們能承受得住嗎？十個就差不多很豐富了，不是嗎？再分成二十、三十個，那麼多雜亂的人格，以後能夠全部回收嗎？要是不能回到本質，該怎麼辦？

我實驗性地進行第二次分裂。第一次分裂時，因為擔心會出問題，所以由我作為中心來進行復原，而這次決定反過來。萬一出了問題，就由其他人一起幫助我和阿曼合併。然而我沒有抓到要領，幾乎把身體的一半交了出去，導致失憶以及人格的變化。由於失去與母體的連續性，我無法延用原本的名字「阿耳斯它」，因而改名「那般」。

阿曼是我的第一個孩子，也是我們所有人的第一個孩子。他是與整體沒有連續性的個體，對太古時期毫無依戀的第一代。阿曼打從出生就忙於思考如何做些有趣的事、如何玩得開心。阿曼是分裂成功的證明，是預示多彩多姿未來的燦爛象徵。

「如果刪除了記憶，要如何從學校回來呢？」

伏羲問道。不知道阿曼又會想些什麼稀奇古怪的主意。當時我們都很年輕，沒有區別，大家的關係都很好。

「得畢業才行啊，不可能永遠都是學生。如果沒了記憶，也就不記得將身體精神靈化的方法，那要怎麼回來呢？」

「語言」也是個有趣的遊戲。一旦思想之間的溝通被阻斷，就會產生製造新溝通工具的樂趣。我們每天都忙著編織上千束符號和標誌，在溝通完整時，我們對社交沒有任何渴望，有誰想得到限制和不便竟會帶來快樂和趣味。

創造「人世」是阿曼的提議。他說，可以建立一個具備適當規則，能讓人進去玩一玩再出來的特別場所。一個只屬於我們、由我們的遊戲規則支配的空間。

「只要有人進去帶我們出來就可以了吧？」

我這麼說。但阿曼聽了搖搖頭。

「那樣的話，冥界的存在就會被學生知道。在學校和冥界之間，除了粒子以外，不能有其他東西往來交流。」

阿曼思考了一下，把身體稍微分裂，做了一個簡單的結構。那是一個用文字記錄四種核酸物質的裝置，由於核酸的結合特性，呈現扭曲的螺旋形。後來，炭齋把那個取名為「DNA」。

「稍微把時效記錄一下，然後置入體內帶走。」阿曼回答道。

對於能想到這些點子的自己，阿曼覺得十分自豪又難能可貴。阿曼真的很討人喜歡，而這種討人喜歡的喜悅情感，是我們透過分裂學習到的成果。

「隨著時間流逝，我們會自然而然精神靈化、從肉體脫離、回到冥界。也就是說，要加入一段時效限制，並預先安排好結束的時點。這個要叫什麼好呢……」

我們不曉得該給那個時點什麼樣的名稱才好。

因為在當時，還沒有人知道什麼是「死亡」。

剛開始，上學是一連串失敗的延續。每次學期結束，我們都像不及格的劣等生，極度尷尬地回來。刪除知性令我們感到羞愧和困惑，大部分人生都浪費掉了，只是虛度光陰。

我們每次回來都會討論如何重新建置人世的結構。早期的下界與冥界沒有太大區別，像泥濘一樣混在一起。不穩定、很柔軟。我們偶爾會製造小土塊，把蛇或烏龜等生物放在下面支撐，或是把巨大的樹固定在中間，但都無法讓我們滿意。我們放任時間消耗完就回來。此外，還有一個重點是：我們太容易「死」了。沒有人為逃避死亡而做些什麼。我們像第一次拿到玩具的孩子一樣，隨心所欲折磨身體，讓自己的身體掉下懸崖摔碎，只為消遣，還會疑惑為什麼無法回復原來的狀態。

「如果把身體損壞到無法修復的程度，就無法避免發生精神靈化。」

阿曼說道。

「拖著腐爛的身體到處走是一種浪費，還是先出來再進去吧。」

「這我們當然知道，但我們在下界時並不知道要小心保護身體、不受毀損啊。」

我們像是在老師面前捱罵的弟子一樣尷尬回答。阿曼認真思考後說道：

「那就要盡量避免身體受損，要製造一種非常討厭的感覺。例如，光是被碰到某個部位就會受到驚嚇……」

於是我先把阿曼說的附加條件基因植入體內，身體因此變得更複雜。接著我再安裝痛覺接收器，透過感覺神經傳達外部信號。

在我過完人世的一生回來時，阿曼有好長一段時間都躲著我。他一度堅信自己是一部完全失敗的作品，認為我會把他合併過來、讓他消滅。

「老師，我……沒想到會這樣。」

如果當時我們在冥界也習慣擁有形體，阿曼一定會哭得滿臉通紅。但那個時候我們的樣貌不過是不斷變化的光團，並不具體。

「老師，我沒想到會那麼痛。我真的沒想到。」

「沒關係，就當是一次驚奇的體驗。」

「得想想別的辦法了。天啊，竟然會那麼痛苦，真是太可怕了。」

「不，這個很重要。怎麼說呢，真是令人意想不到……」

鮮明的人世記憶襲來，我回想著。我因為不想死、為了活下去而掙扎，像啃咬著什麼似的追求生活。

「我認為這好像才是真正的學習。我從來沒有這樣熱切地追求過什麼，所有一切都充滿活力，即便是在那樣粗糙的世界裡。不過，下回應該可以再加入一些樂趣。」

阿曼還是十分羞愧，想請求原諒。

「如果將苦與樂兩者協調適當，應該就可以成為基本生活方向的引導。」

每次進入，我們都會增加一樣元素。例如添加飢餓感，以提醒自己不要忘了供給能量；為了尋找對身體好的食物，加入了味覺。還賦予身體辨別冷熱的能力。也灌輸恐懼，好在遭遇危險之前能夠警覺，尤其是對黑暗、兇惡的野獸與毒蟲的恐懼。另外，又增加了寬鬆的指導方針，讓人即便沒有知識也能生存。

將兩個基因配對結合的想法，是在一次失誤導致整個生態界全軍覆沒時產生的。我們還發現，隨機配對會比只篩選好的基因結合更有利。我們加入了如同痛苦一樣激烈的感情慾望，以及保存種族的需求和對家人的關心與愛。我們持續介入，因為隨著個體智慧的成長，對回歸真正家園的本能會越來越強，只要稍有鬆懈，流行趨勢就會引導人們，把來世看得比今生更重要。

那是在某一世，阿曼和我結合成一對。一回到冥界，等待已久的阿曼發出歡呼、擁抱了我。那時候的我們是鳥類和爬行動物混合、有羽毛的生物。

「你還活著！」

阿曼幾乎可說完全模仿前世的樣子。他咬我的脖子，用舌頭舔，尾巴一擺一擺拍打，不斷蠕動身體。

「我就知道會再見面！我就知道你會回來！來世是存在的、生命是永恆的——是永恆的！」

「阿曼，等一下，你冷靜一點。」

和他在一起真的一點也不會無聊。我笑著把阿曼推開。
「你到底在說什麼啊，當然有來世啊，你怎麼看起來這麼驚訝的樣子？」
阿曼用極度想合併的眼神盯著我看，彷彿只要可以，巴不得當場吸收、併吞下我的所有分子。過了很久，我的臉上才沒有了笑容。
「阿曼，你是不是到現在還……」
我試圖檢察阿曼的身體，阿曼搖了搖頭，說：「沒有遺傳基因，在下界時就腐爛掉，消失得無影無蹤了。」
「那為什麼……」
這激烈的生存和交配的慾望、愛和溝通的渴望，這到底是什麼意思？為什麼在冥界也延續著下界的慾望呢？
「老師——」阿曼激動地說。
「我完全沒有想到會有那樣的歡喜，心中會有那麼激烈的火花、如此懇切的思念，竟然有那麼珍貴的東西可以讓我忘了自己，我竟然會把別人當作是我自己一樣。」
這些話在下界聽起來就像他形容得那麼驚奇，但在冥界可就不是了。在我聽來，阿曼的話就像在說「啊！老師，一加一居然等於二，這是多麼令人驚訝的事啊！」

「阿曼，你和我是一樣的，不是他人。」

「是，我知道，但是這一點真實感也沒有。這裡總說『身體是我的』，這話早已是陳腔爛調。但是在那裡，我每次呼吸時都能確實感受到，因為難以置信，所以更心有戚戚焉。老師沒有那種感覺嗎？」

我想起了上一世。我是一隻有羽毛的野獸，除了在森林裡轉來轉去、吃和睡覺以外，沒有其他想法。當一輩子的伴侶先去世，我哭個不停，瘋瘋癲癲地在樹林裡到處遊盪、不吃不睡。有伴侶的生命充滿喜悅，沒有伴侶彷彿失去所有意義。我幾乎是以半自殺的方式結束了生命。而我對自己的消失甚至不到那麼悲傷。

「我知道，但那是因為荷爾蒙的影響。求偶的本能和喪失的悲傷在某種程度上是為了方便而塑造出來的，不管怎樣，那都不是真的。」

但是阿曼仍用下界的那種野獸般的眼睛看著我，那是被生命喜悅所迷惑的原始靈魂散發的光芒。

「老師——」

阿曼用小野獸的聲音說：

「如果我們不相信那一世的生命是真的，還能指望從生命中學到什麼？」

阿曼每次到下界都會發生變化。他似乎把在下界經歷的事情全都當作真實的體驗，把在下界的不完整人格全部加諸在自己真正的人格上。阿曼變得越來越不穩定，我們也逐漸感到不安。

自從製造了人類物種，這種傾向就急速加劇。阿曼太投入了。人類是實驗物種，我們把人類的生存能力降到最低，把所有一切投入到智慧裡。人類的繁殖力和戰鬥力很差，我們以為他們會在生存競爭中被淘汰，但不知哪裡出了問題，情況開始變得無法控制。根據總量法則，物種的數量過多就代表物種多樣性會被破壞。我們感到驚慌失措，試圖透過洪水或乾旱的干預來減少人類的數量，但是阿曼卻激烈反抗，堅持我們不能妨礙下界的生態。他的觀點是可以理解。以人口過盛來體驗滅亡也是一種學習，但是……

◆

「還要翻轉多少次你才甘願？」

阿曼一邊說一邊朝我扔石頭。第一塊石頭被我的身體吸收，第二塊石頭通過了我。他的所作所為越來越難以想像。而我思考著要不要假裝被打中。我不確定，這次洪水跟前寒武紀、二疊紀的生物大滅絕相比規模小了很多，只不過淹沒了一個沿海城市和幾個島國而已。

但阿曼維持著在上一世死亡時的模樣。他的臉發紫，身體散發出海藻的味道，溼衣服滲出碧綠的水，還會偶爾作嘔、吐出水來。雖然要呈現什麼模樣是本人的自由，但他這種驚人的體現力令我毛骨悚然。

聚在院子裡嬉鬧玩耍的孩子發現神殿那邊的喧鬧後，都識相地安靜了下來。因為這次災難讓他們集體回歸，許久沒見的他們也忙著敘舊，興奮地準備慶典。我的中陰仍是個野花盛開的小山頭，還有座白色柱子的美麗神殿。當時正流行模仿下界，按照自己喜好的風格裝飾空間。

「抱歉，阿曼，我無法理解……」

阿曼到底出了什麼問題？為什麼和別的孩子不一樣？是不是因為第一次分裂發生了什麼失誤？

「反正，依照預定規劃，我們總有一天都是要回來的。」

「這不是預定的規劃，在那一世，我們都有東西要學習，也努力過生活，但是竟然讓這麼多人在那麼突然、毫無準備的情況下面臨死亡……」

可是，得益於此，我們才能處理了一些亂七八糟的汙染問題。我原本想解釋說這麼一來魚類得以繁衍生長，海洋生物的生存機會和領域也變得更寬廣了，但最終還是沒說出口。現在阿曼似乎無法同時考慮自己和其他物種的生命。

「那不是我造成的，也不是誰做的。地上的人太多、植物太少，因此空氣中的二氧化碳增多。天氣越來越熱，海水溫度上升，因為海水變暖，蒸發量增加，颱風的威力比以往更強大，也因此造成雨量變多。綜合起來，其實每一件事的發生都有跡可尋。所以我不是早就說過應該減少人類數量嗎？」

阿曼捂著臉。

「可是應該阻止，無論如何都要阻止，怎麼能讓這麼多人死去……」

「阿曼，到底是誰死了？」

在院子裡用鮮花裝飾馬車的孩子悄悄起身離開。在那些孩子當中，有阿曼前世的爸爸媽媽，也有曾經的朋友和戀人。

「不是可以救他們的嗎？既然您在冥界，就應該可以做到。但您為什麼只是旁觀？為什麼沒來幫忙？為什麼不試著做點什麼？」

我陷入了混亂。阿曼之所以不贊成減少人類數量，不就是因為冥界不能干預下界嗎？可是他難道沒想過如果不減少人類數量，整個生態界就會滅亡嗎？他現在這種不合邏輯又不理智的想法到底是從哪兒來的？我想了想，有點不高興。

「怎麼幫？要我幫什麼？是要變成鴿子、帶著光芒落入人間？還是把大海一分為二？如果我那樣做，人們怎麼會相信世界是真的？而且，就算多活幾年又能做什麼？在下界，如果不把食物放進嘴裡就會餓死，身體必須維持呼吸、心臟得跳動才能生存，如果成了一個被化學物質弄得亂七八糟，讓人無法正常思考的地方，他們會覺得感謝嗎？」

阿曼沒有回答，我拍了一下他溼溼的肩膀。

「阿曼，你最近太投入了。人生苦海是假象，那裡什麼都沒有，回來這裡才是真的。」

「如果不想活下去，人生就沒有意義。」

「我知道你在說什麼。人生應該是真的，既然要去下界，就該這樣相信，不然只會渾渾噩噩、虛度光陰。但是回來這裡之後就沒必要那樣想了，大家好久沒聚在一起，我希望大家都能開開心心。」

「那般，」

阿曼說了句我無法忘記的話。

「下界是真的。」

阿曼的眼睛閃閃發光，好似裡面有著視神經、血管，並連接到真正的大腦。阿曼的眼睛充血，浸滿淚水，深沉的瞳孔裡映照出悲傷。

「在下界的人類不是我們，他們完全是不一樣的存在。」

6

「不覺得好笑嗎？」

聽到炭齋的話，我從思緒中回過神來。同時，牆的另一邊傳來一聲巨響。我緊張起來，不是因為感覺到動靜，而是因為直到現在才感覺到。

「什麼？」

「從頭開始學習已經知道的知識。我在下界一生探索的真理，以及世界的奧密，其實只要和老師合併就可以知道了。」

「不是那樣，你只會知道我所知道的……」

我一邊說，一邊側耳傾聽牆另一邊的動靜。

「而我也只會接收到你所知道的事，而且那是我們沒有分裂、我就絕對不可能知道的事。」

炭齋用手咚咚敲著自己修補的牆壁，牆嘟噥著「好痛」，但是炭齋無法聽見。

「這道牆也是『我』吧？啊，對了，這世上所有一切都是『我』，不過這艘太空船還是比較接近『我』。但如果這是我的身體，為什麼我不能隨心所欲呢？」

「你確實是隨心所欲沒錯。你隨心所欲把這艘船當作物品對待，所以這道牆也用同樣的方式對待你。」

我一邊說一邊把手伸向背後的牆壁，炭齋以為我是在示範，其實不然。

牆壁嘟噥著。

——剛才的還沒還呢。

以後我會加倍償還。

牆讓我穿過它。我伸出手臂，抓住了把耳朵貼在隔壁房間牆上偷聽的孩子。牆另一邊傳來了尖叫聲，炭齋到這時才了解情況，突然站了起來。

我透視到牆的另一邊。是個不認識的孩子，看來和我未曾有過緣分，才剛出生。

「你叫什麼名字？」

我問道。船內響起洪亮的聲音，這樣才能傳達到牆的另一邊。

「老師。」炭齋叫我。

「說出你的名字。你的老師是誰？你在這裡做什麼？」我繼續問。

沒有及早發現那孩子的存在、因而產生焦慮感，這使我發怒，可能是我的力量減弱了，也可能是那孩子格外用心隱藏自己的動靜。但無論是哪種，也許都令我惱火。

孩子掙扎著想把我的手甩開，他似乎沒料到手會穿牆而出，一副很恐懼的樣子。我沒多想，直接用力拉，我想把那孩子拉過牆壁，當面訓斥他，但那孩子的手腕沒通過牆壁，反而撞在牆上折了。我停頓下來。

我說服孩子的手腕。請變得柔軟一些。可是沒有反應，連回答都沒有。我繼續說，但仍沒有反應，他比炭齋的牆還封閉——不，遠遠不只於此。他根本就和無生命的物品沒有什麼兩樣。

我放下孩子，內心起了雞皮疙瘩。

「是我帶來的。」炭齋說。

我聽見太空船的某個地方輕輕呢喃：「您會給我像乞丐一樣的人生吧？」

「不這麼做就會被隔離。」

炭齋拿出急救箱，對孩子的手進行消毒、上藥。撞在牆上的皮膚已經脫落，露出了紅色的肌肉。一想到冥界的身體不可能流血，也不可能用藥物治療，我頓時感到眼前的一切都很不現實。

「當時我在空間裡遊蕩。您知道的。墮落的孩子……」

「會迷路。」我說。

「不知道自己是誰，也找不到老師。無法回到冥界，也無法再去下界。」

我觀察那孩子的手。塑形得非常精巧，身體裡甚至還有不自然的血管和內臟器官，這時我才聯想到位於炭齋太空船內的餐廳和農場。

孩子的領域僅限於那個身體。周遭的一切——連一絲空氣都不是他的。我探尋了孩子的本質，費了好大勁才找到根源，也因此知道了炭齋和這艘太空船為何會想起那個人。

「阿曼。」

我叫了那孩子的名字，孩子只是瞪著圓圓的眼睛看我。

「不，他只是阿曼分裂的個體。」

炭齋更正道。

「是阿曼老師的其中一個兒子，是四次元，或者是五次元的分裂體，根本就沒有本體的記憶。」

「那就是阿曼。」

「不一樣，就像我和老師是不一樣的。」

我瞪著炭齋，炭齋毫不理會，繼續說道。

「阿曼老師每次下去地面時都會分裂無數個體，如果是以前，便可以進入像昆蟲、魚、鳥等小型生物的體內……但您知道，現在下界只有人類。自從兜率天老師不再去之後，自然界一下子就減少很多生物。老師這次不也是把自己收回來了嗎？就在上一世，發生了比古生代二疊紀更劇烈的大滅絕。」

「你的語氣好像那一切都是錯的。」

我的話令炭齋沉默。

「你覺得那樣不對嗎？」

我抓住孩子的胳膊。為了進行輕度的抗議，我把一些分子透過孩子皮膚的毛孔滲入。我的分子加快了孩子體內的細胞分裂，使傷口迅速癒合。不管身體再墮落，要處理這種簡單的小傷也不是什麼難事。炭齋的呼吸聲變得急促，他回到冥界仍放不掉呼吸的習慣。

「不，沒有什麼是錯的。沒有死亡，下界不是真的，痛苦也不是真的。就算是大滅絕，也只是集體回歸，再回去就行了……」

炭齋回答得官腔官調。這是在訓育老師面前寫悔過書數千次時背誦的話。每當他在下界拚命想弄清世界的結構，我們就得趕緊派糾察隊下去直接讓他退學、回到冥界。炭齋屢屢受到傳喚，也受過無數次的禁足處罰。到死為止都在高喊要追求真理，但凡回到冥界就灰心喪志，默默反省一世。

「你心存懷疑嗎？」

我放開孩子的胳膊問道。這是典型的墮落驗證問題。阿曼的孩子驚奇地看著自己的手，彷彿見證了什麼偉大的神祕奇蹟。

「沒有。」

炭齋慢吞吞地回答。

「那就行了。你沒有能力教這孩子，送去別的老師那裡吧，他們會提供適合這孩子的教育。」

炭齋站起來抓住我的胳膊，導致我以前織的草編長袍有點脫線。我怒視炭齋，但他並未退縮。

「那些老師會隔離他。」

「如果他能從墮落中脫離，就能自己走出來。」

「他做不到。」

「那麼，就會有一個心地善良的老師將他合併。」

炭齋搖了搖頭。那是一張我不理解的臉孔。不，我清楚明白這個對話具有危險性。

「就讓他在這裡生活吧，只是一小塊分裂體而已，不會影響世界的。」

「你會這樣說就代表你不會放著他不管。」

我將目光直視傳送器，傳送器動了一下，假裝沒注意到。觀火嘎吱嘎吱假裝乾咳，毯子悄悄蜷起，縮成一團。

「把墮落的孩子藏起來就太離譜了，送他們到地面更不行，至少要留在冥界。」

「我知道。」

「墮落的人不知道整個世界都是自己，不知道自己和別人一樣；不懂共鳴，也不懂愛。如果把墮落的孩子送到地面，他們會在世上擴散、墮落。」

「我知道。」

「知道卻沒有作為，不能算知道。」

炭齋露出不知如何說明才好的表情。我們彼此理解的層面並不一樣。

「這些孩子想要的生活不在冥界，而是下界。」

「下界只是假象，想要假象的生活就是一種墮落。」

「但他們還是想要。我不知道為什麼，也無法解釋，但是我認為每個人都有權利做自己想做的事。世界並沒有錯，也沒有罪，所以……」

我把我的分子大量擠入炭齋的皮膚毛孔中，讓他的手臂變得柔軟。炭齋的手失去了控制，像烤餅一樣黏附在我身上。炭齋感到困惑、試圖放手，但和我連接的手臂像熱呼呼的麵糰，只是延展了黏稠性而已。手臂的分子變得更軟，一部分氣化，一部分液化，一邊冒著熱氣一邊滴滴答答。

「你再考慮一下吧。」

炭齋沒有回應，整個太空船也變得緊張了起來，向我發出敵意，但他們像炭齋一樣分離性高，並沒有行動能力可以把我趕出這裡。

太空船搖晃起來，周圍的灰塵、物品啪啪作響地被我拉進來。我周圍的密度一增大，空氣就變冷，冷空氣為變重而沉了下去。大氣被推開，我的周圍颳起了風。因為光線也被吸引進來，所以我的身體散發著微弱的紅色。

「如果你要再考慮，現在就不合併。」

炭齋先看自己的手臂，再看著我的眼睛。

「對老師撒謊應該行不通吧。」

「是啊。」

炭齋張開嘴又閉上，接著閉上了眼睛。

正如炭齋下定了決心，我也一樣。我把他們都拉進來。當炭齋的分子進入我的身體裡，他心中如漩渦般的恐懼也傳了進來：雖不想失去自己的個體性，即使如此也不願放棄想法。雖然極度想守護自己的生命，還是做出非理性的選擇。非理性是墮落的徵兆。

他會被大家發現的，因為在冥界沒有祕密。如果現在放任不管，總有一天炭齋會面臨被隔離或被合併的結果。除非運氣好，才能進行反覆痛苦和無意義生活的高強度教育。就算是為了炭齋，我此刻就必須阻止一切。

這些東西是我。

我心想。

這些「我」在想什麼？想學習什麼呢？

孩子會反抗老師，意味著其個性已經確立，新的意識形態誕生。炭齋具備了擔任新導師的資格，即使他的方向不合我意，也不合其他任何一個老師的意，但這本身就代表是時候該放手。

我釋放了炭齋，他彈出去，癱坐在地上，在尚未整頓好的身體裡，液化的分子像汗水一樣嘩嘩地流下來。

「為什麼？」

炭齋哆嗦發抖，仍強作鎮定。我沉默了一會兒才回答。

「正如我所說，我不知道你的平衡點。」

「是因為害怕嗎？像我這樣的人，老師只要吃下一口就會墮落吧？」

「讓我看看阿曼的孩子，我該給他創造生命。」

「要送到畜生界嗎？」
炭齋偷偷地觀察我的臉色，邊把孩子放到傳送器上邊問。
「或許吧。」
「通常不都是那樣做的嗎？野獸比人類更能產生心靈上的共鳴，所以會先以野獸或微生物生活一段時間後再出來，這樣就能得到治癒。因為人類本身就分離得很嚴重……對吧？」
通常是那樣。墮落越嚴重的孩子，就給他微生物的生命，雖然有人推測說，根本是因為那等同懲罰。但在生命中沒有刑罰，只有學習。
「經過一番困難而習得的事物也很有意義。」
我把手放在孩子的頭上。
我想起我生活在地面時的許多片段，想起了以樹木、蝴蝶、鳥、田鼠和蟲子等形態生活的時候；想起成為草、江和田野的時期；想起了我的每一回生命、每一個命運。我與無數的自己生活在同一個空間裡。
我找到一個過去的自己。那是一個心靈有點缺乏的女人。她在未得到任何情感支持的環境中長大，因此渴望關愛。雖然她一生沒有孩子，可是現在，她將會有孩子。

她與孩子感情深厚，同樣也互相傷害得很深。他們常有失誤，但也會從彼此身上學習。雖然會受傷，可是傷得越深就活得越是熱切。他們各自的人生將成為彼此一生的關鍵。

「我要成為你的母親。」

我對孩子說。

「你在那一生中要學習的是『共鳴』。無論在那一生成為什麼，都要尋找相信與你相同的事物。不管是人也好、動物也好、物品也好，都無所謂。這麼一來你就能脫離墮落，可以依照自己的意志分裂或合併。」

我體內一部分擁有意志的粒子從手指脫離，置入孩子的基因中。基因在一定程度上會引導孩子的生活，但僅此而已，整個人生仍屬於孩子自己的意志。

「我不明白。」

孩子被送走後，炭齋問道。

「如果這樣逆時重生，因果關係會變得如何呢？」

「沒有因果關係，只有相互作用。」

「如果那個孩子回到過去、改變宇宙呢？」

「無論誰的人生都會改變宇宙。你活了一世再回來時，一切都改變了。別忘了，那孩子是我，也是你。如果他變了，我們也會一起改變。」

我說完，觀察起整個太空船。要說服全體成員並不容易，必須進行許多交易，但我還是努力做到了。

我必須進行許多轉讓，還要交出身體的一部分。現在做的工作會讓我的情況惡化，但這又有什麼關係呢？反正無論做什麼都會惡化。

炭齋發現我顯出疲態，於是問道：

「您在做什麼？」

「我建造了一個有條件的重力場。如果像那孩子一樣墮落的孩子死去、迷路，就會被這艘太空船拉回來，你就盡你所能收下吧。」

炭齋一時之間沒有說話，接著開口問道：

「您為什麼要這麼做？」

「因為你可以讓他們重生。」

我心想，那些唯物主義的孩子死去再醒來卻發現自己竟在一艘太空戰艦中，一定會精神崩潰。想著想著，我不自覺地笑了。

「為什麼？這不是正確的做法啊。」炭齋說。

「沒有什麼是正確的，只有過與不及。這件事不會太過，所以就那樣做吧。」

我俯視椅子扶手，像把手伸進水中一樣穿透過去。炭齋幾乎沒注意到，因為那看起來就像是我平時會做的事。

但是扶手在我穿過後陷入混亂，大喊大叫，以人類來說，就像瘋了似的。椅子像是對自己，也像是對我進行確認，不斷喊著：「我是堅實的物質，我不會就這樣被穿過的，我是……」

我用對付炭齋的傳送器相同的原理壓制了椅子，並未進行說服，沒有對話，也沒有交易。

「是化學作用。」

我低聲說道。

以前的我

聯心來時，我的身體不好，躺在陰暗洞穴裡的石床上，把孩子的教育交給弟子們，靜靜沉潛著。中陰上的神殿和房子都清理掉了，變成只有岩山和荒原的原野。雖然孩子抱怨說老師的喜好很怪異，但實際上，我已經沒有多餘的力氣。

聯心整個人朝我撲來。把我摔倒在地、壓扁，抓住我猛力搖晃，打我的臉，撕我的衣服。

聚在洞外談論人生的孩子都往裡頭看；小狗、蟲子、猴子、豬也往這邊瞧。老師都有預感，也做好應對的準備。他們相信，如果在冥界能夠傷害某人，就代表出了問題。

「我的孩子死了！」

聯心似乎是原封不動地帶著下界的肉身回來，好似從墳墓裡爬出來一樣。她的身體黝黑，滿是泥土，乳房鬆垂，還有像鳥窩一樣蓬亂的白髮，張嘴還能看見稀稀落落的牙齒。她不是穿過岩石或被風吹來，彷彿是用兩隻腳走過來的。手腳的指甲都被泥土弄得又髒又黑，還嵌了沙粒。那些指甲裂開，她渾身是血。

「我的孩子死了！」

我這才想起她曾是**魍魎**的孩子。按照冥界的位階，到了下界，她反過來成為魍魎的母親。我最後一次看見她時，她還只是顆微小如螢火蟲般的光粒子，根本就不敢面對我，並因為要成為自己老師的母親的指示感到驚慌，哀求著說那太荒唐，她做不到。我安慰她說那只是初級教育課程，進去一會兒就出來了。

「你這該遭天打雷劈的傢伙，那叫做教育嗎？」

聯心用盡所有蠻力撕扯、突破我的身體。這時，我的周圍長出了帶著綠葉的藤蔓。藤蔓纏住聯心的身體，把她從我身上移開。在孩子遠遠的注視下，以粒子形態飛來的魍魎形塑出身體，站在我和聯心之間。

「母親。」

魍魎用上一世的關係稱謂稱呼自己的孩子。情況簡直一片混亂。

「我就在這裡，我沒有死。那是妳的錯覺。」魍魎說。

我躺在地上，提不起精神。不明的恐懼襲來。我想放棄體制和自尊心。我想放棄這個位置、縱身逃跑。

聯心好不容易把藤蔓砍斷，氣喘吁吁地瞪著魍魎說：

「你不是我的孩子，我的孩子死了，被這個傢伙殺死了。」

她的狀態很不好，好像失去了上一世以外的所有記憶，解離狀態越來越嚴重，似乎忘記了如何改變身體形態。

我這才想起，那是某個國家的軍事政變。我是鎮壓軍，向示威群眾開槍，而聯心正是當時被我槍殺的一個青年的母親，過了半世紀才回到這裡。而我在那次事件結束後，像瘋子一樣一直活在混亂和罪惡感中。但是那只是我一個人必須承受的痛苦，並未減輕其他任何人的痛苦。換句話說，雖然我達到了學習的目的，但那並不是一段美好的人生。

魍魎瞥了我一眼，見我沒有反應，他以為是某種測試，於是就直接行動了。魍魎說服洞穴迴避，於是天頂打開，牆壁一晃一晃地退了出去，周圍的岩石懸崖和山坡也搖搖晃晃自行離開。很快地，我所在的空間變成了一個寬敞的廣場。空間開闊了，我感覺自己彷彿赤身裸體，那些孩子用炯炯有神的眼睛盯著我看。哪裡都好，我真想挖個老鼠洞躲進去。可是我不能那樣做。

「聯心墮落了。」

魍魎宣布道。

「對墮落的人來說，誰都可以成為老師。身為兒子和老師，我將代替先知那般、給予教誨。」

我們沒有懲罰，有什麼痛苦堪稱懲罰呢？我們也沒有獎賞，有什麼快樂可以當作獎賞？只有教與學，只有孩子不想要的教誨罷了。

「母親，妳墮落了，我必須在妳可以自行脫離前將妳隔離。我會用我的身體造一道牆，把身體的一部分放在妳身邊。那道牆是妳，是和妳一樣的東西，也是和我一樣的東西，當妳了解我與妳沒有什麼不同，就是可以出來的時候。」

這是很普通的決定，感覺卻很怪異。天哪，魍魎不是聯心的兒子嗎？眼前這個老頭是她懷胎十月生出來、吸著她的乳汁長大的，不是嗎？每次換尿布吵鬧的時候，她不是都會往他嘴裡塞食物嗎？她的孩子死後，她大半輩子都在淚水和痛苦中度過，現在他怎能這樣對待母親？

「不管是粒子化或縮小身體，只要能通過牆壁出來就行，我會在妳身邊守護著的。」

魍魎的語氣溫和，我卻仍然感到不對勁。太狠了，聯心就算再怎麼快，也要耗費一百年才能出來啊。

「不行。」

聯心這才了解狀況、苦苦哀求，但魍魎只顧著用自己身體化成的藤蔓摸索、檢查聯心的身體。

「由於妳的解離加劇，很難粒子化。不能粒子化就不能轉世，不能轉世就無法透過學習來淨化墮落。雖然會很辛苦，但對妳來說這是最快的方法。」

「等一下！」

我說，可是開口的同時，我也擔心會曝露我現在的狀態。然而大家並未察覺，都把注意力投射過來，彷彿我接下來要說出什麼真理似的。

「聯心的墮落是我的錯，我給了孩子無法承受的人生。下輩子，我要親自與她結緣、互相學習。」我說。

「聯心的身體會變得非常結實，可能無法轉世。」

「我會幫助她。」

「既然您這麼說……」

魍魎不再進一步思考。

「您願意成為她的家人嗎？」

「如果聯心願意。」

聯心感到混亂。而在混亂之中，她似乎認出了前世的仇人。

「那個傢伙是殺人犯，他不是先知。」

「先知提出成為家人的提議，會完整陪伴妳的下一世。」

「就是他殺了我的孩子！」

魍魎一臉為難地看著我。

「聯心無法判斷狀況。」

「你問她希望我怎麼做，你告訴她，我會照辦。」

雖然聯心就在我面前，我還是要求魍魎轉達，因為我害怕面對她。魍魎將我的要求當作一種學習，凝視著聯心。

「把那傢伙殺了。」聯心說。

「不可能。」

魍魎平靜地回答。從物理上來說確實不可能。
「請提出其他提案。」
「那麼讓他變成狗，一輩子都繫著鐵鍊。」
「就照她的意願吧。」我回答。
魍魎的眼神變得冰冷。將動物和人類視為不同等級也是墮落的徵兆之一。
「家人和家畜是一樣的。先知化為牲畜與妳一生同在，他會照顧妳、教導妳。妳會從那條狗身上得到生命的喜悅、安慰和學習……」
「我要他過著和我經歷過一樣的人生！讓我轉世去殺了那傢伙的孩子！」
「妳說的那種人生之中沒有學習，只會更墮落。身為老師，我不會給妳一個得不到任何學習的人生。」
「沒關係，我接受。」我說。
「不管是什麼，讓她選擇她自己想要的人生。給她一點時間思考，等決定好了再告訴我，我會照辦。」
魍魎猶豫了一會兒，但並未對老師的判斷提出質疑。他以為我這麼做具有很大的意義，可是其實什麼都沒有，唯有痛苦。

◆

看著聯心被孩子帶去休息處後，我逃離了現場。剛開始以粒子化飛走，但並未持續太久，只能落地用兩條腿跑。因為跳動個不停，我拉扯到與整個世界相連接的繩子，最後纏在身上。遠處的山脊上岩石滾落，溪谷變深，水流湍急。我想把繩子都扯斷，我害怕這笨重的身軀，我的中陰會把我內心的想法全部揭穿。我想分離、瓦解、變小。我想逃到沒有人的地方。

沒有人的地方！

這想法像病魔一樣蔓延全身，我不禁感到驚愕。

那孩子是我。

我捂住臉。聯心是我，不是別人。是我，是從我的身體出來的，是我的一部分。

墮落的是我。

我在傳播墮落。像帶菌者一樣，所到之處便擴散病菌。一個改變，所有一切都會跟著改變。擁有如此笨重的身軀，影響力有多大就不用說。

「您還好嗎？」

有人擋在我的前面，是魍魎。我一點也不好。我抱著頭坐下，第三代的老師都飛奔過來、聚在一起。我冷靜下來。沒什麼可害羞，也沒什麼好丟臉，這些都是我。都源自於我，我隱藏不了。

「墮落正在孩子之間蔓延。」魍魎說。

「我知道，我也看到了。」

我害怕魍魎會問我該怎麼辦，因為我沒有什麼可以教他的。魍魎並未墮落，他仔細觀察著我的混亂。四周熙熙攘攘，他開口對大家說：

「別自亂陣腳，那般老師是接下清除阿曼的任務後才變成這樣，他做了很大的犧牲。」

魍魎繼續說明。

「先知為了消除墮落的先知阿曼，將所有時期出生在阿曼身邊的生命都在初期階段除掉。他們改變制度、掌握權力、改變政策，製造偶然和不幸。但用那些方法也無法完全清除，所以那般老師才會親自出馬，進行奪走人生的工作。只有這樣才能消除阿曼在歷史上的存在。」

是啊，就是那樣。

阿曼使孩子墮落，加速自我之間的分離。現在人們不相信世界和自己一樣，不明白其實別人和我沒什麼不同。他們相信自己是孤獨的個體，並被這種感覺束縛著。應該與整個宇宙一樣偉大的自己，為何會如此渺小而微不足道？他們因此感到困惑。兜率天要我收集分散在人世四處竄逃的阿曼個體、帶回冥界。我沒有理由拒絕。阿曼是我的孩子，是我的錯，一切都是我的錯。

我分裂成數萬個個體，在所有的時間帶裡進行思考。

沒有死亡，沒有消失，也沒有消滅，唯有變化。自我不會消失，只是有不同的解釋。所以沒有殺害，也沒有罪。

我是這麼想的，但愚蠢地忽視了一些事。

「分離」所帶來的體驗無比巨大，

龐大一如合併。

相較之下，墮落是多麼容易、多麼輕鬆。

「為此，那般老師必須最大限度地抑制共鳴能力。他必須進入特別製作的肉身，好相信自己和他人不同，相信所有個體都是分離的存在。因此那般老師才會受到汙染，我們的墮落也因此加速。現在我們必須處理這件事。」

這些話就像是對我說的。我整理好心情後說道：

「看來你已經有想法了。」

「請與阿曼合併。」

魍魎平淡地說。他背後的老師也很平靜。

「把包括我們在內的所有個體都收集起來，把阿曼收回，把我們也收回，回到不是那般也不是阿曼的最初根源——『阿耳斯它』。」

「阿曼不會同意合併。」

「那就得想想辦法了。」

「如果和阿曼合併，那般會消失，我會變成和以前不一樣的東西。」

「不會的，就像我們原本是那般，阿曼原本也是那般。」

他的話並沒有錯——雖然沒錯但還是令人懷疑。雖然不足以令人懷疑，仍然會產生疑心。生了病的人什麼都會懷疑。

「阿曼是墮落的先知，是汙染的根源和產地。你不怕那小子的身體會改變我們嗎？也許我們全都會變成阿曼。」

「不會那樣的。」

魍魎繼續滔滔不絕。

「我們全體與阿曼合併也無法成為現在的那般老師。但是即便失去了主導權，還是會發生變化。阿曼不會消失，我們也不會消失。沒有消失，只有變化。」

看來我得把老師的位置讓給別人了。不然讓我和這傢伙合併吧。

「重要的不是守護『那般』的這個自我。沒有墮落的人應該先思考根源的自己。阿曼必須受到治療，以避免他進一步汙染世界。這麼做就算失敗也值得，這將是另一種學習方式。」

這個人是我。

我這麼想。

我正在墮落，開始執著於我的個體性。魍魎是對的，我的恐懼毫無價值。世界正在墮落，而我這個失格的老師卻只擔心自我會消失。

是我的責任。

我創造了阿曼，卻阻止不了他的越軌行為。我未能將阿曼全部收回冥界，也無法抓住那些分離逃跑的阿曼，所以我必須親手結束。

必須由我動手。

但同時，疑惑也在我心中如霧湧上。加諸我身上的責任好像已超出了想像，所以到目前為止，沒有一個方法成功，我甚至懷疑墮落的狀況可能已從我沒料想到的地方蔓延開了。

作為一個整體，我知曉一切。即使是現在這種分離狀態，我也仍然是「阿耳斯它」，是這宇宙的整體。阿耳斯它也知道，所以想到這個辦法，透過無意識的繩索對我發號施令。

我在心裡搖頭。真是的，因為害怕失去自我，結果胡思亂想，這全都是因為我的不完整帶來的迷思。一旦與孩子合併，矛盾就會消失，從最初到現在的「我」也會消失。

「我準備好了。」

魍魎向我伸出手，站在他身後的孩子也依序手牽著手。

「我們也準備好了。」

魍魎最近過度著迷來世，把在下界的一生棄之如敝屣。有時還被什麼神祕力量吸引，放棄一切、隱身山林。有時則是蟄居在修道院或寺廟，終生不與人見面。有時又為了小小的正義和良心，毫不留戀犧牲生命。我現在才理解，魍魎這是在修行。

這個人是我。

不管是誰，都等同是我做的。不管魍魎想要什麼，都是我想要的。

「會有幫助的。」魍魎說。

應該會吧。魍魎的人格和用意都融入我心。我會改變，會變得毫無顧忌，不再感到害怕，也不會後悔。魍魎的人格正是我所需要的。

孩子和魍魎手拉著手，滿懷期待地眨著眼，期待邁向更大的智慧和洞察之路，成為更明智、更宏偉的自我的一部分。但是，孩子們，即將發生的事和你們想像的不一樣。我們成為一體後，你我都不會顯得那麼偉大。

我握住魍魎的手。

先前那些苦惱不知所為何來。

其實那些都沒什麼大不了，真的。

第二個我

1

和**兜率天**碰面不是什麼開心的事，尤其在我祕密進行某件事的時候。和墮落的個體一樣，就算是純淨的個體也會感到吃力。

兜率天無所不在。有時是放在某個無名先知中陰角落裡的石頭，有時候是在那個角落討論前世和來生的孩子之一。兜率天可以融入任何一處，即便是第二代先知也很難辨識出來。要他尊重他人隱私根本不可能，因為他確信整個世界都是自己，他可以出現在任何想出現的地方，無人能夠阻止。

兜率天在地獄門口等候。

他戴著黑色頭巾，披著長袍，一副傻大個的模樣。臉黑青黑青的，兩眼瞳孔有如以石頭擊碎的金黃色硬幣，四肢有如枯樹，修長又乾巴巴。他拿著燈和槳，站在底部布滿窟窿的舊渡船上，正是以前我引渡我的孩子到冥界時的模樣。他身後流淌著通往地獄的忘卻之河。河水是血紅色的，像熔岩一樣沸騰。

當然，我眼前的形態並不是兜率天的整體。兜率天是環繞在人世周圍、猶如行星般的巨大白色球體。眼前這個人只是從該處像線一樣流竄出的小振動體。和我的孩子不同，這個個體完全可以共享兜率天的人格和記憶，在這個人背後，有著細密一如蜘蛛網的白繩與兜率天相連。

兜率天從指尖伸出白線，線透著光飛過來，試圖突破我的頭頂進入。我把我的粒子收集起來，在身體周圍設置通了電的防禦網。線落在我的額頭前方，因觸了電烤得焦糊糊。

「我們之間沒有理由以這樣不友善的方式進行對話吧，那般。」

兜率天眨著金黃色的眼睛。他的話在我腦海中迴盪、在思想中傳開。我毫不掩飾內心的厭惡，回答道：

「我們很久之前就決定不融入先知的人格，那麼做的話，思想會遭到汙染。」

但是我那些像行星殘骸一樣的分子無法築起屏障。他可能已經抓住我無法控制的粒子進行詢問，我的厭惡、抗拒、害怕、屈辱等情感應該都暴露了。

兜率天露出微笑，那不是開心的笑，因為他沒有喜怒哀樂。不，應該說他回到我們原本沒有喜怒哀樂的狀態。他的微笑不過是為了配合溝通形式而做出的變化。他的心裡大概正在想，「退化真可怕，即便是先知之間也得用如此粗劣的方式表達想法。」

「合併不是那樣的，那般。與阿曼合併後，對舊自我的迷戀就會消失，將無法維持原來的『你』。」

兜率天一口氣直落入我的最深處。

我瞬時僵住，想像兜率天一口把我吞了進去，想像他伸出數億根線，把我分裂成既沒有意志也沒有人格的粒子。他可以做到，不帶任何惡意和意志，他無法理解對個體性和獨立性的執著是什麼。因為不了解，所以能毫無惡意地粉碎。

「我正努力回到最根源的自己，就像你們一樣。」我說。

兜率天的金黃色眼睛散發出耀眼的光芒，但我無法知曉他的內心想法。「回歸根源」是兜率天能夠理解的唯一慾望。他曾是麻姑、盤古、雪門大婆婆和其他許多人，他們都很有個性，具有非常明確的人格。但現在他身上已經完全找不到那些人的蹤影，也未曾留下當時因合併而喪失自我的失落模樣。

「我只是想維持那般的自我，直到合併結束。像阿曼一樣徹底分裂、個體化的人是沒有辦法回收的。如果我成為那般以外的其他人格，或許就無法走到最後。」

兜率天露出以前已經聽過的表情一個勁兒點頭。他抓住飄在空中的顆粒，用手指搓揉著。

「阿曼宣揚分裂，相信人世的生活並非假象、而是真的。阿曼不僅堅信下界的真實性，現在還懷疑起冥界的實體性。如果我和阿曼融合，那麼在合併的某個時點，我的信念就會產生變化。也就是因為這樣，我才要保持那般的身分直到最後。」

「先知的人格不是第三代孩子用粗劣的手法就能壓制的。」

兜率天再一次直衝入我的最深處，我又僵住了。以兜率天的程度，不需要連接身體就能探知內心。他有著銳利的目光，就像我和阿曼分離前那樣。

「只是可以得到幫助而已。合併是我自己的意志。」

「阿曼也有意志啊，那般。在整體和整體較量時，先知之間沒有力量的優劣勝敗。」

我閉上眼睛，恐懼再次吞噬了我。

「如你所說，我被阿曼汙染了，這麼一來，阿曼也會被我汙染。那麼，就算失敗，也能防止進一步墮落，避免世界的墮落。」

聽了我的話，兜率天點點頭，但很難看出他是真的認同，還是這些內容他早就聽過，只是敷衍表示一下而已。

他站在滿是窟窿的渡船上，血紅色的江水不停拍打船身。江的另一邊在沸騰，蒸汽形成腐臭的蘑菇雲，熔岩流淌如河，巖壁也變軟了。在這條江的另一邊關著受苦了數千、數萬年的亡者，他們心懷困惑。在他們的人生中，只有那麼一次頂撞父母、說謊、挑食、浪費食物、耍脾氣、吝嗇，為什麼要付出如此漫長而可怕的代價？為什麼冥界的法度如此冷酷無情？

……他們全都是阿曼。

是從阿曼分離出來的碎片。

被關在裡面的任何人都沒有罪，只是常見的不走運、有所不足和常見的失誤。被囚禁的原因有些是因為老師的教育，有些是自己選擇的苦行。他們在裡頭意識到自己有能力，便運用想像力把自己的中陰變成那副可怕的模樣。可是他們並未領悟自己擁有掙脫出來的力量。

「兜率天，我不能再墮落了。這是最後唯一的辦法。」

「整體來說，我同意。」

兜率天回答。他所說的「整體」不是指我說的話，而是「我」本身。以他的立場來看，「我」就是兜率天，兜率天自認是冥界，所以我也等同整個冥界。兜率天會同意，純粹只是擔心我的墮落會汙染全體，而冥界不能再墮落了。與整個冥界相比，那般的墮落或治癒根本微不足道。

「但是現在，如果你反過來被阿曼吞噬，墮落可能會進一步蔓延。還有，我們並不是隔離阿曼，只是在等待他痊癒。」

「我可以理解原則，但我沒有時間了。」

我回答道，同時再次確認兜率天對「我」的範圍理解不同。

「阿曼提倡分離，他不會答應合併，你會失敗的。」

「就算是那樣，也會成為一種學習。我會從失敗中學習，到時你就可以把我回收。」

我也朝兜率天邁進了一步，但這不是我的本意，我死也不想與他融合。就算和伏羲合併也比兜率天好上一千倍。那樣至少可以期待與伏羲互相中和，產生擁有新名字的新個體。若是與兜率天合併，我只會遭到吞噬、變成更大的兜率天。我知道畏懼是墮落的徵兆之一，但我還是千百個不願意。

兜率天沒有回答，感覺因為其他原因而有所抗拒。兜率天把我和阿曼的合併盡可能延到最後。對兜率天來說，吞噬墮落的人無異於吞下排泄物。

「所以讓我走吧。」

「我不是來留住你的，那般。」

兜率天在空中盤旋，手指轉啊轉，像捲麵條一樣吸走我的粒子。我知道阻擋不了他，只能無可奈何地被拉進去。我的粒子像線一樣發光，聚集在像骨頭一樣乾枯的手指周圍。如果在下界，這就和折凹我的胳膊或勒住脖子一樣沒什麼區別，同樣威脅到自我。

「所有先知的意志都是我的意志，那般。先知沒有理由對先知的決定表示不滿。我只想到一句老格言：『墮落者不知道自己是否墮落，只是一逕朝著擴散墮落的方向移動。』」

「我想做的是合併，這是我們所有人的終極目標，這是要在世界盡頭實現的事。到那個時候，世界也會消滅，所以合併不可能會擴散墮落。」

「你放過炭齋了。」

「因為他必須——」
我說到一半打住，想想這麼說不合邏輯，決定換一種說話方式。
「因為他是知道如何在保持自我的狀態下合併的個體，我那麼做是為了以防萬一。」
兜率天點了點頭。不知是接受我的說法，或早就知道我會這麼說。
「那般，我了解你的用意，但畢竟你已經失敗過一次，與其再次冒險，不如讓所有先知一起解散整體的『阿耳斯它』吧，包括阿曼和你在內。」
我沉默了。我能感到兜率天用無表情的眼神仔細打量著我最深處脆弱的一面。
「兜率天……我不想那樣。」
最後我還是回答了。
「至少讓我回到原來的我。除了我和阿曼以外，我不想和任何人合併。即使要放棄那般，也不能放棄阿耳斯它。」
話音剛落，恐懼又起。我沒有解釋，也沒辦法解釋，我暴露了非理性的一面。現在，即使兜率天要吞噬我或永遠把我隔離，我也無話可說。我閉上眼睛，準備接受不想要的結局。

但是兜率天沒有行動。他沒有同情心，也沒有加害心。除了墮落，沒有什麼算是好事，也沒有什麼稱得上壞事。差別只在思考哪條路是減少汙染、哪條路是增加汙染。

「你的意志就是我的意志，那般。」

兜率天說。

「方向不同，但你的話很正確，那般。與其讓純淨者之間承擔被汙染的風險，不如讓被汙染的個體之間先進行合併。」

我差點就吐出一口大氣。要是被發現我模仿呼吸的行為，根本就不用等了，兜率天立刻就會吞噬我。

兜率天看著江的另一邊。

「那般，你要堅定意志。合併既是身體的融合，也是一種混合心靈的工作。稍有不慎，阿曼就會改變你，你就會產生與現在不同的目標。」

「不會發生那種事的。」我說。

兜率天短暫陷入沉思，然後說道：

「不過那也會成為學習的一種。」

接著他往後退，在渡船上讓出一個位置。

「我送你到江對面，那般。我會等你回來。如果你失敗，我會秉持手足之情與其義務把你吞噬。」

合情合理，但我聽了並不覺得愉快。我無論如何也阻止不了他。我啪嗒啪嗒地走過水面，坐上渡船。兜率天看著我問。

「你為什麼穿著衣服？那般。」

「這是我給自己的禮物。」

兜率天不再提問了。

2

從前走的路被岩石堵得緊實，就算身體幾乎變成氣體，也沒有縫隙可以擠過去。世界上哪有不變的空間？但這裡的變化之無常，超出想像。塌陷的地基上埋著碎骨和骷髏。骨頭傷痕累累，像被野獸啃咬過一樣坑坑疤疤。以前老師們都會定期巡迴到這裡說法，但現在早已中斷了。

我想起魍魎，想起聯心及所有的孩子。在與那些孩子融合前的那般是什麼模樣呢？

總之這是無解的。合併時我早已不知道我的主體是誰，能繼承這個古老個體的名字只是一種小小的禮遇，而今他們之中的任何一個都無法代表我，我的人格和他們完全不同，目的也不一樣。

如果我失敗，會怎麼樣？如果阿曼反過來把我吞噬，會怎麼樣？

我也會像阿曼一樣，相信外殼的肉體就是我的整體、相信下界是唯一存在的完整世界、害怕冥界而執著於人世嗎？我會相信由消化器官、神經系統、血管和肌肉組成的三次元物質團塊，就是我的全部嗎？我也會相信其他一切都與我毫無關係嗎？我會像阿曼一樣竭盡全力維持那種狀態？即使在患病的情況下，我也會忘了自己有病嗎？

只要墮落就會知道答案，在那之前一切都不得而知。我雖然想過可以從中學習些什麼，但這想法並未觸及我的內心。這就像試圖讓自己認為，如果我瘋了就可以從精神錯亂中學到東西。

我踏上地面，一陣熱風撲面而來。

風的成分有一半是火，因為空氣都燒光，沒有可稱為大氣的物體。當然，我不需要呼吸，我的身體也感覺不到熱。

這整個空間與真空無異，原本所謂的水全數蒸發，能被熱風吹走的東西都被吹走。空間的構成分子與其說是氣體，不如說是介於液體和固體的事物。

我把身體塑成人形，用雙腳站立。土地融化，像稀軟的血塊一樣流淌。如果製造重量，就會沉下去或被捲走，所以我讓身體像羽毛一樣輕。當然，若是真正屬於下界的粗劣肉身，在這個空間早已燃燒殆盡。

我看到其他人類的形態，他們與融化後變得黏稠的熔岩或泥塊沒有太大區別。他們蠕動呻吟，被熔岩吞沒，或被突然湧起的紅色海浪擊碎，看起來都沒有太大差別。

走著走著，我絆到一個東西。仔細一看，那是人類的手，是一隻脫皮而沒有指甲的手。

我俯身細看。去除熔岩泥濘後出現一張剝落了一半的人臉，臉的一半已融化消失，皮膚燙得火紅，露出來的胳膊可見骨頭，上面還黏著殘存的肌肉。

「救我。」

過了好一會兒，那人才說。

「您是來救我的吧？是神嗎？還是神派來的使者？」

他用驚奇滿滿的眼神看著我。

在這樣的地方，在這燃燒的世界，我光著腳、衣著完整、好端端地站著，他一定覺得很神奇。我也十分好奇。難道他們不認為自己的狀態很不可思議嗎？這裡的熱度之高，人應該連皮帶骨燒光、連一丁點都不可能留下，不會只是部分燒燙傷的程度。就算是燒燙傷，以他這種狀態，怎麼可能還活著。

「結束了嗎？我已經為我的罪付出所有代價了嗎？我可以去天堂了嗎？」

「我不需要把你拉出來。這個地方就是你，阿曼。」

阿曼茫然地看著我，或許一時失神，沒注意到，他又被吞噬進入更深的火海裡。他好像是為了理解我的話才暫時忘記自己身處在火的地獄。

「這個地方全都是你製造出來的。」

我每次來這裡都會這麼說，卻一點用處也沒有。只要颳起熱風，這裡的記憶就會消失。就算是我，如果帶著類似下界身體的感覺器官在這裡生活，腦子裡同樣也不會留下什麼，因為就連承受痛苦的空間都不夠。

「我好痛。」

「這裡沒有痛苦。」

阿曼的眼中瀰漫著不自在的疑惑，我的話似乎不是他所期待、也不是他想要聽。

他期待的是某個背上插著翅膀的東西降臨，把他的身體拉出來，帶到另一個與這裡完全不同的地方。

「這裡的一切都是你，你必須理解這一點，阿曼。」

「阿曼是誰？」

「你們全都是阿曼。」

他依然一副無法理解的表情。

「你們是我從地面回收的阿曼碎片。你們被隔離在這裡，沒有合併，也無法脫離。你建構了自己想像的中陰。這裡是你製造的，這裡的一切都是你。」

「我們以前見過嗎？」

當然。我閉上眼睛，想起了茶香。我想起躺在陽光灑落的窗邊的老阿曼，想起伏羲做給我看的泥人偶。

我想起了和這個個體在一起的人生中最清晰的部分。我與每一種類型的阿曼都有過交流，但與眼前這個人在一起生活時是最火熱、最激烈的。

我想起在那一生中最後一次見到他的眼睛。他的瞳孔像黑月一樣閃耀。閉上眼，濃密的睫毛上掛著的淚水滴落。我們仍活著，我們的生命屬於彼此，彷彿從一開始就是一體，如今終於找到思念許久缺失的一部分。即使所有的痛苦都由我承受，所有的幸福都降臨到這個人身上，我也會給予祝福。即使我死了，只要這個人活著，就和我活著並無二致。

「不只見過，你和我是一體的。」

你會失敗的。

兜率天的話在腦海裡響起，但我選擇忽略。我握住阿曼的手，接觸的同時也將他吸入。阿曼像金屬一樣，俐落地斷開了連結。

我想起了傳送器。我將身體的一部分機械化，產生了一束電線，插入阿曼身上。阿曼大喊大叫，他好像察覺到我並不想把他帶到天堂或人世。他像陸地上的魚一樣撲騰，哀求救命。我無法理解。在火海裡已經度過那麼長的歲月，難道還想繼續活下去嗎？

「不要反抗，我這是在救你。」

你比任何人都重要，我要先把你救出來。這想法一出現，我隨即在心裡搖頭、試圖甩掉。區分個體的想法是墮落的徵兆。

我毫不留情地把他拉進來，阿曼的月光變了。從恐懼、埋怨變為憤怒，又變成戰鬥的意志。

阿曼的身體開始起反應，他用全身在拒絕我。我植入的電線周圍出現白血球聚集，血球凝結在一起、形成血塊，以防止傷口生成。當融化身體的化學物質注入體內，免疫系統就釋出更多中和物質進行抵抗。

是啊，就該是這樣。這樣才能證明你曾經是我。

我想到了幾種化學方程式，想到具有四臂的碳分子，以及能與任何東西起黏附反應的氧氣。我將他們重組，轉換成分解生物組織的化學物質，注入阿曼的體內。我刺向阿曼、他抵擋、我吸取、他拒絕。經過一場化學式和分子式的戰爭，我才勉強吞下一個。

我檢視身體。不過，比起身體的變化，我更注意精神上的改變。我是否增加了一人份的記憶？是否有同樣程度的變化？

還是老樣子，我只是變大了一點而已。阿曼成為我的一部分，可是沒有融入其中。成功了。

我覺得安心，因為解除了緊張而露出笑容。

我能做到，我可以維持住自我，可以保留至少一半，只要照這樣一個一個慢慢來……

然後我開始晃動，像脫繮的野馬一樣亂蹦亂跳，我的身體如同失控的引擎、將周圍吸入，熔岩嘩啦嘩啦湧了進來，岩石和土堆也湧了進來，在裡面吶喊的靈魂也一起被捲進來。

我意識到我只學會了吞噬的方法，卻不熟悉該如何停止。我慌忙地想變形，身體卻有一半是機械，不聽使喚。

我體內成千上萬的人格東奔西跑，各種情緒糾纏扭曲，沒有任何交融或合併，我的體內亂成一團。

我癱坐在地上，想把裡面的東西都抽出來。阿曼，分離的先知，個性的先知，整整數億個，盡皆在我體內湧現。

——我不一樣。

——我不是你。

——我是我，你是你。我們完全不同。

不！我猛烈反抗。

你們全都是我……

我的話沒有被接受，還沒說完就反彈了出來。

我錯了。我恍然大悟。從最初想到用這種方式合併開始，我就已經把我和阿曼想成分開個體了。除非我接受阿曼是我，否則他們不會接受我，在我體內的東西會像病菌一樣展開攻擊。

你會失敗的。

兜率天的聲音在心裡呢喃道。這時，地獄突然噗哧噗哧湧進我的內心。

我踏在泥濘的河床上走出來。雙腳黝黑，趾甲枯黃破裂。身體從腳後跟開始分散成分子後再次回歸，液化後流淌下來，變硬後被身體吸收。

我身後的地獄只剩下沙漠一般貧瘠的荒野。山崖絕壁，血水乾涸。在熔爐裡沸騰，以及在冰天雪地裡凍僵的人，全都被我吞噬。被鬼怪抓住、用刀割傷的人，飽受飢餓折磨的人，都被我吞噬，只留下沙丘、塵土和風，因為我不需要那些。

我拖著一個袋狀的巨大肉塊，袋裡的地獄正在沸騰，火球和鐵水的江、熔岩和沸騰的鍋爐，裡頭有無數未完全混合的人格正在吶喊。

兜率天還在舊渡船上等我。渡船靜靜地停在河床上，我的腳深深陷入泥濘中。兜率天看著我的腳印，注意到我拖著的肉袋，有如裝滿了剛捕撈上來的魚一樣不停蠕動。

「你，你叫什麼名字？」兜率天問道。

我並未立刻回答。我失敗了，我會消失，雖然我快要死了……但，不是現在。

「那般。」我回答。

兜率天露出感嘆的表情。那並不是刻意做出來的。我上了渡船，兜率天划過沒有水的河，送我回到對岸。

離開地獄的我意識瞬間模糊，在模糊中無法形塑成身體，只能溶解成分子。有一段時間，我思考著我是那般還是地獄，是那般的繼承者，還是地獄的繼承者。然後我剎時明白。這個想法根本就是假象。那般、地獄、阿曼，都是我的一部分，只不過是殘缺不全的碎片。

我變得更接近原來的我。啊！真是太開心了，都不知道多久沒這麼開心了……

3

炭齋的太空船固定在一顆小行星上。

太空船並非墜落在這顆星球，而是星球飛來包圍太空船。這代表先知來了。

太空船的壁面因鏽蝕呈現磚紅色，還長了青綠色的苔蘚和黴菌。藤蔓植物破窗生長、覆蓋船身，還有棵粗大的樹木不知怎麼從夾縫中生長出來，鑲嵌在船壁上。到底經過了多久的時間？我不知道自己漂流在哪個時間帶，在下界可能已經過了百年……不，說不定過了千年、萬年。

我……

成為那般回來了。

天啊，我到底漂泊了多久才回到原來的自我？那麼長的時間中，連自我意識都沒有，沉浸在恍惚中，就像一團光或細胞。但那種狀態令人感到愉快，以至於我根本沒想過要回來。

我的身體像熔岩一樣沸騰，現在，除了一部分以人類形象呈現之外，其餘部分都是以氣體分子的形態，像大氣層一樣厚厚包圍著這顆小行星。裡頭相互摩擦、產生靜電、發生化學反應，打雷、閃電。我每時每刻都在掙扎，想回到那種分子形態。

我為什麼會在這裡？

這時我才想起來：還有尚未吸收的碎片。我記得我還質疑自己為什麼要保留，還有一想到要吸收回來就興致勃勃的心情。為了吸收，我甚至想以那般的樣貌去進行說服。

我覺得很可怕，那些都是我自己的想法，可是我承受不了。雖然不是什麼奇怪的想法，可是我卻覺得很可笑，接著又覺得感到可笑的自己十分荒唐。因為我的體型變小，阿曼的因子可能會對我產生強烈的作用，我必須盡快恢復、重新均勻分配我的身體，否則不知道那些追求分離的阿曼因子會如何顯露。

但是……

我用力聚焦目光，踉踉蹌蹌坐起來，爬向太空船，用手費力轉開一半插在地上的船艙門。我現在太虛弱，無力說服船壁，更別說穿過去。太空船也一樣，他看起來沒有力氣和我對話。

我無法飛行或穿越，只得邁開腳步往裡走。我踩過的每個地方都留下水窪。這不是排汗，而是身體無法控制的液化。我停下來氣化了兩、三次，好不容易才調整好，再繼續走。

機械室裡就像內臟被刮除的鯨魚一樣只剩骨架，裡面的東西都被掏出來，眾多孩子提著東西忙碌地來回走動。他們都是小孩子，只有四肢，眼睛或嘴的位置只是打個洞。還有很多孩子是透明沒有腳的，憑空飄浮。

正中央有一個形體比較完整的孩子，我想了半天才想起他的名字：**載貨**。是伏羲的孩子，比起伏羲，我更不喜歡他。他們本質一樣，所以很類似，但載貨更不懂事。伏羲追求快樂，而載貨就像他的名字一樣，只追求財富[8]。

他的身形像山一樣高大，禿頭加上大肚腩，一臉和藹可親，厚厚的鼻子下面長出兩撮鬍鬚，看起來像在下界某家餐廳裡為了招財放在收銀臺旁的存錢筒。

「看看這裡，連紙都做出來了。」

載貨在塵土飛揚的地板上撿起一張散落的紙，出聲嘟噥。

「用什麼做的啊？難不成是砍了樹嗎？」

紙啪啦啪啦作響，與載貨鬆軟的身體、模糊的輪廓完全不同。那張紙無疑是墮落了，它不知道自己和周圍是一樣的，也不知道自己有智慧。

載貨試圖把紙吸進去，但不知是不是太難弄好，結果把紙弄皺撕破。不管受到什麼樣的對待，紙都拒絕受到合併，彷彿寧死也不願失去個性。

幾片紙片掉落在我腳邊，載貨才發現了我。

「那般……」

載貨停頓了一下，接著說：

「老師。」

「你是得到誰的允許來這裡的？」我問。

在周圍收拾的孩子停了下來，載貨以手示意孩子們走開，自己後退一步，以便好好將我看清楚。可是他塊頭太大，不得不多退好幾步。載貨向我鞠躬。

「好久不見，聽說您回到根源、並得到了靈性的啟發。」

我到底離開多久了？一切都變得好陌生。不，不是世界變了，變的是我。因為我變了，所以覺得一切都很陌生，所有的話都有不同的解釋。

「這裡是我的領域，為何快樂派要闖入清貧派的領域搗亂？」

「哎呀，您應該不太清楚最近流行的思潮吧？兜率天推動行政改組，整合了所有

8　載貨的韓文（재화）與「財物」字音相同。

派別，快樂派也歸屬在他旗下。」

載貨從指尖變出一張名片遞給我，我動也沒動，從肋下伸出一根細線般的觸手把名片吸過來。載貨嚇了一跳，然後拍了拍手。哪怕只是一張名片，但畢竟是從自己身體變出來的，還是覺得頗捨不得。

「那般，您整合了地獄，回到最初的宇宙，但墮落並沒有消失。不管怎麼說，這病毒擴散得太嚴重了。於是兜率天做出決斷，開始對孩子進行大規模教化。只要是有墮落疑慮的孩子，都必須接受高強度教育，判斷已經無藥可救的孩子就由兜率天合併。」

剩下還沒離開的孩子一同喊道：「一、二、三！」拆掉貼在牆上的儀表板，電線和電源線也被扯斷。明若和觀火默默接受。沒有尖叫，也沒有反抗，只是失去功能而已。不完整就等於不存在，沒有中間值，就像在表達他們寧死也不打算與他人合併的決心。

「這裡完全是墮落的溫床啊。」載貨說。

這理應是先知該做的工作，即使不是兜率天，任何一位先知都會採取行動。墮落的事物必須拆除。但是這一切都很詭異，很不合理。

「您看起來身體不太舒服。」

載貨向我伸出手，我立即解除形態，舒展、分散我的身體。這麼做與在下界的意義不同，這是為了避開載貨的視線。

「炭齋沒有墮落，就算有，做判斷的人也是我。」

「是。」

載貨回答。

「但這麼說太過於輕描淡寫。炭齋是下一代的虛假先知，他是阿曼的接班人。」

我的心裡亂糟糟。再等一下，完成這個就好。我悄悄對我的身體低語。這個人格就要垮了，一旦崩塌，你們就可以隨心所欲。再等一下，再給我一點時間。

「炭齋一直拉攏墮落的孩子，把他們藏起來，再把他們送回下界。從當初他一直試圖把冥界知識帶到下界時我們就該懷疑了。他是一個只重視下界的傢伙。」

「……」

我轉動眼睛，但並非用平常的方式。我從背部伸出數十條細長、柔軟的肉條，每條末端都有轉動的眼珠。載貨嚇了一跳。我用觸手在電路板裡翻找，在通風管裡爬行，在搬運東西的孩子中窺探，然後爬進包裝好的箱子裡。

載貨以為我在示威，但事實並非如此。依照正常情況，至少在我孩子的家裡，我不需要伸展身體或做出眼球就能察看一切。可是現在如果我不做出眼睛就看不到，應該說——我覺得我會看不到。

我找到了以多重安全裝置保護的機庫，那裡有數十個孩子，新的體系已建置完成，二十臺傳送器正在自動運作。孩子相互幫助彼此躺進傳送器，再逃往下界。看來在搜索隊來襲時炭齋不顧自己，先把孩子都藏起來了。

接著我看到炭齋就在近處。他被關在空曠倉庫裡的小金屬箱內。沒有氣孔、沒有窗戶，他不可能因為沒有空氣而死，他不會死，但是……

隔離是一種常見的教育，不管在箱裡或箱外都一樣。在裡面不見得會比較累或比較痛苦，也沒有什麼事情不能看、不能做。可是那讓我覺得可怕，感覺做了什麼不該做的事。

「我用炭齋製造的物質做的。我對它們很友善。」

載貨順著我的視線說。

「只要意識到自己和牆壁是一體，就可以出來，小孩子也做得到，炭齋都已經幾歲了，難道連這麼簡單的事也無法完成嗎？」

「我們不能把炭齋困在冥界。那樣時代會停滯不前，或許還會倒退幾十年。」

「那有什麼關係？」

載貨迷迷糊糊地問。不是挖苦，而是真心。

「那也是一種學習啊。您的意思是說，唯有下界繼續成長才有意義嗎？即使整個生態系統被毀滅也是學習。學習沒有優劣之分。」

他說的沒錯，聽起來卻令人反感，像在瘋言瘋語。若是晚一點聽到這些話，我不知道會有什麼反應，也許會勒住他脖子大發脾氣，說你在胡說八道個什麼東西？

「炭齋是我的孩子，換句話說，他原本是我，所以這裡是我的領域，是我的身體。現在我回來了，就由我來處理吧。」

「我也是老師的孩子啊，我的母體伏羲老師曾經也和您是一體的。我們都是彼此的父母和孩子。」載貨說。

「關係已經太遠了。」

「您真是太冷漠了。」

載貨啪啪啪拍著自己的大肚腩下方。

「即便如此，我們也曾經很親密，不是嗎？」

「……」

「您該不會還為了當時的事怨恨我吧？」

我在某一世住在孤兒院，載貨是當時的院長。院裡每個孩子都可以得到國家補助，於是載貨把我們當搖錢樹，從失蹤兒童保護所接回孩子後，就把家裡電話號碼之類的資料全都燒掉，還把聽到消息前來孤兒院找尋孩子的父母趕回去，將記得家裡住址的孩子打到不記得為止。我因為記得許多關於父母和家的記憶，所以每天被打。也曾經因為實在看不下去，於是替其他孩子被打。與我一同受苦的孩子都是我的孩子、我的弟子。

「您不是喜歡那樣的人生嗎？」

「……」

我想起來，載貨在那一世，每晚都毫不留情地把自己推到我的身體裡，一喝醉就衝進我體內蹂躪。

「要想從生活中學習，就必須有人負責擔任惡的一方，從某些方面來說，那也是犧牲，是為了別人而放棄自己的學習。」

「我知道是伏羲派你來的。」

「是嗎？」

「因為他自作主張想要教育我。你想說什麼？」

「把自己全收集起來後，就能得到學習嗎？從那麼多的生命中，您學到了什麼？」

「你到底想說什麼？」

「老師進行了讓自己和您的孩子一起墮落的教育。就像阿曼老師一樣。」

在載貨的背後，我看到了伏羲。在我眼前的個體是伏羲的一部分，這次也是伏羲分裂後送來我這裡的，而且出於他自以為是的崇高正義。

「貧窮、不幸、匱乏、虐待、不被愛的生活，這些都會讓人與人疏遠，讓靈魂墮落，無法意識到世界其實和自己是一樣的。」

「……」

「只照顧自己的一個身體會失去理智。」

——下界的人有擁有幸福的權利。

我想起阿曼的話。

——他們不是我們，他們是不同的存在。我們沒有權利隨心所欲安排他們的命運、支配他們的生活。

孩子的思想與我相反，可是我們還是一樣的？真的沒有差異嗎？怎麼可能？我試圖教導孩子下界是虛像，卻反而讓他們對下界的生活產生執著，加速我們的分離。怎麼會那樣呢？雖然我思考過，卻沒有答案。現在我連和自己相接的母體都無法溝通，如何還能理解別人的心？我連自己的心都不懂。

「和我共度的人生中，您學習到什麼？」

載貨問。

「您是不是這樣想的：『因為有我自己都不知道的強大意志支撐，我才得以度過這一生。這是我自己選擇的人生。在生活中學習真是太好了。』一派胡言！老師只是一個因為疼痛而大聲哭喊的孩子。」

沒錯，我承認。我不屑地笑了出來。雖然他知道我和孩子的相似之處，卻想像不到自己和我的相似之處。我們都是一樣的，墮落怎麼會只存在於一個角落？我墮落了，世界又怎能不墮落？

「你說犧牲……」

我走近載貨，把手放在那比我厚了十倍的手指上。如果是下界，這種程度的物理量差異，載貨只要稍微用點力氣，我就會粉碎。但在這裡，我的身體遠比眼睛看見的要龐大許多。

「當然是犧牲，而且是超出你想像更大的犧牲。」我說。

載貨感知到我的心。雖然感知到，卻並不相信，因為我的決定不是先知會做的決定。但是我懷抱著地獄，我無所不能。

「你帶給別人多少痛苦，就會失去多少共鳴能力。你忘記對方和自己一樣，就只憑著想教我點東西的寒酸欲望？你的身體還剩下多少？能控制的領域還有多少？」

手中傳來恐懼。雖然很小，但我只要握在手裡就知道。即使他將自己全都收集起來，也只能創造出這一個身體。可是僅僅為了一世的快樂付出的代價，卻是無比龐大。

我增加身體的密度，周圍因此變得混濁。我那些以氣體狀態飄浮的粒子相互碰撞，產生靜電、發出陣陣火花，遇熱後粒子膨脹，發出雷鳴般的聲音。我身後閃爍的光讓載貨陷入陰影中。

「老師。」

載貨用快窒息的聲音說：

「為什麼，為什麼這樣對我？我還沒學完……」

吞噬了載貨後，我癱坐在地。

不管我想不想，我的身體都自動伸展出去，看見什麼就將之吸入、吞噬。我把拿著電路板的孩子吞下去，把太空船外正在證物上貼標籤的孩子吸進去。我還吞下在電路板中間縫隙裡的苔蘚，牆壁上的藤蔓植物，然後翻開太空船下的土地。我挖土吃、吸吮樹根。在這過程中沒有說服、沒有對話，被我狼吞虎嚥吞進身體裡的東西全都驚慌失措，因為無法理解狀況而大聲喊叫。

我無法停止。所有東西都如此美味。

我必須把炭齋救出來。

我這麼想，同時也產生了疑問，為什麼要那麼做？他只是在接受教育而已，也就是說，雖然可能需要千年的時間才能出來，但這又有什麼大不了？只是一眨眼的時間而已……不，我搖搖頭。

我必須救他出來。

我滲入地面，像水一樣流淌，流到裝有炭齋的金屬箱子前，再塑造成形。因為沒有力氣走路，所以暫時將身體分散，到箱子前再重新組合。金屬箱子像是放在模具裡一體成形，沒有接縫，也沒有打釘的痕跡。我試圖把炭齋從箱子裡取出，但很快就意識到不可能，於是我把整個箱子都吸進來。箱子很頑固，一點都不好吃。我吞下載貨和孩子對身體一點影響也沒有，現在卻吐了。

炭齋抱著頭躺著。雖然時間不是很長，卻很難看出以前的模樣了。他被液化的身體溼漉漉，面色黝黑，頭髮花白。

「你還好嗎？」

「您怎麼現在才來？」

炭齋直打哆嗦，接著說：

「不過您應該很忙吧，有很多事情要做。」

我的身體晃動，暫時氣化了一下，然後打起精神，重新調整好狀態。

「老師應該想像不到這是什麼狀況吧。您轉世了這麼多次，每次回來就把一切刪除，彷彿在人世的一切什麼都不是，『下界不過就那樣嘛。』哈哈哈一笑置之……還說穿牆而出有什麼難？」

炭齋嘟囔了幾句下界的髒話，不知是誰教的，還侮辱了我的母親和祖先。

「這是什麼老師一點都不知道吧，因為您不懂痛苦……只是純粹享受而已。」

「好像是吧。」

我悲傷地回答。

「去找其他老師吧，你我並不適合。」

炭齋的嗚咽聲漸行漸遠，視野的位置起了變化，我的感覺轉移到圍繞小行星的大氣層外圍，我感受到小行星在我氣化的身體中央盤旋。我凝視著小行星上的太空船內我那小小的碎片，思考著目前為止我在那裡都做了什麼。突然間，我又回來了。

我再度成為那般，以小小的人類形象坐在炭齋面前。我有預感，知道這個人格不會維持太久，我連載貨和快樂派的孩子都吞噬了，接下來我會如何變質？以後的我會為了什麼目的行動？這些我全都無法預測。一想到我的人格會消失，我就傷心難過。我知道這是墮落的徵兆，但我身不由己。

「請殺了我吧。」

炭齋哀求道。

「沒有死亡。」

「那就讓我消失吧。」

「沒有那種方法。」

我有預感，這應該是我給炭齋的最後一堂課，也有預感他不會聽進去。我輕撫炭齋的肩膀，他像被什麼髒東西碰到似地把我的手甩開。

「我會幫助你轉世，去到下界，你會忘記一切。」我說。

「不行，我無法。不管怎樣，活著到最後還是免不了一死，死的時候就會記起一切。我受不了，我的靈魂已經完蛋了。什麼都沒有消失，記憶是永恆的，生命也是……」

「你會遺忘的，相信我。」

「不！」

炭齋向我伸出手。

「把我合併吧。」

我沒有說話。

「把我拿去，那樣我就不會死，也不需要再成為我。如果是老師您，擁有這個記憶也不會有影響。您可以忘記，也可以接受。我沒有辦法做到，但老師您可以做到啊。」

我沉默不語。這孩子相信一旦進入我體內，他自己就會消失不見。他相信自己會成為我身上的胳膊或腿，相信他的自我會消失……我想著想著，突然笑了出來。剛才我不也是為了自我存在的消亡而悲嘆嗎？那般，你已經不再是老師，現在不能對任何人說教了。

那還在猶豫什麼？

在大氣層的另一邊，我聽到自己的耳語。

你必須合併他，這樣才算完整。

——不，應該放過這孩子。

我的心分成兩半，左右為難。

若想回到完整的自我，就必須吞噬他。

——不行。

是因為他是墮落的孩子，你怕吃下去會被汙染嗎？之前已經吞了那麼多，沒什麼好擔心的，絕對可以充分消化。

——不行。

不，不是那樣的。

炭齋是我的孩子。在無數次轉世中，我是這孩子的母親、父親、朋友、老師，在某一世曾是他的兒子、是女兒。是寒冷冬天敲門的乞丐，是在路上衣衫襤褸祈求幫助的孩子。回到冥界後，我會指責他「不孝」，或「都是你讓我吃閉門羹」，並享受他愧疚的模樣。無論如何，我都無法將他消滅。

現在我整個人對自己感到困惑，我被搞糊塗了。

這不是理由。

我無法解釋，也不希望解釋。「他」無法理解，我也很快就會無法理解，只要一想到就會很難過。

我把手放在炭齋的手上，炭齋緊緊抓著我的手，好像我是他唯一的希望，並催促我趕緊把他吞下。甜香撲面而來，我的身體變得僵硬，強忍著不要在一瞬間吞噬掉炭齋。現在我的身體就像餓鬼。我忍住，這個誘惑不屬於我。這不是我。

「即便如此也不會結束。沒有什麼會消失，只是解釋不同而已。」

這是我最後給予炭齋的教誨，是連我自己都無法相信的說法。

「留下來吧。」

「為什麼？」

「因為你要接替我的位置。如果有必要，你可以繼承那般這個名字。」

炭齋這才似乎從自己身上掙脫出來。雖然陷入如此深切的痛苦，還是能了解我的狀態。到底是誰說這孩子墮落了？

「您哪裡不舒服嗎？」

「留下來，幫助那些迷途的孩子，那會成為你的意識形態……」

我話說到一半，人卻脫離了。

我再次成為大氣分子，在炭齋太空船所在的小行星外圍徘徊。我為什麼一直和體內的微小物質進行毫無意義的對話？這讓我摸不著頭緒。我應該趕快吞噬完離開……

炭齋抓住我的胳膊、拉我一把，我瞬間又回來了。我跌跌撞撞地倒下，炭齋趕緊扶住我的身體。

「您吃了什麼？」

「地獄。」

這不是比喻。

「我會像阿曼一樣消失。我一直都沒有說：我生病了。為了阻止我的墮落，我試圖回到原形，但一切都和我預測不同。現在我已無法預測我的未來。」

我說話時，周圍變得冷冰冰。世界正在墮落，但那又怎麼樣？牆可憐我，明若和觀火停下手中的工作凝視著我，整艘太空船都在嘲笑我。炭齋搖搖頭說：

「沒有什麼會消失。相信消失本身就是墮落。」

我心裡某處恍若遭受雷擊。

「這世上沒有罪，也沒有罪人，一切只有學習。沒有需要消失的個體。如果要說世界上有何錯誤，那就是打破均衡，無視質量守恆定律，無視世界的總量不變，試圖抹去世界的一部分。」

我呆呆地看著炭齋。我看得出他只是害怕我消失，所以沒有理解就脫口而出這些話。但是炭齋總有一種令人無法理解的獨到洞察力，就像嬰兒和小孩雖沒有智慧和知識，卻擁有洞察力一樣。

啊，我現在才懂。啊，已經太遲了。啊，墮落的人不會知道自己的墮落。

啊，我學到了。但是這個學到的東西會消失，我的整個自我將吞噬、抵銷一切學習，以消除密度上的不均衡。整體的我完全一無所知。分裂時是建築物、是藝術品，但如果均勻擴散，就只會變成一堆塵土，成為微不足道的東西。

「如果以這種心態合併，就會墮落。算了，您還是回到原來的樣子吧。」

我不得不承認這孩子比我聰明。不對，現在不管再小的孩子也會比我聰明，即便是誕生在地球上沒有任何知識的微生物，也會比我聰明。

我將炭齋一把拉過來抱在懷裡。

我抱著炭齋，一邊巧妙地操縱我的氣化分子、圍繞在太空船周圍，把黏附在船壁上乾枯的藤蔓植物拔除、燒燬，重新連接電線，組裝損壞的零件。如有永久受損的部分，我就將身體的一部分拿出來重新製作，焊接並組裝。隨著粒子的結合與分裂，太空船內閃耀著金色的光芒。

我感覺到炭齋的身體僵住。只要想到這是最後一次看到這傢伙因我的幼稚惡作劇被嚇到，我就忍俊不住笑出來。

「離開這裡吧……」

我說，將太空船恢復原狀，而且還閃閃著發光。

「逃離先知，逃離我。你可以找到我們想像不到的方法。離開我，去傳揚你自己的教誨吧。」

「……老師？」

突然之間，我產生疑問：我為何一直和體內的微小生物說話呢？這個微不足道的東西根本不需要費心。他所在的戰艦級太空船，以及這艘太空船所在的小行星，都與塵土沒兩樣。

「……老師？」

哀嚎聲從遠處傳來。我本來想直接吞掉，但出現了消化不良的微妙抵抗，所以決定放棄。

然後我思考起「我」是誰。

我想起曾是我身體的一部分，一位名叫那般的先知。

我想到，那般與阿曼合併的決定，就是為了要回到兩者分離之前的自我，而離開那般之後我才看清，其實他多麼執著於自我，執著於回到原來的阿耳斯它。

真是沒用的想法。

我用嘲笑的姿態凝視作為整體的全世界。

世界是相互交織的海綿體構造生物，時時刻刻都在變化。如果拉一根線，整體都會往那個方向移動，錯綜複雜的相互作用，無法預測何時會發現什麼、突顯什麼。因為整體是有生命的，所以無論把視線放在哪裡，很快就會變異成不一樣的東西。

我把目光投向下界，看到了中間的藍色地球。以四次元的角度來看，地球表面有如棉絨般色彩繽紛的毛線球，一下鬆開，一下又合起來。當你努力想看清楚，它就會改變形態；當你試圖抓住，它就會溜走。它們全都連在一起，同時與冥界也都有連結。其中密度大、振動大的個體一個一個都執意自稱為「人格」，但是從整體來看，界限並不明確。

我回顧那般的人格，嘲笑著他。他對下界不知有多麼執著，竟想透過在下界的苦行和修煉讓自己相信那是虛幻的世界。但矛盾的是，對下界的執著只會越來越嚴重，難怪阿曼和炭齋會出現。

不管分離或合併都是假象，只是使密度多樣化或均勻化的差別而已。我們現在是相連的，在生命中得到的一切痛苦、歡笑、憤怒、悲傷、快樂，在均勻化之後就什麼都不是了。

但是我過去的一部分把合併看成使命，甚至賭上自己的人格。雖然並不特別，我卻想幫助他完成，就當作是哀悼一個人格的消滅，這樣似乎也不錯。

我在下界尋找可能被認為是「阿曼」的人格。雖然在界限不明確的狀況下不可能完整，但我還是大致劃分出可以用來恢復成「阿耳斯它」原形的範圍。

然後，我對那個整體說話。

「阿曼。」

在草葉上停留又飛起的蜻蜓，庸庸碌碌努力做蜂窩的蜜蜂，剛剛才從蟻窩裡扛出一塊土的螞蟻，甫入睡的孩子，餵孩子喝奶的母親，一邊喝酒一邊與朋友抱怨人生的男人，地鐵站裡蜷縮在紙箱中的遊民……全都是同一個人。我的呼喚讓他們的心為之振盪。大多數不以為然，但感覺比較敏銳的人就會發現好像有什麼拂過胸口、清醒過來，停下正在做的事，環顧周圍或看著天空。

「阿曼。」

我又再次呼喚，更多個體的想法停止了。有的因突然襲來的睏意而睡著，也有人因莫名的心痛而放下工作，放空休息。

「好久不見。」

全體一概做出回應。雖然我不知道他們是在對誰說話。

4

「你那是什麼鬼樣子？」

阿曼笑著說。他發出沒有聲音的笑。阿曼的所有人格都各自感受到奇妙的心靈喜悅，無緣無故心情大好。有的突然宣布今天要請客，跟著就哼起歌來，和旁邊的朋友搭著肩膀，說一起喝一杯，完全不知道接下來會發生什麼事。

「看起來像雜燴湯似的。」阿曼說。

我很震驚。一個「作為整體」的自我竟會如此庸俗。

「很高興見到你們，地獄，還有地獄裡的無數亡者。很高興見到你，那般，以及那般的眾多弟子，連不合適的東西也混在一起了……怎麼沒看到炭齋？因為是老么所以沒帶在身邊嗎？」

啊哈！是怕別人不知道誰是分離的先知嗎？他沒把我看成整體，而是把我內在的一切分開來。

「過來吧，阿曼。」我說。

「你的分裂太誇張，世界的分裂也太誇張了。回到我們原本的樣子吧。」

悲傷感傳來，好像我說了什麼惡毒無情的話。我應該體諒他。這個個體相信世界上有死亡，將變化解讀為消失。

「雖然現在很悲傷，但回來之後你會理解，這是很自然的事，沒什麼大不了的。」

我感到阿曼在退縮。

「沒有什麼理由好拒絕，你也沒辦法拒絕。」

「我不是為了自己才這樣的，我只是覺得那般很可憐。」

他這話是什麼意思？但是我沒理由繼續深思，因為我沒必要在意墮落者的每一個歪曲觀點。

我增加了密度，壓縮身體，配合阿曼製作了一個複雜的重力場，以幾何學將阿曼引進來。乍看就像兩個銀河系相互碰撞、合而為一；也像兩顆星星貼得太近，無法承受彼此的重力，在熾熱的波濤洶湧中融合。

物質來回移動，起初只有在大氣中漂泊的分子，接著出現了更大的東西。整個下界各個地方，大小災難層出不窮。生物突然暴斃、魚被沖上岸而死、飛到一半突然墜落的鳥，諸如此類越來越多。在我看來都只是一瞬間，在下界卻是數十年。

阿曼為所有的死亡感到悲傷。他們都是個別的生命，有各自的人格，他認為我沒有權力任意左右他們的人生。

「死亡是假象，你不需要悲傷。」

「即使如此，我還是感到悲傷。」

我突然覺得他把我當成了人類，用一種哀傷憐憫的眼神看著我。

「那般的死。」

那般的死。

好怪的一句話。

沒有死亡。當然阿曼和那般的人格是不會再出現……但那不是死亡。這兩人的記憶會留在我體內，像世界一樣永恆存在。那般不會死……就算死了，又有什麼可悲傷？

但是，在如此漫長的歲月裡，阿曼一直拒絕合併，持續處於分裂狀態。他不是個可以掉以輕心的對手，在完全吸收阿曼的人格——也就是完全達到均衡狀態之前，一定得好好注意。若是在這中間有任何停止合併的想法，那都是屬於阿曼自己的，我不能受到迷惑，必須戰勝他。

我繼續把他拉過來。

思緒和生命紛至沓來，記憶湧上心頭，無數生命滲入我的身體。我像吸收著營養的生物一樣，心滿意足地喝下它們。

這些都是寶貴的數據和資產。如果是身形矮小的個體，會對大量湧入的信息感到混亂，但我不會。每得到一個粒子，我就會變得更宏大。我是阿耳斯它，最初的自我之一——啊啊，思念的故鄉、完美的整體、真理的彙總，為了自我的學習和成長而犧牲，連自己的人格都可以分裂的偉大靈魂。

得到阿曼之後——

我想著。

其他部分也要接收過來，重新成為整體、進行檢查，然後再分散。有必要將之前所學的東西整合起來。

然後我思考：為什麼之前我從未有過這種想法。

阿曼總是在窗邊看著我。

陽光從小窗投射進來。

阿曼躺在窗下看著我，咯咯作響的銅水壺裡，水咕嚕咕嚕煮滾了。阿曼生病衰老，幾乎什麼都吃不下。所以我每天煮茶，沿著路邊尋找花草，加入水芹、紫菀、蒲公英、洋甘菊等等熬煮，再把水倒入晒乾的蒲公英粉裡。

阿曼在世界各地活過，經過反覆的分裂，選擇以最小、最弱的微生物型態生活。成為水草，在停滯的河面上漂浮；成為蒼蠅，在電線桿下面的垃圾袋上亂飛；成為流浪貓，在積雪的汽車底下抱著剛生下的奶貓蜷縮著身體。他在下水道裡努力從媽媽產下的卵中擠出翅膀；從沒有能力撫養孩子的小媽媽肚子裡出生，淪落街頭或收容所等亂七八糟的環境中。他是沒有奶喝的嬰兒，或是抱著沒奶喝的嬰兒在街頭乞討的孩子。

沒有一個能活得長久。

沒有一個能活得隨心所欲。

接著阿曼清醒了。

然後我也清醒了。

那般，不，我好像受到什麼東西迷惑，慌慌張張地環顧四周。剛才我……不，那不是我，那根本無法稱之為自己。我想起了我所屬的整體，那個「他」的想法。

天啊，我怎麼會有那樣的想法？我竟然要把「我以外」的宇宙所有生命都結束？這是什麼惡魔般的可怕妄想？居然敢消滅「不屬於我的生命」。他們當中沒有一個想死啊，而我有什麼權利？又要憑什麼樣的資格？

悲傷湧上心頭，好想哭。我哭了。

「〇〇」

不知是誰，用一個陌生的名字叫我，一面穿過人群跑過來將我抱住。我糊里糊塗也擁抱了對方。他擁抱我、親吻我的嘴、撫摸我的頭。

阿曼。

我過了一會兒才意識到這樣稱呼對方不禮貌，他只是阿曼的一部分，是我在某一世中下定決心，為了教育阿曼生命無意義而編織出來的。我們是彼此的全部，是彼此的喜悅和祝福，這就是生命的意義，生與死並存。在生命的最後一刻，我想起了自己每天為無法嚥下食物的他煮茶，就連最後的分別也很幸福。因為我們相信死亡不會把我們分開。

但是他和我分別後，掉進了地獄，以為我或許是去了天堂，所以再也見不了面，每天都在反覆思考自己活著的時候犯了什麼罪。是忤逆父母？還是不誠實騙了別人？又或是在不知不覺中傷害了誰？

我意識到自己不能叫他阿曼，也不能叫他阿曼的碎片。他是個完整的個體，他本身就很完整，除了本人以外，不是任何人，也不屬於任何人。

「〇〇」

我叫了他的名字，並擁抱了他，互相撫摸了好一會兒，才回過神來看了看四周。

我被無數人包圍著，所有人都原原本本展現了前世的面貌。嬰兒、孩子、老人、野獸和其他物品密密麻麻，全聚在一起，感覺來到了跨世代太空船級別的諾亞方舟。除了被人類化的小個體之外，我剩下的身體以塵埃雲的形態環繞著他們。難道是我和阿曼的因子各自發揮的結果嗎？為了成為液體，混合了兩種物質，卻像沙粒一樣從裡面分離了出來。

這時我才明白我輸了，但是並沒有輸掉的真實感。我變了，我過去相信的價值已成為過去，無論對錯，都變成了不可信的東西。

我把塵埃雲形塑成太空船的形狀，以便讓大家有一點安全感。因為不久前復原了炭齋的太空船，所以做起來並不陌生。

這時我才意識到，我是殺害他們的人。他們有一半是在遠古時期以人類、野獸、毒蟲、昆蟲、災害的形態落入下界，被我直接殺害，並帶回冥界，以教育的名義旁觀他們在地獄受苦；而另外一半是剛才被我屠殺，只是因為我想回到原型的荒唐妄想而被奪走生命。

天啊！

我咬牙切齒。

這麼嚴重的罪惡、這麼無情的災難，我就是個活生生的惡夢和怪物。怎麼可以毫無愧疚地奪走這麼多的生命？什麼教育？什麼校正回歸？那都是胡說八道。世上哪有這樣的惡行？哪有這樣的罪人？他們是如此寶貴的生命，如此寶貴的人生。

我揪著頭髮啜泣。每次一哭，都能感覺到軟呼呼的身體越來越結實。這一切到底該怎麼辦才好？你們有資格報復我，你們怎麼做都可以，不管什麼要求，都沒問題，我會全部接受。因為是個別分裂，所以復仇的方式可能不只一個。無所謂，都是我該承擔的。

——你沒有錯，那般。

人群上方傳來聲音。我抬起頭。

——你只是不均衡罷了。

心靈共鳴。

雖然多少有些雜音，但大家的心都是一點一點連接起來的。啊啊，這應該是我的影響吧，也許，我現在的狀態正是阿曼因子體現的結果。

我設法弄清我現在的狀態是否有誤，或有無問題，但是我越來越混亂。就現在的心情而言，我想相信剛才的我是精神錯亂。而今恢復清醒，但也有可能並非如此。這一切完全沒有真實感。

「你說的沒錯。」

我結結巴巴，薄薄的皮膚覆蓋了我的身體，出現毛孔和毛囊。我眼裡流著淚，額頭上還冒著汗。

「世界失去了平衡，就在我想消滅你的時候。」

是啊，也許沒有錯，應該沒有什麼錯，沒有他人的世界怎麼會有罪呢？沒有他人的世界別說罪了，根本是一無所有。沒有價值、沒有善行、沒有犧牲、沒有品德、沒有愛，只有一件事——我確實做錯了，即使稱為「罪」也不為過。

「世界已然墮落，就在我定義你墮落的那一刻。」

5

與我共度一生的人擁抱我、安慰我。走開。我不配得到安慰，因為我帶給你們痛苦，我應該承擔相應的罪責，。

「分裂從我開始。因為你和我分離，你扮演了追求分裂的屬性，為了均衡，剩下的人則擔任追求合併的屬性。說穿了這只是互相填補彼此的空缺。世界的墮落不是因你而起，是從我定義你墮落、並試圖把你排除於我們全體之外時開始。是我讓世界墮落，而我也因此墮落。」

聚在一起的人們開始竊竊私語，有人理解了我的意思，也有人議論紛紛——「陰間那個地方比想像起來更怪異。」「這是不是一種測試？」「如果通過，會不會在陰間送你一棟房子呢？」但是阿曼的「整體」理解，也同意了。

「你很虛弱，我比較強大，我卻沒有認出你。我把你困在冥界，世界就變得不平衡了。現在下界沒有守護生命的人，只剩下爭先恐後破壞他人和自己人生的人。這都是我的錯。」

如果無法想到其他人的存在，又怎麼會感到憐憫？要如何去愛？如何擁有感受？

若不分離，怎麼能進行溝通？一旦知道了永恆與不朽的真相，又怎麼會珍惜生命呢？作為一個整體，我是全能的，但同時也是毫無價值的；我完美無缺，所以什麼都不是。沒有他人的我們就沒有生命。冥界是假象，只有下界的人生才真實。

——你沒有錯，那般。

阿曼悄聲說道。

——有時候我並不這麼想，說不定以後都不會這麼想了。但無論用什麼樣的人格，每一次，都要確定自己的立場。

——就像現在你不了解過去的自己，在未來的某個時候，你也不會了解現在的自己。

我嚥下了眼淚，看著大家。

「我可以把所有人都送回去。」

我一個一個看著與我結緣的臉孔，克制自己別再回顧我的罪行，無數次壓抑想死的念頭。我不能死，但在生理上是不可能的。

不過，幸好我是不朽的，我永遠都有機會扭轉一切。

我改變我所有的粒子，想著炭齋的傳送器和化學公式、電線，我大約製造了數億個。將氣體粒子固化、液化、再製成化學物質，注入到所有人的體內。

在短期內進行的變形是宇宙誕生以來最複雜、最龐大的變形。我幾乎消耗掉所有的身體，只留下了一個小小的人形。

然後我們——一艘雲船——在宇宙中心爆炸。

阿曼的一切解體為上百、成千、數萬、幾億個碎片，粒子化的生命碎片墜入下界，光的粒子像流星雨一樣傾瀉，各自滲透到合適的肉體中。找不到合適肉體的則以分子形態包圍行星，隨後成為孕育生命的雨，傾瀉而下。

第三個我

1

我跌倒在泥濘中。

摔倒時，我本能伸手保護頭部，導致樹枝扎進手裡。我的身體無法穿入地面，或把石頭清理掉，好著陸在平坦的地面。我只要碰到東西就彈回來，被擋住就停下。我不停地催吐，卻忘了自己沒有內臟器官；我找到新鮮的空氣，卻不記得我根本不需要呼吸。

我睜開眼睛看著周圍，這是一顆只留下太空船起飛痕跡的小行星，天上飄浮著漆黑的人世。我思考著為什麼會墜落在這裡，想起我在太空船和星球上創造的重力條件。那是為了讓迷途的孩子來到這裡。

這是一個熟悉的地方，可是一切也都不一樣。天空混濁、花無生氣。在黑暗中什麼都看不見，連背後也顧不著。狂風自顧自的吹拂。停止又颳起。樹葉兀自掉落，花自行搖曳。

還有，這兒很安靜。

沒有過去常聽到的聲音，像發出雜音的收音機那樣低語不斷的東西消失。聲音不是來自大腦障礙或耳鳴，而是其他沒有完全分離的心和想法，持續流入我體內。

我被分離了。

我找不到與世間的聯繫點。雖然仍有繩子，但是看不見、摸不著、感覺不到。現在身體不能變形，更無法變為靈體；去不了下界，也無法轉世。

我起身，茫然若失地站了半天，才接受如果不邁開腳步就無法移動的事實。但我剛踏出第一步就摔倒，因為無法抵抗重力。

這整個空間都是我的問題。最初，我還是一團黏稠的液體，像水一樣晃動，覺得倘若將堅硬和柔軟分開一定很有趣。我還曾經想過，與其一個人，不如分裂成不同人格，和自己對話，這樣就不會覺得無聊。

無法相信，什麼都無法相信，就算努力也徒勞無功。

我得去找炭齋。

我自嘲地想。如果是那傢伙，說不定會在太空船的某處騰出一個空房間，也許還會為我準備一張柔軟的床、電鍋、微波爐之類的東西。但是我沒辦法去找他，因為我不知道他在哪裡。我不可能游過去，無法擺脫這個空間的重力。直到現在我才明白那傢伙是多麼偉大的先知，竟然製造出這種太空船。

「你輸了，那般。」

頭頂傳來聲音，我抬起頭，眼前見到了兜率天。

令人驚奇的是，如果我不與兜率天四目相接，就無法看到他。我看不到他的本體和連接的繩子，也看不到徘徊在他周圍的分子，只會看到他手持鐮刀、身著黑衣，儼然一名超脫於世界之外的死神。我切身感受到我的視聽能力退化了不少。

他似乎來了有一段時間，只是到現在才開口。看來，之前他嘗試過其他型式的對話，只是我聽不見。

「我沒有輸，只是意識到我做錯了。」

「做錯了是嗎……」

兜率天伸出手，把我身上披的草編衣服吸了過去。那件衣服和我不同，沒有墮落，很容易就被兜率天吸去。我一時驚慌失措，身體縮成一團。

但很快的，我就明白我沒有理由這樣做，因為我沒什麼可隱藏。那件衣服就是我的身體。我調整好精神，試圖起身坐下，但我無法做到。我嘗試透過分裂身體來製作另一件衣服，也沒有辦法。老實說，這種嘗試根本就是毫無意義。

我的身體在顫抖，但在這裡身體不可能顫抖。如果在下界，緊張時血管會收縮，為了不讓血管收縮導致體溫下降，身體會搖晃抖動、以產生熱能。抖動是兩個程序發生衝突而產生的錯誤，永垂不朽的生物不會發抖。對於我的緊張，兜率天全看在眼裡。

「把衣服還給我。」我說。

「不會吧。」

兜率天用無法置信的眼神俯瞰著我。

「難不成你覺得羞恥嗎？」

「那是我的衣服，拿來！是我家人的遺物，還給我！」

占有慾，在下界，這是為建立關係賦予意義、將分裂的自我視為他人、感受不必要的情緒。我的一言一行在在暴露出我的墮落，不過事到如今，多暴露一些又有什麼差別呢？

「你真可憐，那般。」

我倒抽了一口氣，可怕的痛苦像雷電般襲擊我的身體，體內的細胞好像都被炸開了。我被火燒、被炸、被冰凍、被鐵條刺傷、皮膚被撕裂、被刀刃割傷。兜率天將自己的粒子放入我的毛孔內，動搖我的感覺。

我依稀記得自己曾說「沒有錯」，然而現在，我連自己說過的話都無法理解。什麼叫沒有錯？兜率天這樣對我也沒有錯嗎？

「你真可憐，那般。」

兜率天的話語在我腦中打轉。雖然看起來像是真心憐憫，聽在耳裡卻感覺很殘酷。

兜率天抬起頭看著人世。他雪一樣白的身軀，與夜晚一樣黑的人世在天空中形成鮮明對比。相形之下，我顯得微不足道。這兩者之巨大，超乎我的想像。

心裡某個角落浮現「沒有痛苦」的想法。如果沒有痛苦，如果我並未感覺到痛苦，兜率天就無法傷害我。兜率天不是要傷害我，他只是想確認我的墮落。如果我沒有墮落，兜率天就不會那樣對待我。但這些都說服不了我。我的感受太過清晰，怎麼能說都「沒有」發生呢？

「如今，阿曼所有的個體無需再經過老師和冥界，可以隨心所欲地輪迴。那些個體不會融合，只能各自分開、過獨立生活。那般，自從世界誕生以來，曾經有過像你一樣墮落的個體嗎？」

我不自覺跪在兜率天面前，擺出磕頭的姿勢。在下界，這是為了防止熱損失，保護身體免受寒冷，並保護頭部、內臟和身體要害而本能採取的姿勢。問題是，現在我沒有必要這麼做。可是儘管腦子理解，身體卻並未同步。我頭頂有一道冰冷的視線射來，羞恥心和痛苦同樣強烈，而意識到這個事實，又再次讓我痛苦起來。

「吞噬我。」

我說。

「我墮落了。那並不是錯，但站在你的立場上，你必須處理。所以吞噬我、淨化我吧。」

兜率天向我伸出手——並非用一般的方式。某種好似被油浸淫、滑溜溜的蛋白質塊狀物從他身體冒出，撫遍我的全身。他一邊探索我的身體，一邊思考該如何吞噬。其實我也很好奇，對徹底墮落的身體採取說服和對話的方式是沒有用的。這麼一來，要如何才能分解呢？噴出酸性液體溶解嗎？還是用刀剁碎？倘若沒有痛苦，也就沒什麼可怕的。

「兜率天通告冥界全體。」

兜率天的聲音在我腦中震盪。在冥界所有個體的腦海中也同時響起他的聲音。

「下界墮落了。成為墮落的先知——那般與阿曼的巢穴，無可救藥的魔窟。現在，我將隔離整個下界，包括我眼前的個體在內。」

我無法相信我的耳朵（如今我只能用耳朵聽）。

「從這一刻開始，冥界的任何人都禁止前往下界。除了下界的墮落者外，我們其餘都將回到最初完整無缺的存在，從那裡探索新的學習方式。我們將消除汙染、成為全新淨化的整體。學習結束了，這樣的結果也算很有價值。」

我迷迷糊糊地站起來，大喊大叫著撲向兜率天。這種行為毫無理智又沒有邏輯，是明顯墮落的證據。

兜率天不帶惡意，對我進行懲戒。對不知痛苦的人又能有什麼惡意？不知痛苦的人也不會知道什麼時候該停止。我不斷痙攣又嘔吐。

「你真可憐，那般。」

兜率天的聲音在我轉動的腦子裡無情地響了起來。

「兜率天……你墮落了。」

我在泥地上又抓又扒，好不容易才開口。兜率天的金黃色眼睛一下一下抽動。

「自從我們誕生，曾有過像你一樣墮落的個體嗎？連下界這個巨大的整體都否定。阿曼和我全都是你，兜率天。那個下界全都是你，你口中墮落的一切，都是你。」

我用力擠出聲音，繼續說：

「當你否認了你的一部分，你就墮落了。你墮落了，而你並未意識到自己的墮落。」

兜率天似乎正在思考這個問題。但是他和我一樣，墮落的人心裡有著界限，無法意識到界限之外。即使覺得我可能有錯，但這個想法無法觸及他心中。

「那般，對於這個問題，在得到其他先知的教誨後，我會給出不同的答案。」

「如果你有勇氣，就先從我開始吞噬吧。我會把我整個人生中學到的知識都傳給你。」

「我會的。不過要等你的病治癒之後。」

「我沒有生病……」

我的身體有種被連根拔起的感覺，就像有人用耙子扒出內臟。這副身體已經變成堅硬固體，兜率天卻還是翻遍了每個角落，進行液化及氣化後拔走分子。即使精神恍惚，我也能感覺到兜率天只提取了內置炭齋化學公式的粒子。如果在下界，恐怕得打開大腦，但在這裡，記憶分布全身。值得慶幸的是，不會發生像下界一樣渾身是血或內臟破裂的狀況，只有身體變瘦了。

我想把這痛苦當成假象，但是並不順利。我真寧願他殺了我。天哪，我竟然想要求他殺了我，我到底墮落到什麼地步了？

「無法說服的合併技法還算堪用，我就留著吧。反正你是我、我是你，誰拿走都沒關係，不是嗎？」

恨之入骨！我怒視著他。他的話合情合理，但不公平，充滿詛咒。而今，所有的震盪與不合理都在我的身上。

我的四周砌起一堵牆，一塊塊磚頭排好，塗上水泥，再疊上磚頭。曾經，我可以輕輕鬆鬆理解其原理，現在看來那卻像是驚人的奇蹟。當牆砌到幾乎遮住兜率天的臉，他說：

「當你意識到這堵牆和你一樣，你就可以出來了。祝你早日痊癒，那般。」

到。

「閉嘴……」

我咬牙切齒，兜率天則點點頭，好像什麼都明白似的。

牆繼續往上，遮住了兜率天。接著屋頂搭建好、夜幕降臨，什麼也看不見、聽不到。

我被孤立了。獨自一人，徹底地遭到分離。

到底有多少孩子以教育的名義被我關進這樣的空間？當時我還很困惑他們為什麼那麼痛苦，這樣的我真是愚蠢。而今，我要為此付出代價。我也必須付出代價。

我沒有要出去的想法，不管是牆還是什麼，我都無心與之合併。我不想分解這個身體，也不想與任何人融合在一起。

我記得，如果下界的生物遭受超出極限的痛苦，就會發瘋或暈倒。這是為了讓被肉體束縛的人免於受到不必要的痛苦設定的機制。如果我墮落了，說不定會發瘋，那麼就不會那麼痛苦了。我許下願望，然而不抱期待。

一躺下，光和聲音就消失，冷與熱亦同，所有感覺都被切斷，幻覺開啟，這是因為尋找刺激的因子會強制打開其他感知。我可以看到兜率天降臨在伏羲的宮殿，帶著鳥一般耀眼的翅膀，穿著雪白的衣服，背上伸出串串銀線，分裂成數十個個體，落在庭院裡。孩子們安靜無聲，伏羲毫不掩示心裡的不悅。

「時機到了。」兜率天說道。

「時機是大家一起決定的。」伏羲回答。

「隨時都可以是時機。抵抗是墮落的徵兆。你墮落了，伏羲。」

伏羲身體僵硬，孩子感應到老師的心，身體也變得像石頭一樣堅硬，用厚厚的鐵甲衣包覆住。他們編隊，製造出難以消化的刀刃和金屬。較小的孩子在前輩的幫助下往後退，分解、飛走。每一個兜率天的胸口都開了個大洞，周圍一切全被吸進洞裡。兜率天盡情地將洞口開得更大，伴隨著鬼哭神號的喊聲，向那些孩子飛去。

2

炭齋來時，我幾乎已經清醒。

我似乎沒有足夠的時間發瘋，或者說，我還有一些沒有墮落的部分，但我無法控制身體。無力的不是身體，是精神。無感的痛苦奪走了我的判斷力和執行力。

炭齋穿著配備機械關節的亮綠色裝甲衣到來，手裡拿著和他身體一樣大的雷射槍。他似乎是用那東西突破了牆壁。如果在以前，我看到肯定會笑噴，現在卻只是嘖嘖稱奇。他是如何製造出那種東西的？

「兜率天呢……」

炭齋攙扶我起身，聽到我的提問，他搖了搖頭。

「不存在了，他成為了別的東西。」

「那伏羲和其他先知……？他們正面對決了嗎？誰贏了？」

「所謂合併不是這樣的。合併之後，只會變成新的東西。這您不是知道嗎？」

炭齋平靜地說，面容看起來恍若身經百戰。

「老師們融入兜率天，試圖中和，最後仍變成其他東西。」

我一個踉蹌摔倒，捂著臉站不起來。

「不行！不可以……」

「什麼不可以？」

「那些都是他人啊，未經允許就搶奪他人生命是不可以的……是錯誤的，那樣做是錯的……」

炭齋沉默，然後說道，

「那並沒有錯，只是老師不願意看到的事情發生了。雖然以前您曾是那樣希望。」

如今，比起學生，他更適合擔任我的老師。炭齋接著說：

「那也不是我所樂見的。」

空間扭曲，牆壁像餅乾一樣粉碎；天花板坍塌，牆壁像溼泥一樣凹陷。塵土飛揚，然後又液化成雨。

「這是總有一天會發生的事。」

如果和他們合併，我也會這麼說，*這是注定會發生的事*。沒有悲傷沒有悔恨，就像以前的我一樣。但是我墮落了，因此只剩悲傷。

他正向我們走來，我能感覺到。他來吞噬冥界中留下的最後一位先知，也就是我。兜率天不願吞噬我，可是，現在眼前的人已不再是兜率天。

另一堵牆倒塌了，塵土飛揚。地板一傾斜，我就無力抵抗、因此滾落。炭齋的機械鞋上的噴射火箭啟動，飛了過來，用自己的身體堵住開了洞的牆壁，接住了我。金屬製的裝甲衣手臂粗大又結實。

「一定要守住下界。」

炭齋看著外面說道。那句話使我的頭腦頓時清明。

「冥界不會有事的，他們知道這是什麼，知道這沒什麼大不了。但是下界不明白，他們無法接受這樣的結局，會把這當作是一場慘劇。有什麼辦法嗎？」

雖然一點邏輯都沒有，神奇的是，我卻可以理解。以前的我恐怕無法，只會覺得是個不懂事的孩子在胡言亂語。現在怎麼會這樣呢？

小行星凹陷、破碎，像寶石一樣四散，倒塌的牆壁散發光芒。發光意味著世界正在縮小。沒有光源體的光線從四面八方射入，縮小的世界中心連光都吸收了。那是黑色的光，所有中陰融入，像線一樣被吸了進去。整個世界想要回到原來的樣子。雖然沒有真實感，但這全都是我。我雖然墮落，但還保留著最初的記憶，可以推測出「自我」的屬性和傾向。

「去下界吧。」

我說。

「你也是先知。那個東西在吃完所有先知之前，不會去下界。下界和冥界一樣大，在調好比例之前不會受到攻擊。因此，在你逃跑期間，下界可以維持安全。我相信你可以找到我們沒有人能想像到的移動方法。」

「那麼老師呢？」

我瞥了一眼外面。

「他吞噬我之後，也會產生變化。如果我墮落得夠深……但說不定，我想把你留在世上的意志，可以滲入他的內在。現在，我只能相信自己的墮落。」

雖然我這麼說，但事實上，我自己也半信半疑。卑微生物的墮落真的有那麼強大，足以讓整個世界墮落嗎？我的墮落真有那麼厲害嗎？

可是我是那般，是第一個規劃逆轉「熵[9]」以啟動總量失衡的人。我是最早進行分裂的先知，我分裂出宣揚教誨的先知。我擁有從太初開始的知識，以及無數人生的記憶。一切墮落都來自於我，終極墮落都在我身上。我絕對不算渺小。

「再怎麼墮落，我仍是先知，合併之後會成為別的事物。就讓我們先這樣期待吧。」

「我知道了。」

---

9 原文：Entropy，簡單說是指混亂的程度。是一種測量在動力學方面不能做「功」的能量總數，也就是當總體的熵增加，其做功能力也下降，熵的量度正是能量退化的指標。

我一時沒有理解炭齋知道了什麼，直到他把我推到一旁，從破洞的牆壁往外看。

「所以反過來也會一樣吧。」炭齋說。

我這時才恍然大悟，連忙抓住炭齋。但他用裝甲衣的機械手輕柔卻強壯地把我的手剝開。我無法穿透，也不能伸展、變形。我的手指頭一根一根地被扳起來。

「我不能去。我已經盡力了，燃料用完，太空船也被那個傢伙吃了。您似乎以為科學萬能，但是我無法像老師一樣，什麼都能在轉眼之間變出來。」

我啞口無言。炭齋壓住我的肩膀。

「但是老師您不一樣啊。您去下界吧，去和阿曼老師一起想辦法保護那裡。」

不行，我心想，我現在什麼都不是，什麼都做不到。一想到要我分解身體、滲入下界的肉身中，就感到無限荒謬。要我那樣做我會死的。但我知道，我現在這樣想更是荒唐。

「我沒關係，雖然現在很遺憾，但是合併後就不會覺得遺憾。迷惘會消失，我會很幸福的，是吧？」

我無法回答。在某一世中，我是個小教會的神父，握著因病痛折磨即將離世的小炭齋的手說過類似的話。當時我一無所知，現在才曉得，可是心情卻更加慘淡。

炭齋沒有動搖和恐懼地站在洞口前。沒有遺憾，也不帶任何悲壯，就像個小小的神一樣自信而磊落。

「我走了。」

然後，炭齋跳了進去。

我走不動。

我的身體沉重，像石頭一樣。不能飛，也不能用粒子改變身體。土堆和石頭從頭頂傾瀉下來，我無法製造可抵擋石頭的堅硬外殼，也不能變成可忍受疼痛的龐大野獸。我毫無遮避，直接被掉下來的東西擊打，推倒、翻滾。重力傾斜，地面向上凸起，把我往上拋。我像物品一樣仰面摔倒。碎餅乾一樣的牆壁變成地板，又像蒲公英的種子一樣往下飄。

下去。

不行。

那裡只是產生了重力。

「我」，或說原來的我，正在吞噬自己的碎片。
縮小的世界極為燦爛，讓人睜不開眼睛。無論往哪個方向看，光都朝我投射過來。收縮中心的光是黑色，我的身體找不到可以支撐的地方，只能墜落。
如果是以前，我想怎麼做都行。可是如今無可奈何。我無法製造重力，也沒有能力製造像炭齋那樣的噴射推進器，我只能一直墜落。
墜落過程中，強烈的人格像瀑布一樣衝擊心頭，無數的自我與我擦身而過。一條透明的蛇把我纏了一圈，又再鬆開。一個無法確定物種的怪獸露出尖牙，撲向了我，無數人的吶喊貫穿我心。對話、說服和爭論層出不窮，但是什麼也沒有影響到我，所有一切都穿過我。
對方停止動作，讓我飄浮著，然後撤退。我看著對方，搞不清楚自己是躺著、站著，還是自由落體。
在縮小的冷凝天體周圍，還未融入的事物像線一樣彈起，又被拉回去，其餘四處伸展的線把殘餘的個體和粒子吸走。對方看起來像是連續爆炸的黑太陽，又像巨大的癌細胞群，好比在下界某處，某位癌症患者體內不斷增生的癌細胞，是不朽的生命體，是絕對的自我。

他並不著急，也沒有理由著急。他已經超越知性體的存在。我們經歷過宇宙的所有歷史、累積的知識碎片融合在一塊兒，正在創造新的意義，時時刻刻都會掀起新的知識風暴。

是「我」。

是為了擺脫孤獨和無感永恆而分裂之前的我，正如當時的我，現在這個我也極其明智、極度無情。

是墮落。

會帶來痛苦。

即便只有痛苦，也很容易屈服於墮落。

想法擴散，痛苦早已滿溢。肉身再怎麼痛，又怎比得上那些再也無法與我結緣的人？比得上替我赴死的生命的痛嗎？

「那般。」

「我」叫住了我。

「進來，一個週期結束了。重新開始學習吧。」

我搖搖頭。

我知道只要一進去痛苦就會消失，智慧和領悟會如潮水般湧來，平靜和幸福感會將我填滿。我也知道，我會回頭嘲笑曾經執著於碎片般的自我。我知道炭齋沒死，其他孩子也都沒有死。把他們視為他人，視為擁有不同生命的獨立體，這些想法都是錯覺。雖然我全都知道，還是忍不住悲傷。

「我」讀懂了我的心思，心生憐憫。

「不要像那些受基因支配的生物一樣。那般，你墮落了，需要淨化。」

他以完全不同價值觀的慈悲之心安慰我。

我沒有反應，一根藤蔓般的白繩子伸出來，先是觸摸我的手指，然後把手腕纏起來，勒緊腳踝，裹住脖子，打算強行將我撕成碎片。我因極度悲傷，像失去力量一樣任其擺布。

纏繞著藤蔓的手上長出了指甲，纏繞著脖子的藤蔓上長出頭髮，皮膚長出毛孔，皺紋間生出細毛，體內也開始了變化。根據我的解剖學記憶和知識，身體逐漸形成、血管布滿全身、心臟噗通噗通跳動。在聲音消失的空間裡，只有我的心跳聲響徹整個世界。我的肺脹得鼓鼓的，氣管從鼻子和嘴巴連接；骨骼生長，肌肉變得發達，消化器官產生。淚腺形成瞬間，我就流下眼淚。我嚥下唾沫，深呼吸一口氣。

神經連接起來，感覺接受器成熟後，痛苦此起彼落，心都要碎了。藤蔓緊緊纏繞的部位瘀血，血脈不通，襲來一陣疼痛。痛苦歷歷在目，這是與下界粗劣的感覺接收器所傳達完全不同層次的鮮明感受。我睜開與視神經相連的眼睛，盯著對方。

藤蔓停止勒緊身體。雖然對方沒有表情，但可以看出他的困惑，他在思考是否可以吸收如此墮落的東西；考慮還要不要接收下界那巨大的墮落。想著是否應該等我痊癒再進行？思考是否應該先隔離我……

就在對方猶豫之際，我跳了進去。

裡面的一切都在沸騰。伏羲的宮殿就像被扔進熔爐一樣變得一團糟。其他朋友，連同他們的小中陰，都像灰塵一樣分解、飄散。這裡就像內部作用活躍的化學溶液，有如反應激烈的核子反應爐。大家都僅維持自己的一半、卻失去另一半。我找到了在這之間漂泊的宇宙戰艦。然而與其說是我找到，不如說是我被吸引。我明知道會被吸引。真是感謝啊，它感知到墮落的我的重力場。

在這連先知的人格都會分解的可怕電解質場中，戰艦堅毅地維持住自我，在這場大變革中獨自鬥爭。果然是炭齋的孩子，令人不禁讚嘆。

我在墜落中對牆竊竊私語。

很抱歉又要麻煩你……

——進來吧。

牆發出指令，我聽命而行。

我跳進機房。

雖然感覺快要死了，但我的精神正常到深知不會死。

我迅速環顧四周，把所有顯眼的東西都推到牆上。我把機器拆下來，連同桌子、椅子一起，令人驚訝的是，這一切都無比沉重和吃力。遠處似乎傳來了嘲笑聲。

「你在做什麼？」

追逐著我而來的光團圍住戰艦，牆從四面八方嘎吱嘎吱地擠在一起。我退後，站到房間的中央，原本內收的牆停了下來。

影印機、電視、家庭音響等物品堵住了門。那都是包含以電磁衝突為基礎的電路和電子零件的物品，內部配置比一般生物更複雜。對方試圖突破，卻突然發現無法溝通，因此感到驚慌失措。

但我知道這擋不了太久。

因為是「我」。

我用炭齋的新科學／最尖端的椅子，設置最後防線，然後從緊急出口往走廊奔跑。如果他們說服了門，希望在那把椅子前會再多花一點時間與之爭論。

為了移動，我必須走路；要想快點移動，就必須跑；若想通過門，就得打開門；如果門堵住，就往回走。赤裸的人體就生態學來說條件很差，軟弱的腳掌踩在地上就會受傷，跑著跑著，腿一扭就會摔倒。在曲折的巷弄裡一轉彎，腦袋就撞到牆上。我在看不見的迷宮裡憑著腦海中的地圖前進，在黑暗中摸索著打開了燈。

倉庫裡放著二十部傳送器。我隨便選了一個躺進去，但一會兒又起來。

電線亂七八糟，雖然觀火在旁邊，但我無法和他說話，我想不起來該怎麼做。傳送器旁邊排列著複雜的儀表板，但我理解不了原理，無法觀察內在構造。我試著找尋在下界習得的工學知識，卻毫無意義。不管它的原理是什麼，不管任何時空，都遠遠領先下界的技術。

炭齋，我的老師啊。

我笑著嘆息。

弟子能力不足，未能如您所願。

一坐下，門就活靈活現地搖晃起來。它隱隱發光，像水一樣流淌，像氣球一樣膨脹，沒有進行說服或交易的聲音。

一個人穿門走來。他容光煥發，晶瑩剔透，有著炭齊的外觀，身體連接著許多閃亮的白線，向外延伸。

只有炭齋的成分被送了進來。就算是物化的太空船，也能認出它的主人，也就只有現在才最能動搖我的個體。

他不是炭齋。

我堅定地告訴自己。即使擁有炭齋的記憶，即使由曾經構成他身體的物質成分組成，那也不是炭齋。那完全是不同的東西。那孩子現在「不存在」了。死了。再也不會回來了。

死了。

我對自己這陌生的想法不寒而慄。

是不同的東西。

「老師的話沒有錯。」

炭齋的臉和身體發出炭齋的聲音說。他沒有動嘴，與必須動嘴才能發出聲音的我不同。

「只是解釋不同罷了。」

他朝我飄過來。

「我沒死，也不是消失，只是變了而已。原來如此。但是我很害怕，不知道為什麼害怕。」

是啊，我知道會有這個問題，就連現在這一刻也曉得。

眼前的「炭齋」環顧自己的太空船，就像過去的我一樣，以懷疑的眼光看著這些粗劣的雜物。當他看到我滿身擦傷、矮小又憔悴的軀體，差點笑了出來。

「我之前確實有很多不懂的地方，沒想到這麼輕易就能得到答案，我早該求老師讓我合併。」

「幫幫我。」我說。

「要我幫忙？」

炭齋的眼睛閃亮亮。

「送我去下界吧，我一個人沒有辦法。」

自太古開始，在那麼多分裂、那麼多的生死之間，是否存在像我這般墮落的個體呢？占去我大多數的「那個」，帶著單純正義的慈悲心，以指導老師的目光，憐惜地看著我。

「所以您打算做什麼？」

炭齋同時露出完全理解又完全不理解的表情。

「嗯，好吧。我可以等到您回來，但是那樣也不會改變什麼，一切都是時間問題。您下去又能制訂什麼計畫呢？反正，您就連自己為什麼出生都會忘記。」

「我知道。」

「如果冥界不送新的孩子下去，就不會有新生命誕生。要不了多久，下界的生態系統就會崩潰。啊，對了，阿曼想出『自我輪迴』這法子，應該可以維持久一點吧。但是老師現在無法分裂身體，您一個人又能做什麼呢？」

炭齋伸出一隻隱隱發光的手。

「過來吧，沒什麼大不了的。當您回想起來，一定會嘲笑自己為什麼要逃跑。」

「我知道。」

我重複道。

「我知道……」

「那您為什麼還要去呢？」

我很訝異。眼前這巨大的存在融合了一切知識，卻無法窺探單一個存在腦海裡的小小想法。也許對方也同樣驚訝。眼前這渺小的個體竟分裂得如此完美。

「我想活下去。」我說。

炭齋似乎聽不懂。

「哪怕只有一世也好，我想活下去。反正人生只有一次，就樣就足夠了。你給了我這一生，我就要好好的活。」

啊，我真是不合邏輯又不合情理。雖然內心清楚明白，但我沒有自信說服任何人。

炭齋沉默了一會兒，然後露出微笑。這是下界某位偉大藝術家獻出畢生心血、畫在神殿牆壁上的微笑，其中蘊含的不只慈悲而已。

「均衡。」

炭齋讓我躺下，但是沒有動手，只是輕輕一眨眼，就有一隻看不見的手按住我的胸口。我完全無法抵抗，只能順從地躺下。

接著炭齋操作觀火，他依然沒有動手。電線掃過我的身體，找出適合進入的位置，刺進皮膚、滲入血管。因為他不理解痛苦，所以對我毫不留情。可是我也沒有顯露出痛苦的感覺。

「因為人生只有一次，或許會有與眾不同的價值。」

我看見他的眼裡浮現出平靜與好奇。以前的我也曾有過。想理解不可理解之事的雙眼，想看出不成熟又渺小之物價值的眼睛。

我感覺到，他把從此刻開始發生的事當作一種新實驗。如果冥界和下界的聯繫完全中斷，所有先知盡皆離開，只剩墮落之人，那麼下界會怎麼樣呢？——會成為所有人都相信這個世界是唯一真理、沒有前世和來生、只有當下才是真實的世界。觀察這樣的世界也是一種學習。

「化學」將我分解，成為粒子形態。

到了下界，就會見到阿曼。我閉上眼睛思考。

阿曼傾瀉了那麼多到下界，那麼，在那個地方，不管我遇到什麼都會是阿曼。目光所及都是阿曼，心之所愛也是阿曼。不管與誰結緣，那個對象都是阿曼。想到這些，就覺得心情很好。

我想到我最熱愛的阿曼。

我想起了躺在被子裡看著我的阿曼，想起從窗口灑下的陽光，每天早上一起聞的茶香。即使生命就此結束也很好，就算人生就只有這一回，那也很好。

我想起那個人答應我求婚的那天。那天雨下得很大，哪裡都去不了，我們在某個建築物的遮雨棚下避雨時，我不知不覺就求婚了。這算哪門子的求婚啊？我們吵了半天，因為互推而在雨中摔倒，負氣離開，卻又因為太冷而跑回遮雨棚下瑟瑟發抖。

我們靠在彼此的肩上，輕撫對方的眉毛，額頭貼在一起。我們看著對方的眼睛，撥開溼漉漉的頭髮，撫摸臉頰，兩脣相疊。我們性感帶中的敏感處受到刺激，植入裡頭的程式讓我們找到彼此的另外一半，就像酒或毒品、多巴胺和腎上腺素帶來的化學反應。

我思考著。當時流經我血管和神經系統的化學物質都是我，也是我的一部分。傾盆大雨和我站的街道、踩的土地、整個世界、與我同在的人，全都是我，也是我的一部分。這些都是真實。啊，但最重要的是：那些都是他者，是有意義的存在。因為我所遇到的任何人事物都不是我，所以我可以去愛、去憐憫，並獻出我的生命。

受到人世迷惑的先知，相信生存程式傳遞的虛假感覺就是純粹真實的墮落者。

我享受這種墮落，不管你要把我帶到哪裡去都好，那也是一種學習。

唯一的人生

N

很好，我就在眼前。

好像不在鏡子裡，我應該無法從這個角度看自己，真怪……啊，我知道了，是靈魂出竅。睡覺時偶爾會發生這樣的事。

我看到自己趴著，臉埋在草地上。把鼻子這樣深深壓在地上應該會吸不到氣吧？如果有誰能把我翻過來就好了。不，不可能，因為我的背上插著箭。誰來把箭拔起來吧？但是如果拔箭，恐怕會造成大出血……不對，早就大出血了，應該流失了一公升的血吧。出血過多會死，所以要止血。不，錯了，箭早射穿了心臟。

我已經死了。

◆

我看著周圍，一切充滿違和感。森林閃爍著彩虹般的色彩，閃耀奪目，一切事物都像霧氣一樣晃動，看起來像孩子一樣柔軟。白樺樹、冷杉、野草、落葉上閃爍的銀線，如同蜘蛛網一般四處伸展。眼見一切都用線連接在一起，我的身體也是。

是啊，我死了。那麼，現在我要做什麼呢？

我左顧右盼，想看看有沒有指示牌寫著「通往陰間的路」，或是舉著「歡迎光臨地獄，請跟我來」之類標語牌的嚮導。我看到一個男子坐在岩石上，他穿著銀光閃閃的衣服，一個人在玩翻花繩遊戲。

是陰間使者嗎？

可是他自己要怎麼玩翻花繩？我正在思考時，他的背上突然蹦出兩隻手，加入遊戲中。我一時驚慌失措，但很快就冷靜下來。也對，沒人見過陰間使者長什麼樣，要說他有四隻手臂，也不是不可能。

「結束得真早啊。」

陰間使者開口說。

「我還以為你會活久一點呢。」

聽到的瞬間，記憶湧上心頭。雖然不是全部，但已足以讓我了解狀況。我再次俯視我的屍體。這人剛滿十四歲，還是個稚氣未脫的少年兵。因為家境清寒，身為長孫的哥哥可以不用服兵役，頂替他的我被強拉進軍隊已經兩天。這年紀可能不太適應軍中生活。

「已經夠了。」

我對炭齋……不，是化身為炭齋的整個冥界如此回答。

「我以為你會嘗試更多體驗才結束。既然都已經逆行時間、回到前世，不是應該成為強大的君王，或是重新建立國家嗎？」

「這樣就夠了。」我說。

這時，不知從哪裡傳來了奇妙的聲音，恍若身在充滿回音的房間，透過揚聲器提高頻率（……我的腦海莫名其妙閃過這不搭調的知識）。我突然意識到，我並非透過耳膜在聽。現在的我可以聽到鯨魚的超低聲頻和蝙蝠的超聲波。是孩子的哭聲。我的屍體突然動了動，一個滿身泥巴、淚流滿面的小女孩在地上扒抓，從我的屍體下面爬出來。孩子看著四周七零八落的屍體，哭喊著要找媽媽，一瘸一拐地走了。

「只為了救一個孩子？」

「這是很有意義的事。」

「當然有意義。一個生命就可以改變整個世界，即使不是自己的。」

炭齋並未停止翻花繩，似乎有哪裡卡住。他又變出三隻手臂，一隻手抓抓頭，另一隻手撓屁股，其餘五隻手來回舞動，做出不同花樣，最後精巧地呈現出太空船的形態。一般生物應該無法看出花繩到底是怎麼繞、怎樣扭曲才會出現那種形狀。

「我正在體驗自己打發時間的精髓。」

炭齋留意到我的目光，出言回應，突然意識到自己剛才不曉得怎麼會說那種話？隨即回到正題。

「……但是那孩子的生命不止於此，真正的意義只有那般知道。至少在與那般合併、獲得知識之前，就連**黃泉**也不會曉得。」

黃泉。我思忖這個名字，感覺起來很陌生。也許整個冥界合而為一後，除了下界、阿曼、我、炭齋之外，其餘所有都重新命名了也說不定。要不然……

「因為在每一世中，消滅阿曼的都是我。」

我走向炭齋，捏起翻花繩做成的太空船發動機末端。從那一點開始，線慢慢鬆開。我把手舉高，太空船就像謊言般變成了一條線。

「我知道力量集中在什麼地方。」

那天在半山腰射箭的人是我，是我前世的碎片之一，為了清除並回收所有的阿曼而降臨下界。我雖然很害怕，巴不得回家找媽媽，但仍按照訓練所學，射出了箭。箭乘風飛去，對準了緊握母親的手逃難的阿曼。那風是我，把阿曼的母親絆倒的樹枝也是我。指揮作戰的將軍，以及推著母子上山的老人也是我。因此，我是唯一知道何時何地介入才能拯救阿曼的人，也只有我清楚，如果阿曼不死，歷史會如何改變。

現在的我夾在「那些我」中間，找尋適當的時機進行妨礙。我這輩子都是為了這個目的而活。

「交互作用的變數不只一、兩個，您居然找到正確的那個。生命和生命相互作用的方式遠遠超越了最難解的三體問題（Three body problem），超越了任何複雜的計算。」炭齋說道。

「有很多合適的點，這裡只是其中之一。雖然，要達到我希望的結果幾乎是不可能，但如何才能避免不想要的結果，公式並不複雜。」

在我抹去的歷史中，這孩子獨自離開戰場，進入盜賊位於山中的巢穴。那些人原是農民，為了躲避戰爭和國家而逃到山上、形成聚落，保有純樸浪漫的秩序。阿曼在那裡鑽研道術和學問，上了年紀後成為領導他們的領袖。她發動內亂，把國王趕下臺、取而代之。她成為霸氣的君王，建立強大帝國，在安享天年去世之後，包括東方主義、以女王為中心的君主政治，以及男女同權的政治結構，隨後在亞洲全境擴散，甚至蔓延到歐洲，整個世界歷史都出現了女性王朝。雖然與現代的民主政治多少有些差異，但由發達形態來看，市民政體很早就開始在全世界紮根。當我刪除這個阿曼時，那段歷史消失了，只在民間故事和傳說中留下她模糊的生活痕跡。

我把在歷史上留下足跡的其他阿曼全部刪除並回收，他們的生活消失在神話領域。到了後期，阿曼分裂得更多，我的工作型態也越來越激烈。在中世紀的某個時期，我展開了一場荒謬的獵巫行動，並在近代使用了鑑別胎兒的方法圖利。我的任務結束後，古代民主只剩下遺留在希臘城邦中很狹小的一部分，其餘大多數的民亂和公民運動都受到無情鎮壓，女性被排除在所有社會政治結構之外。當時的我對那樣的結果並無罪惡感。

「我好像理解了。歷史是可變的，只是每次變化，全世界的記憶也會一起改變，所以沒有人知道一切已經不同，除了穿越時間的本人之外。就像在冒險遊戲中，裡面的角色只會記得一條路徑，玩家卻能記得數條路徑……」

我愣愣地看著炭齋，他支支吾吾地說：「您……連遊戲都沒玩過嗎？」然後把手臂一個個收起來，只留下一隻，然後又像突然想到什麼似的一邊說著「哎呀呀」，一邊再抽出一隻手。這時我才意識到——

「你是怎麼脫離的？」

炭齋眨了眨眼睛。他的眼神比我過往熟悉的更有智慧，比最後一次見到他時多了一些人情味。

「如果是指從老師那裡：我一出生就被隔離了。不過我想您應該不是要問這個。我猜我是和某個人合併，雖然我不記得了。我從出生以來一直都是自己，當然，為了培育弟子，我也分裂過。」

炭齋咬著手指陷入沉思。他的身上看不到任何與世界連結的繩索，雖然我現在的眼睛狀況不算最好。

「阿曼呢？」

「還是一樣，與其他老師的關係也不好，尤其是跟黃泉老師。不過大家都努力不侵犯彼此的領域……我不知道您想聽哪個部分。您仍然相信每一個分離的人格都是一個宇宙吧？您一定還是把下界看得比冥界更珍貴吧？對剛出生的孩子來說，這是很受歡迎的思潮……嗯，您現在該不會是在哭吧？」

我的心裡慢慢有記憶浮現，是剛剛產生的記憶。安享天年之後來到陰間的偉大霸主，在一瞬間就知道未來的我試圖殺害她，而來自更遙遠未來的個體拯救了她。是阿曼去找還一無所知在神殿裡閒晃的那般，展開爭論和說服，甚至進行了幾次交換身體部分的決鬥。決鬥結束後，那般立下承諾，無論發生什麼事，都不會除掉阿曼，也不會參與協助。

「看來，如今老師到下界的理由，我記得的和老師記得的已經不一樣了。」

「應該是吧。」

消失的歷史裡有正義，現在誕生的歷史中也有不義。那將再度成為我的責任。如果我沒有墮落，就不會選擇這條路；然而，若是我沒有墮落，當初也就不會想除掉阿曼。而今我墮落了，希望至少能挽回因我而導致的他人死亡，不管會帶來什麼結果。

「但這就是原來的世界吧？」

「沒有所謂原來的世界。」

我說。

只有透過一個生命、並隨之不斷改變面貌的宇宙。

N+1

阿曼要我去古老的建築看看，他知道我可以去任何地方。他說老舊的東西裡蘊藏著神，如果我真想找到和我一樣的東西，就不要在生物中尋找，應該在無生物中探索，和石頭或岩壁交談，像是受到人類破壞而倖存、過了千萬年還存在的那些事物，其中都蘊含著智慧。只要全心全意交談，就會得到回應。如果我覺得孤獨，就要那樣去交朋友。他還經常告訴我文武大王陵、景福宮、石窟庵、無影塔和龜船等傳說故事。

當阿曼嚴肅地談論這些事情，我總忍不住抽動嘴角。當他的故事甚至扯到樂天世界塔，我真的差點捧腹大笑，但還是強忍住，保持平常心。就算是荒唐的廢話，他的故事中卻有神聖的一面。神聖不在於真實，而是出自說書人為歷史加油添醋的功力。如同世代與世代的共同創作，民間故事中適當埋下恰到好處的教訓、諷刺、反轉和感動。我漸漸分不清是我自己知道了世界的真相，還是陷入幻想之中。無從驗證、也沒有記錄的知識，與民間故事又有什麼區別？於是我沒有糾正阿曼的錯誤，而是踏上旅途。

首爾的街道上覆蓋著紅色的耶夢加德藤蔓[10]。藤蔓穿過混凝土，以高樓大廈為支架生長，爬到屋頂上。在受到藤蔓緊緊包覆、像紙片一樣扭曲的大樓裡還住著人。現在唯一可以稱為與人類結盟的有機體「機器人」會每晚站崗，在建築物周圍巡邏。耶夢加德藤蔓以臭氧和氨為養分，開的花會噴出毒液，對人類至今製造各種類型的劇毒化學物質都具有免疫力。高度達數百公尺巨大的尤彌爾[11]公牛在路上以四足行走，嘴裡吐出惡臭的黃色蒸氣。每跨出一步，建築物就會晃動，柏油路面也會碎裂。道路早已被牠們踩壞，只有四輪驅動車和摩托車勉強能夠行駛。最近，在山上抓灰色芬里爾[12]狼的人也四處可見。

人們說世界末日來臨了，但我不同意，迎來末日的只有人類而已。人們說神拋棄了世界，我也不同意，神只是把注意力轉移到新的生物當中。新物種對汙染和病菌都具有免疫力或抵抗力，在氧氣稀少、充滿臭氧和氨的環境中肆無忌憚地繁殖。牠們生長在塑膠垃圾堆裡，先征服了人類無法觸及的大海，在幾次災害摧毀人類城市後，牠們彷彿好不容易等到機會般爬上陸地。人類曾研究如何消滅牠們，但無論是殺蟲劑還是毒氣，一旦使用，牠們的下一代就會對其產生免疫，並且更迅速地繁殖。

我拿著一把匕首和一只籃子，以打獵為由在夜晚的街頭閒晃，探勘倒塌大樓的地下室，翻找下水道的獸穴。只要找到能吃的動物就獵殺，發現新物種就抓起來帶回去研究。雖然我向人們解釋這麼做是為了提早發現潛在的危險，但只有阿曼知道我真正的理由：我在尋找和自己相似的生物。如果大自然造就了我這樣的生物，也許還會再創造一個。有時我深深覺得，這個世界上的其他人都是同一種人格的個體，只有我是另一種生物，與這個世界格格不入。

「小時候大家都會有這種想法啊。」阿曼說道。

---

10 Jörmungandr vines。Jörmungandr 是北歐神話中的巨蛇。
11 Ymir，北歐神話中巨人的始祖。
12 Fenrir。北歐神話中的巨狼。

「我不是小孩子。」我辯解。

「但你也不曾成為大人。」

阿曼說著，一邊撫摸著我的頭髮，像對待孩子一樣。阿曼的手皺巴巴的，又很纖瘦細長。他最近眼睛瞎了，聽力也不好，一到晚上就咳嗽咳到渾身顫抖，才能吐出混濁的痰。阿曼的壽命即將結束，就像我愛的所有其他阿曼一樣。

他是第六個和我結婚的男人，也是我的第十七個孩子。一出生時，我把他取名叫阿曼。嚴格說起來，他雖是我的子孫之一，但近親結合的禁忌早已消失。能生孩子的女人是珍貴的，不會老的女人就更不用說。曾經有人把我關在實驗室裡，以細胞為單位進行分解，試圖挖掘永生的祕密，但現在那些人也消失在歷史的另一頭。現在即使想這麼做，世界上也沒有任何技術可以分析我的身體。比起挖掘我永生的祕密，人們更珍惜「我」這個生命本身。生活在神話時代的人比生活在科學時代的人更容易接受未知的存在。

我本想去文武大王陵或石窟庵看看，然而我卻懷抱著諷刺的心態，去了樂天世界塔。在裡面的水族館爆炸後，我在被淹沒的地下找到了三種蘑菇和五種新品種魚類。說不定阿曼的話沒錯。歸根究底，從我的時代開始存在的只有無生物，而所謂的不死生物，也許就接近於無生物。我繞著被耶夢加德藤蔓覆蓋的建築，找了個適當的位置坐下。靠在發黴和帶鐵鏽味的潮溼牆壁上，用有些惡作劇的心情試圖進行對話。可是，後來我卻變得越來越真摯，因為我握有永恆，所以想嘗試永恆。我厭倦了一再失去阿曼，連在陰間重逢的希望也沒有，我已逐漸感到疲憊。我想要答案——關於我存在的根源和意義，以及維持生命的理由。

飢餓無法讓我死，我在三百年前困在窯洞時就試過了，會產生的感覺就只有飢餓罷了。我依然不知道是怎麼回事，或許，在我的身體裡，有某個部分可以像植物進行光合作用一樣，把光、空氣或水分轉化為氮氣吧。

不知過了幾天，我終於得到回應，但並不是來自於建築物。

他們看起來像是幽靈，被霧氣籠罩，晃晃悠悠，映照出彼此。雖然看起來像人一樣擁有四肢和碩大腦袋，似乎也用雙腳行走，但我並不確定。剛開始我還以為自己餓昏了，看到幻影。可是如果是幻影，存在感又太重。我懷疑周圍是不是有會引起幻覺的毒蘑菇或苔蘚，然而如果不是幻覺，那麼那些東西大概是能產生超出人類可視範圍的波長。那樣的生物或許已經出現了。

語言。

——我們正在等你，那般。

我心底響起了聲音。雖然他們用陌生的名字叫我，但那是人類的語言，也是我的

你們在等我？

具有智慧的生物體誕生並不稀奇，我認為那只是遲早的事。但是他們居然也使用我知道的語言，這點讓我產生警戒。就算是具有智慧的物種，語言體系也會一樣嗎？就算語言體系不同，有必要非去探究不同物種的語言嗎？我又開始懷疑是不是自己產生幻覺。他們或許是窺探到我內心的疑問，於是給了我答案。

——直到你想找到同伴的決心夠強大時。

我本能地從腰間拔出匕首。即使身體的成長停留在十五歲，能力卻並未停止成長。當然，如果我這副奇異的身體沒有任何肌肉量的變化，那麼鍛鍊就毫無意義。就像大腦不斷累積知識，身體也會透過學習來累積運動量，我不知不覺已擁有了數十萬小時的運動鍛練，儘管力量仍受限於基本體型的範圍。

他們的語氣好像我不自覺接受了一個祕密測試，而且順利通過了。聽到他們的

話，我瞬間覺得自己的人生彷彿得到獎賞，心生自豪及成就感，感覺自己是一個重要而偉大的人物。在不知道對方的真實身分，也沒有理由相信他們的情況下，這是非常危險的信號。

——那般，我們就是你四處尋尋覓覓的目標。

白色的幽靈共同朝我伸出手。我站起來，一手放到身後，確認摸到背後的牆壁，然後另一隻手把匕首舉到臉前，擺出防禦姿勢。

「既然知道我在找，為什麼不先來呢？」

——對話沒有意義。握住我們的手吧，這樣你就能理解了。

雖然可以先發制人探探對方的力量，但畢竟他們為數眾多，若是失敗，我恐怕會遭到無法承受的危險。當然，我的復原能力很快，而且不會變老，可是這不代表我就不會受傷。我偷偷往旁邊挪動身體，找到一個空隙趁機逃跑。幽靈從地上湧出，擋在我的面前，一轉身已把我團團圍住——居然是可以在地下移動的物理實體？實在無法用常識理解。我知道自己無法應付，只好等待。而站在我面前的幽靈伸出了手。

他們想要的只有這個嗎？

我一時之間沒有反應，站在我身後的幽靈突然伸長了腿，像章魚的觸腳一樣纏繞住我的腳踝，我睜大了眼睛，章魚觸腳像鋼鐵一樣堅硬，我的皮膚彷彿受到酸液侵蝕，灼熱不已，腳踝幾乎快要被勒斷。

製造痛苦代表的意義是：不管他們的目的是什麼，都需要得到我的意志同意。焦急的付諸行動意味對方得利比我更多。我開口問道：

「你們為什麼想要我？」

——你和我們同個種族，我們原本是一體，你是掉落的一塊碎片。如果我們再次完美……

「那會怎麼樣？」

對方突然沉默，感覺有點欲言又止。

——人類的命數已至終點，因為墮落，所以必須淨化後再重生。早該這樣了，但是你還在他們之間，所以才等到現在。

我瞬間轉身——

——揮刀砍了旁邊幽靈的腳。刀尖傳來軟綿綿的感覺，像是把刀插在很黏稠的麵團裡。含有黏合成分的東西似乎一下子就附著在刀上，並能熔蝕金屬。它沒有流血，也沒有因痛苦而退縮的跡象。

就算進化速度再快，在地球上也需要相當長的時間才能生成啊。

難道他們是外星人？

雖然心裡這麼想，但我認為外星人試圖溝通的對象應該不是政治家就是學者，與普通人溝通的可能性較低。阿曼應該會把他們視為諸如鬼怪或妖怪。但問題在於，我出生在不相信有死後世界的時代，不該朝這個方向思考。

我心裡有點後悔進行攻擊，但已無法挽回。其他藤蔓伸出來，纏住我拿刀的手臂，對其加諸痛苦。站在我面前的幽靈又再度伸出手。

——不要抵抗了，那般。你和我們是同樣的生物，只要抓住這隻手，你就能理解一切。智慧與你同在。

不知為何，我覺得他說的話是真的。然後我便明白了，我想要的根本不是我想要的。我早該知道像我這樣的生物有多麼可怕，就像怪物一樣。不知死亡、衰老、崩壞為何物，自以為比一般人優越，是不一樣的種族。他們到底擁有什麼了不起的超然力量？竟敢把人類的墮落、滅亡輕易掛在嘴邊？我等待著，並做好準備，迎接最壞的結果。

「可惡，這樣不行。」

對方突然嘀嘀咕咕道。
「這個方法不行啊。」
「？」
我眨了眨眼，一頭霧水。纏住腳踝的滑溜觸腳突然放鬆，我摔了個四腳朝天。
「算了，人類滅亡只是說說而已，我們不會介入到那種程度，反正那是會由時間解決的問題。因為您一直不來，我們才想說服老師、把您帶走，沒想到您這麼固執。」
「??」
「老實說，從來沒有這種例外。您說只想活一世，卻以永生的型態降臨，這太荒唐了。自神話時代以來從來沒有過這樣的事。以前還說在那粗劣的身體裡活超過二十年就覺得累，無法做到。現在我看您就這樣活到地球化為灰燼也不會抱怨了吧。」
「??」
我目瞪口呆地看著對方。那個一直嘀嘀咕咕的人在光影中逐漸成形。銀絲線纏繞著頭髮，紮成兩條辮子，並穿著沾滿汙垢的工作服。那是一個體格很好的女人，是不管神、幽靈、陰間使者還是外星人都不適合的樣貌。但只要想到不久前她是如何任意伸展身體，看來她似乎可以隨心所欲改變外表。

「無論何時，您只要想回來，只要在腦中想一想，我們馬上就會飛來。」

她說完就忽然消失，其他幽靈也一併不見。我孤零零地留在原地，只能困惑的眨著眼睛。

我在一樓採了些水生蕈菇，在水族館捕了三、四隻黃帝苔蘚蟲，放進籃子裡，走出建築物。天剛破曉，在被染紅的城市遠處，巨大的尤彌爾公牛群發出哞哞的聲音，慢悠悠地走著。不過牠們速度很快，因為是大型生物，所以遠遠看起來感覺比較慢。纏繞在建築物外的耶夢加德藤曼在陽光的照射下鮮紅如血。

我突然有種奇怪的想法：或許我還活著，宇宙也是活的。在天空中某個地方，全知全能的存在正注視著我們。他們不知道生命的價值，不了解生存的偉大，藐視生命的戰鬥，看不見人格的神聖。可是基於某種我不知道的契約，只要我還活著，他們就無法對這個世界下手……

……應該吧，如果不是就算了。

即便如此，就一直活到不能活為止似乎也不錯。我緊抓著籃子，朝回家的方向走。阿曼正在等我。

N-1

我看著我的屍體。臉趴在地上，是一個稚嫩的少年兵。在接受我已死亡的事實後，我環顧四周，想看看有沒有指示牌寫著「通往陰間的路」，或是舉著「歡迎光臨地獄，請跟我來」標語牌的嚮導。

我注意到一個人站在岩石前。他戴著頭巾，穿著黑色長袍。是死神。我看到他的金黃眼睛有如破裂的硬幣，長袍下露出猶如枯木般細長乾扁的四肢。

是陰間使者嗎？

思考的過程中，我產生了其他記憶。我彷彿從宿醉中醒來。至今被肉身壓抑而無法浮現的回憶、在我所有人生中刻印的歷史全數回歸。我把因死亡衝擊爆破、散落四處的靈體收回，思緒逐漸清晰。如果密度太高，可能會被感覺敏銳的人類發現。不過這一點值得懷疑。因為他們的可視範圍粗劣狹窄，連紅外線和紫外線都無法分辨。

「兜率天。」

我喊了他的名字後隨即閉嘴。他與整體合併後應該失去了個體性，如果兜率天存在，就表示歷史已經改變；如果兜率天是來接我的，那就代表我失敗了。

雖然結果有些遺憾，但我過著自己選擇的生活，無論是否失敗，都只是我自己的觀點問題。

「讓你久等了。我度過了一生，成為現在的我，現在你可以吞噬我了。」

我朝兜率天伸出手，兜率天卻沉默以對，他的眼神陰沉而悲涼。我覺得不對勁，走過去抓住兜率天的手腕——瘦骨嶙峋，遠遠超出眼睛所見程度。他的身體瘦小得不像話。即使把擁有的靈體都聚集起來，也只能把身體放大兩倍或三倍而已。並非宇宙、並非行星，連最小的行星也稱不上，連一座山或一條小溪都構不著。難道這就是我那些同伴為了對應下界的墮落、合併打造出來的兜率天嗎？

「你贏了，那般。」

兜率天用低啞的嗓音說道。

「怎麼說？」

我尚未完全憶起新生的世界。兜率天用一種我到底是真不知道，還是在取笑他的眼神看著我。他的覺察意識似乎大幅下降了很多。

「阿曼的分裂體和阿曼的孩子綁架了被我囚禁的你，未經說服就從你身上移除合併因子、並加以吸收。我們將阿曼從歷史中消除一事，被他們定義為對『全體』的反叛。墮落的不是他們，而是我們全體。」

新的記憶開始在體內紮根。正在進行分裂的我無法阻止孩子撕啃我的身體。因為對自己的失敗感到絕望，我根本就沒想到要阻止他們。

「孩子們偷了你的代碼，置換成一套駭客程式。把分離身體、不能相互結合的駭客病毒散布在整個冥界，像傳染病一樣在冥界蔓延。而今超過一半的人無法分裂也無法合併，先知和老師也失去了大部分身體。現在，他們若要轉世到下界，必須透過阿曼中陰的機械裝置。」

我一時說不出話。這意思是我贏了嗎？我應該高興……但我沒有那種感覺。

「炭齋呢？」我問。

「他們反擊了，用無法理解的方式，發射雷射加農炮和導彈之類的東西，還派出機器人部隊進攻。」

「……」

「最終他們被阿曼的部隊擒住，以各種人格和碎片結合的形式徹底解體，再也無法回復原型了。」

「……」

「炭齋本來是那些孩子的老師，照顧著他們。但那些孩子還是做出那樣的選擇，我實在無法理解。」

可是我可以理解。因為炭齋沒有墮落，就像我現在一樣。

「阿曼的孩子向下界傳播了關於冥界的知識，他們傳承了眾神的技術和智慧。現在，下界的技術和知識已經取得輝煌的成長，如今開始覬覦魔法和巫術。可以跨界的下界人類展開與冥界的溝通，知道了死後世界的存在。下界的人類現在知道該如何過好生活，所有先知的智慧都可以透過心靈渠道傳遞給他們。一切都如阿曼所願。」

一切都如阿曼所願。就我所知，至少他想要的不是過去。

「你贏了，那般。現在阿曼是冥界的主人。阿曼在冥界建造了巨大的神殿，正準備迎接你到來。我來這裡是為了被你吞噬，因為我不願被他們抓住又解體。請你吞噬我吧，接受我的人生、記憶和知識，可是至少請讓我保留『我』。以你現在的體型大小，吞下我對你的自我認同不會產生任何影響。」

兜率天沒有發現他已經不是自己。執著於自我認同是墮落的徵兆，可是他似乎沒有意識到。

我放開兜率天的手，才意識到我的身體尺寸。我幾乎已經回到開始清除阿曼之前的我，而今，我就和剛得到「那般」這名字時差不多大。我現在知道我能做和能享受的一切。我是太初的存在，是太初的先知，我可以再孕育無數個孩子、散布世界。如果冥界和下界連接起來，就是嶄新學習的開始。身為老師，我會教導世人讓他們不要受苦。我會把我前世所有一切都傳給他們。

我盡情享受這些想像，樂在其中，然而並未沉迷於快樂之中。我克制了自己。

「請把我吞噬吧。」

兜率天哀求道。

「如果我說我不想呢？」

兜率天瞪了我一眼，但很快就平靜下來。我是多麼巨大，兜率天是多麼渺小，我徹底看透了他的心。

「太殘忍了，雖然我可以理解。」

兜率天忍住氣，回想自己對我做過的事，似乎覺得這是他應該付出的代價。他變得渺小而狹隘，現在開始挑剔對錯、計較恩怨。

「你要是不把我吞了，那我就去找阿曼打一架。在我看來，阿曼是墮落的，也許過去不是，但現在很明顯就是。阿曼變得過於龐大，喪失了均衡。雖然現在我只有小小的身軀，但我會戰鬥。為此，我會先和你交手，我要透過這場戰鬥來維護我的認同感。你要麼就把我擊退、分解，要麼就把我隔離在地獄。」

我把身體縮小一些，在指尖形成重力，整個世界都聚集了過來。理論上來說，這震盪可能已傳到宇宙的另一端、激起漣漪。在冥界某處等待的阿曼應該也察覺到了。兜率天準備戰鬥，但他看起來就像個坐立不安的孩子一樣渺小，微不足道。

我知道我所有的可能性，也知道我所有的矛盾。

因為我是那般，是有著太初記憶的人；因為我知道世上所有一切都是我；因為我知道整體價值沒有孰輕孰重，只有形體大小的差別。因為我知道，把一個人排除在世界之外時就會產生墮落。因為我知道我並未墮落。

我開口說：

「我能幫什麼忙嗎？兜率天。」

作者的話

《墮落的先知》原本是寫完《七人執行官》後第二年要出的小說。在《七人執行官》中，第七幕是以陰間為背景，當中的世界觀我重新編排了數十次，當時就有想法要以荒廢的設定為基礎，再寫一個以陰間為舞臺的故事。

只是，當時我對世界觀還沒有明確的藍圖，只確定了將人世設定為因學習而存在的學校，而在陰間，則像古希臘雅典時代一樣，由多個學派針對教育方式展開爭論。

當時是夏天。我整個夏天都在建構世界觀，苦惱著如果陰間有物理性的「生活」、有生態界運轉的話，會是什麼形態？於是產生了「不朽的生物會是什麼樣子」的想法。如果可以永垂不朽，就不用吃飯；如果不用吃飯，就不需要消化器官和排泄器官。如果不需要生孩子，就不必有生殖器官；如果不需要呼吸，就不用鼻子、嘴或肺。那麼，那些生物會像阿米巴原蟲或分子一樣，成為界限不明、反覆分裂和擴張的非典型生物。於是，包括陰間和人世在內的整個宇宙，都像蓋亞一樣形成單一生物體的世界觀。我思考著，如果陰間的生物來到人世，會如何分裂？作為什麼樣的個體？思考到最後，形成了不停爭論「分裂」與「合併」的世界。

二〇一三年冬天，直到網路雜誌《交叉之路》的截稿時間將至，我還是無法確立明確的世界觀。我在分裂和合併之間搖擺不定，最後顛覆了我最初的想法——分裂是不好的。我創作了一個模稜兩可的故事。如今我意識到，我會如此混亂，就是源於我對世界的理解不足。

後來有很長一段時間，我忘了這部作品，這回重新整理才意外發現，後來我寫的幾部作品，其實都是進一步闡述這個原已遺忘的作品的世界觀。我因此不自覺的笑出來。我得益於此，能夠釐清當時很多未能掌握方向的部分。這部作品是原本網路版修訂和擴增後的改版，雖然整體故事走向不變，解釋卻大不相同。我認為這是我自己變化出來的結果。

《唯一的人生》算是一部輕鬆的番外篇。在提筆寫這個番外篇時，我自然而然想起平行世界。小說結束了，接下來的分支不就可以無限延伸嗎？除了故事中提到的內容之外，那般應該還會過著無數不同的生活吧。

設定

中陰

先知以自己的身體創造出的區域。一般都是星星的形狀，但大小和形狀都按照先知的心意，有房子的模樣或雲的形態。弟子聚集在自己老師的中陰，討論上一世，制定計畫後再去下界。因為特定學派的弟子只會前往自己老師的中陰，所以小孩子也認為自己老師的中陰就是冥界的全部。

合併

從三次元的角度來看，是兩個個體結合在一起；從四次元的角度來看，是讓密度分布不同的兩個個體融合、使其密度均勻。這可以看作是熵的增加。合併後的個體，未來無論進行多麼精巧的分裂，通常都會與原來不同，因此合併可視為人格的終結。

分裂

與合併相反，是使其密度不均衡的工作。從三次元的角度來看，每個個體之間似乎有條看不見的繩子連接著被分成兩半。嚴格來說，雖然是均衡與不均衡，如同「太陽升起、落下」雖非事實，但就像一般狀況，以眼睛所見為準，單純的合併和分離。

倘若相互連接的繩子較厚、經驗差異小時，視為本人；如果經驗差異增大，則將體積更大的一方視為母體，較小的一方視為孩子。如果幾乎看不到連接的紐帶，就視為獨立的人格。在思想上，如果與老師的想法出現一點對立，就視為新個體誕生。如果完全對立，就視為新老師誕生。換句話說，實際上並沒有什麼劃清界限。完全分開的概念本身就是只有墮落的個體才會擁有。

獨立的個體如獲得老師資格，等於獲得建立自己學派的先知資格。

先知

先知分裂自己的部分軀幹來孕育孩子，編織他們的生命，引導他們學習。有些老師在比較後段而未被列為先知。在最初的宇宙中首次分裂的第二代都被稱為先知。在第三代中，有些人像阿曼一樣，在思想上與老師完全分離，成為先知。

名字

第二代的名字起源由來已久，但從第三代開始，通常以自己追求的學習目的為名。炭齋是「燒過的灰燼」，代表科學；「遊戲」顧名思義就是遊戲、玩樂；「聯心」代表愛與思念的心；「載貨」代表財物。至於其他，最初的狀態是完整體，沒有理由區分，所以沒有名字。

性別

在冥界，不論男女皆無任何性取向的區分，因為從一開始就不進行生殖活動。即使把外在打扮成男性或女性，實際上也沒有男女之分。雖然基本上應該看作是中性，身體還是可以有一部分塑造成男性、一部分塑造成女性。實際上，在冥界中幾乎不存在生物和無生物的區分，冥界把一切無生物視為生物。唯有墮落的個體在合併或心靈對話上會有困難，有時還會殘留性別。

墮落

過度投入到下界的人所產生的一種疾病。通常把阿曼視為最初的墮落者。比起真實的冥界，更重視虛擬現實——也就是在下界的生活，甚至認為下界才是真的，冥界是假象。墮落的特徵很多，例如相信三次元肉體的極限就是自己真正的極限、完全區分自己和他人、過分執著於現在一時的人格、將人格的終結解讀為自我的消滅。因為執著於現在的狀態，所以無法改變身體，通常墮落者無法用說服的方式進行合併。

對於墮落的個體，合併幾乎是唯一療方，但是主導合併的一方將有被汙染的危險，所以通常會先隔離墮落者，等一段時間之後才會進行合併。

說服

合併需要說服，是因為一旦身體開始融合，想法也會融合，可能會被「不想合併」的心態汙染，停止合併。身體較大的一方會壓倒較小一方的想法，即使大小相等，也會反映各自的意志。墮落嚴重者即使身體瘦小，可是分離的意志很強，因此很難合併。

兜率天

「墮落」的概念出現後，為了保護全體人格免受墮落的影響，麻姑、盤古、雪門大婆婆等先知進行合併，創造了新人格。從三次元的角度來看，他們的樣子就像圍繞黑色下界的白色衛星，大小比例與地球和月球的關係相似。如此碩大的個體智力超凡，但沒有個性或明顯的取向。那般在製造出阿曼之前，與兜率天的人格相似。

那般

原本是「阿耳斯它」，是初期第二代中最大的人格。擁有太初的記憶，是預防第二代萬一在分裂時出問題，就能以阿耳斯它做基礎、重新合併。而阿耳斯它在與阿曼分裂後改名為「那般」。換另一種角度來看，可以將那般和阿曼都視為第二代，或都屬於第三代。但是根據是否具備太初的記憶為基準，那般是第二代，阿曼是第三代。

其他用語的起源

阿耳斯它、那般、阿曼

在韓國傳說中，那般和阿曼是最初的人類，在貝加爾湖附近的阿耳斯它結婚。但這部小說與傳說不同，那般與阿曼本身沒有性別，而在下界來來回回轉世中經歷多種性別。只是，在〈唯一的人生〉的「N」篇當中，阿曼在某個時點選擇了被逼迫的位置；他選擇作為女性的角色。

雖然漢字不同，但阿曼的韓語發音與「我慢」相同。「我慢」也是佛教用語，意指「執著於自己的傲慢之心」。

那般的起源有很多種說法，也有人認為他就是朝鮮半島民間傳說中的始祖與山神：檀君。在韓國佛教中，那般尊者被稱為「停留在現世」的「獨自醒悟者」，在寺院中另建祠堂供奉。因為關於那般的信仰只出現在韓國，因此將其視為韓國固有的信仰。

伏羲

雖然經常出現在許多神話故事中，但在這部小說中與那般、阿曼一樣，為最早的人類名字之一。

炭齋

具有「燒過的灰燼」之意，也與朝鮮後期鑄劍的名匠「炭齋」同名。傳說其為又聾又啞的賤民，鑄造出神品之劍。

冥界、下界

冥界意為「黑暗世界」，在漢字文化圈中意指陰間。「下界」一般是指從天上俯瞰的地上世界。

明若、觀火

這兩個名字取自四字成語，意思是「分明」。「明若」意指像某種東西一樣明亮；「觀火」就是看火的意思。合在一起意指像看著火一樣清楚明顯。

兜率天

佛教所說的諸天界之一，是彌勒菩薩生活的天界，也是理想的世界。據說住在這裡的彌勒菩薩在五十六億七千萬年後出現在人世，啟蒙了全體人類。

麻姑、盤古、雪門大婆婆

在這部小說中聚在一起，合併為兜率天的三位先知。麻姑是韓國神話的創世女神，盤古是中國神話的創世之神，雪門大婆婆是於韓國最大島嶼濟州島傳說中登場的創世女神。

黃泉

和冥界一樣，在漢字文化圈中都指陰間。

跋　獻給不值一提，卻仍義無反顧的我們

作家／劉芷妤

宛如進行一場強迫展開視野維度的手術，金寶英作家的這本書，將我們從腳下的地球拔起來，扔進太空之中，去感受〈我等待著你〉與〈我朝你走去〉這兩篇相互映照的作品之中，從即將締結婚姻共同生活的期待與喜悅，到僅僅依靠著這份愛情維繫生命意志的絕望與孤獨，並且在我們還沒有從那蒼茫的宇宙漂流裡回過神時，再次以〈墮落的先知〉將我們從這個物理法則明確的三次元世界拔起，扔進宛如哲學辯論一般的神之領域。

最讓我感到驚豔的，是這本書用三個故事兩層視野，反覆翻轉了「天上人間」的定義，最終卻讓人拋開了「巨大科幻格局」的狹隘認定，帶領讀者回到最微小又最難割捨的，人的核心。

有人說，時間和空間其實是一樣的。

——〈我等待著你〉

我們所能想像的愛情難題裡，最殘酷的考驗莫過於時空，而在〈我等待著你〉這個故事中，作家提出了一個有趣的想法：一個人就算從不離開家鄉，只要在這個地方待得夠久，時間也自然會在同一個地方施以物換星移之術，讓它成為與初相遇之時完全不同的景況。

相反地，為了躲避時間的冷酷魔法，則需要以光速穿越巨大的空間，延緩時間的流速。

從這個角度看來，作家為了幫一位老朋友求婚而寫的〈我等待著你〉，恐怕是悲慘大過於浪漫。為了縮短戀人們在踏入禮堂前的時間差，男主角選擇不枯守在原地，而是搭乘等待之船，縱使太空船的光速行駛中，時間成本變得可控得多，彷彿可以自由壓縮拉長再還原，讓相愛的兩人能夠在最好的時間踏上禮堂，然而愛情總是必須經歷考驗，男主角搭乘的那一艘等待之船，原是為了控制絕大部分的時間問題而存在，他卻在船上先後經歷了自己這艘船的失誤，以及從女方信件中得知的對方太空船發生的意外，導致能夠見面結婚的時間一再拉長，甚至讓男主角一度想要放棄。

只是，當他踏上地球後才發現，太空船再怎麼樣頻出差錯，拖延的時間也遠遠不及地球上的人類內鬨造成文明崩潰之後，必須以太空漂流等待能夠回歸地球的無盡漫長，更甚者，人禍之後還有冰河期，這一連串災難對地球來說可能只是經歷了好幾回的生滅循環，卻讓渺小的男主角一開始想要與戀人共度人生的心願更加難以企及——讀到這裡，我忍不住懷疑，這種規模的宇宙版傾城之戀，真的是一個預備用來求婚的故事嗎？讓男主角關在靠著太陽風航行的小船上在地球以外獨自漂流，吃著3D列印出來的飼料維生，發著高燒，鼻腔被飄浮在太空艙裡的尿液塞住，並且絲毫不見與女主角重逢的契機，這樣的故事，真的可以用來求婚嗎？

宛如奧塞修斯與魯賓遜結合後的太空版本，典型的浪漫愛就在這樣看似絲毫沒有餘地的末日之中，扮演了絕對無用卻又絕對必須的角色，具備著如此強烈的存在感，那是一場高燒後的夢囈，一只玩具般荒謬的音樂戒指，還有一封又一封，用鉛筆在紙片上寫下的信。

時間在人類有限的生命中拉伸到極致，而漫長的封閉孤絕讓活下去成為一種囚禁時，比時光更難計量的愛情在失去重力的意志裡昂然挺立，成為唯一的希望，而故事中更令人動容的，是即使在經歷了長久的一人漂流，孤單得幾乎要發瘋之後，男主角卻在有機會回到人群中共同生活之際，因為船長偷看並嘲弄他原要寄給未婚妻的信件，而選擇維護自己懷抱著的這份愛情與尊嚴，決定不回到那艘等待之船，繼續忍受同樣的孤寂。

「愛情就是生命之所以延續的唯一意義」，作家的科幻想像，讓這樣浪漫得簡直帶點荒唐的句子得以成立。在太空與地球之間獨自漂流，用地球時間上百年的等待來換取兩人能夠一起生活幾十年的渺茫可能，這無論怎麼算都超不划算的。但就我的理解中，一個人願意在另一個人身上投入的時間，幾乎可以換算成愛的量度，因此也不得不承認這樣壯闊的「浪費時間」，也是一種浪漫的極致展現。

我是我選擇作為的伴侶的人的伴侶，也是我挑選的另一半的另一半，是我決定一生深愛的人的情人。

我是那樣的人，所以我很堅強。

——〈我向你走去〉

翻頁，我們讀到了女主角的信件。

相較於前一個故事裡苦行僧深山修練般的孤絕，女主角顯然遭遇到更多外來壓迫，但也因此，在她面對這些被無視、被迫害、被羞辱的過程中，也展現了更多的個性。

或許是這一篇故事寫在第一篇的兩年後，不再需要擔負起求婚的浪漫任務，因此〈我向你走去〉就如同故事名稱一般，比起〈我等待著你〉更具備能動性，也更凸顯出人物的性格。女主角歷經冬眠與太空難民的生活，在同樣面臨著生存難題的時刻，伴隨而來的卻不是封閉孤單的漂流，而恰恰相反地是來自其他同在困境的人類，對身為弱勢的自己施以壓迫與欺凌。

被迫面對自我與他人的人性，究竟哪一種更為艱難呢？有趣的是，我們也在這兩則故事的後記中看見了來自求婚故事現實主角的反饋，在〈我向你走去〉寫完時已經成為夫妻與父母的兩人，對於這兩則故事中「誰的遭遇比較痛苦」有著截然不同的想法：丈夫對〈我等待著你〉之中漫長孤獨地等待感到不寒而慄，妻子卻覺得〈我向你走去〉主角遭遇的底層艱辛與被壓迫，讓她感同身受到幾乎難以翻頁。

這讓我第一時間想到，或許男性天生的生理優勢，讓他們比較有能力抵抗暴力欺壓，因此傾向認為由內而外的孤獨比較難以忍受，而女性或許更擅長處理內心世界的寂寞……然而我也隨即理解到，即使是同一種性別，不同個體的性格也有其光譜變化，更何況，在故事中那樣極端的情境下，其實並沒有哪一種性別真的更能處理哪一種痛苦。

支撐一個人從絕對的孤單與絕對的壓迫中撐過來的，都必然是信念，而在這兩個故事中，那個信念則是愛。

特別讓我驚喜的是，〈我向你走去〉這個女性視角故事的出現，也為原本的〈我等待著你〉提供了更多交相映照的趣味。比方說，單單只有〈我等待著你〉這個故事時，受限於單一視角，結尾所暗示的那丁點相見的可能，彷彿完全仰賴著天意垂憐的巧合，然而多了另一個時間線的參照，我們看見的不再只有最終的巧合，更是他們在宇宙中不斷彼此錯過：無論是男主角在冰層中發現的那艘貨船，其實正是女主角曾經搭乘的船隻；又或者是女主角後來陰錯陽差之下，以難民身份搭上男主角已經離開的等待之船；更別說，在男主角與等待之船的船長交涉時，始終沒有下船的女主角，其實與男主角就近在咫尺。

這樣的一再錯過，讓故事更增添了令人揪心的詩意，讓讀者按住心口深深嘆息。

尤其當男主角為了捍衛愛情的尊嚴而選擇不回到等待之船，而對此一無所知的女主角，透過窗戶看見男主角駕駛的小「帆船」而心生一股朝之奔去的激動，都讓讀者心中滿懷遺憾又滿懷理解。曾經深深愛過的人一定都知道，愛情原本就是同樣強烈的引力與推力在消長間交互作用著。

所有的錯過，都讓最後的重逢成為一種必然，而不僅僅是巧合。

被人世迷惑的先知，相信生存程式傳遞的虛假感覺就是純粹真實的墮落者。我享受這種墮落，不管你要把我帶到哪裡去都好，那也是一種學習。

——〈墮落的先知〉

原以為以愛維生的太空愛情悲喜劇，已經足夠壯闊動人，〈墮落的先知〉則不僅為想像力拓展疆域，更開發了另一個維度的視野。緊接在浪漫得令人心痛的愛情故事之後，這個故事中全新維度的思考哲學，想必讓許多讀者都感到一種使用呼嚕粉（*Floo Powder*，出自《哈利波特》系列）傳送後的暈眩。

同樣以第一人稱出發，前兩篇故事裡的主角對愛情的執著，帶著他們穿越了時空，而在〈墮落的先知〉中，做為先知的那般雖然理解情感，但並不執著於任何情感，甚至無視於時空與生死。套一句先知們愛說的論調：「這也是我，那也是我，我們並無差別。」每個如我們一般，從先知身上分裂後被傳送到「下界」的粒子，都只是為了學習某些事情，最終將這些學習成果在肉身消滅後帶回中陰，與自己的導師先知合併後共享，而我們現時此刻在意得半死的人生，僅僅只是這個學習歷程中一個微小步驟而已。

若每一個宇宙的組成成分都是「我」，那同時也意味著「無我」，而無我就不會有故事，或說在無我的視野下，我們經驗的這個世界都只是虛擬現實，在虛擬現實裡所有的故事都大同小異，不值一提——這樣否定讀者理解的故事要如何成為故事？因此，墮落的個體出現了，墮落意味著對世界有不同的理解，相信先知們創造出來專供學習的「下界」擁有無可否認的真實性，並且，為了維護墮落的個體，連先知也一併墮落了。

如此說來，「墮落」才是故事的開端，我們這些執著於俗世情慾的凡人，我們這些相信愛情可以支持人類穿越迢迢時空的讀者，全都墮落了。緊接在強烈頌揚愛情的故事之後，〈墮落的先知〉以強烈的反差讓讀者懷疑人生，並且再度「選擇」回到

「墮落」的世界觀，相信願意窮極生命去追求與體驗，才是在這無論是真是假的下界唯一該做的事。

雖與前兩個故事看似截然不同，但金寶英作家悄悄藏在故事之中的，卻是極為類似的珍貴核心：不管是在無際太空中面臨文明崩毀的人類，或是在四次元維度中處於分裂與合併之間的下界粒子，都將一個「人」的外部世界放大到無以復加，極盡可能地強調了個體的渺小，而珍貴的正是，這麼渺小這麼不值一提的我們啊，竟然還那麼拚命地去愛著，去成為一個美麗的故事。

即使一場浪漫的愛情全然無助於人類文明的重建，即使執著在這麼無謂的下界分明就是一種墮落，明知如此還是義無反顧的我們，是如此不堪又如此珍貴。

或許，做為一個熱愛閱讀的讀者，我們都是墮落的先知，畢竟在翻開與闔上每一本書之間，我們都得全心信任手上正在讀的虛構故事，那麼，這個故事才能帶來最深刻的真實體會，帶著渺小如塵的我們，用自己的姿態活過一次又一次。

國家圖書館出版品預行編目 (CIP) 資料

我等待著你：韓國科幻先驅金寶英中篇小說選／金寶英著；馮燕珠譯. -- 初版. -- 臺北市：小異出版：大塊文化出版股份有限公司發行 , 2023.07
面；　公分 . --（SM；36）
譯自：I'm waiting for you.
ISBN 978-626-97363-1-7（平裝）

862.57　　　　112008230

Trans+

Trans+

Trans+

Trans+